U0907555

全怪谈

古篇

[日]田中贡太郎／著
谭春波／译

天津出版传媒集团
天津人民出版社

图书在版编目（CIP）数据

全怪谈．古篇 /（日）田中贡太郎著；谭春波译
．-- 天津：天津人民出版社，2018.8（2020.1 重印）
ISBN 978-7-201-13777-3

Ⅰ．①全… Ⅱ．①田… ②谭… Ⅲ．①民间故事－作品集－日本－现代 Ⅳ．① I313.73

中国版本图书馆 CIP 数据核字 (2018) 第 145906 号

全怪谈 古篇

QUANGUAITAN GUPIAN

出　　版　天津人民出版社
出 版 人　刘　庆
地　　址　天津市和平区西康路 35 号康岳大厦
邮政编码　300051
邮购电话　（022）23332469
网　　址　http://www.tjrmcbs.com
电子邮箱　reader@tjrmcbs.com

责任编辑　赵　艺
装帧设计　新艺书文化

制版印刷　三河市华润印刷有限公司
经　　销　新华书店
开　　本　710 毫米 ×1000 毫米　1/16
印　　张　19
字　　数　300 千字
版次印次　2018 年 8 月第 1 版　2020 年 1 月第 3 次印刷
定　　价　48.00 元

目录

CONTENS

目录

CONTENTS

四谷怪谈

元禄年间，在四谷的左门殿町，有一个叫又左卫门的下级武士，属于御先手组的人。又左卫门膝下只有一个女儿，名叫阿岩。

又左卫门上了年纪之后，视力日渐衰弱，于是他便想给女儿找一个上门女婿来接任自己的职位。然而阿岩不幸染了天花，性命虽然是保住了，但却因此毁了容，脸上尽是坑坑洼洼的疤痕，右边眉毛处还有一块特别大的斑点，头发就像枯草一样干巴巴的，这下，阿岩沦为没人瞧得上的丑女，又左卫门夫妻为阿岩的终身大事操碎了心。

在阿岩二十岁这一年的春天，又左卫门患了重病，不久撒手人寰。然而，又左卫门的职位还是得有人继承。于是，又左卫门同组的武士秋山长右卫门、近藤六郎兵卫几个人讨论了一番之后，决定帮阿岩找个丈夫。但是，阿岩的相貌在这片区域是尽人皆知的，没人愿意入赘。于是，有人提议去找一个叫又市的人来出谋划策。

又市是远近闻名的聪明人，有着三寸不烂之舌，口才极佳。他们一行人找到又市，提出了请求，又市思索一番以后，说道："此事倒也不是无计可施，但确实是个棘手的活。不过，你们要是能给出可观的定金，我相信还是能觅得如意郎君的。"

秋山长右卫门等人答应了又市的条件，于是，又市就告辞了。

没过多久，又市就带着一个俊俏的男人回来了，称是候选女婿。这名男子叫伊右卫门，是一个来自摄州的浪人，又市费了几番口舌把伊右卫门说服，带他到阿岩家拜访，见了阿岩的母亲。

伊右卫门生得相当俊俏，而且刚过而立之年。他随着又市到阿岩家见了阿岩的母亲之后，就等着阿岩出现。但他左等右等，阿岩也没有要出现的迹象。他忍不住问了又市：“怎么没见阿岩姑娘呢？”

又市回答道：“唉，我忘了跟你说，阿岩姑娘这两天正好害了病，这会儿正躺着歇息呢，还是不要打扰她好。但是你大可放心，阿岩姑娘虽然不是闭月羞花之容，但性格温顺，女红也做得好，听说还有一手好厨艺，绝对是个贤妻良母。”

伊右卫门虽然还有些疑虑，不过，他是个浪人，没办法抗拒阿岩家开出的高额俸禄。况且，他还能纳个如花似玉的小妾，这不就两全其美了吗？

于是，这桩婚事马上就谈妥了。不过，申请招赘得有个理由，好在伊右卫门做得一手好木工，于是幕府也很快就通过了御先手组组长的请求，而且婚期也很快定了下来，就在这一年的八月十四日。

婚礼当天，又市领着伊右卫门和预先准备好的礼金，就这么踏入了阿岩家的门。

这会儿，在阿岩家里，场面相当热闹，人来人往，熙熙攘攘。伊右卫门踏入阿岩家之后，马上就有下人过来领他前往办婚礼的大厅。

不一会儿，新娘就在近藤六郎兵卫妻子的搀扶下走进了大厅，她低着头，又正好是背着光，伊右卫门怎么也瞧不清楚她的模样。他早已听人说过，他的新娘长相不佳，但他对新娘的外表并不存在幻想，只不过好奇心作祟，他还是想看看阿岩的样子。等到新娘走到他的面前，他终于看清楚了——这是一张多么丑陋不堪的脸啊！伊右卫门半天没缓过来，但此时婚礼已经进行了一半，他已经骑虎难下了。要当场悔婚，倒也不是不可以，只是，一想到那丰厚的俸禄，他还是咬咬牙，灌下了一大杯喜酒。

伊右卫门这人不仅生得俊俏，脑子也灵光，办事也很得体，丈母娘对他是越看越满意。当然，阿岩的确也和又市说的一样，除了外表，挑不出其他的毛病，可以说是个好媳妇。但伊右卫门却感觉度日如年，一开始吸引他答应这桩婚事的丰厚俸禄，这会儿也没办法安抚他了。

两人结婚后一年，阿岩的母亲就追随她父亲去了。丈母娘一过世，伊右卫门就变得肆无忌惮起来，常常对阿岩冷面相待，恶语相向。

御先手组里，有一个叫伊藤喜兵卫的捕吏，位高于伊右卫门。此人作恶多端，为达目的经常不择手段，御先手组中众人怨声载道，但无奈此人颇有本事，大家也都只是敢怒不敢言。喜兵卫没有娶正室，倒是纳了两个年轻貌美的小妾，其中一个名叫阿花的小妾怀了身孕，喜兵卫听说了这件喜事以后却愁眉不展。因为他已经是年过半百的人了，并不想在养育儿女上花费心思，阿花肚里的孩子对他来说只是一个负担。他思前想后，决定把怀孕的阿花送给他人。

虽然阿花年轻貌美，但毕竟是怀了他喜兵卫的孩子，如果送人，肯定得花上一大笔礼金。于是，他就想到了家有丑妻的伊右卫门。他经常会找伊右卫门办些事，所以也多多少少听伊右卫门抱怨过妻子的外貌。

他主意一定，就找人把伊右卫门招来，好吃好喝侍候着。酒过半巡，喜兵卫便装作不经意的样子，说："阿花和她肚里的孩子该怎么办呢？要是有人能帮我照顾他们母子，我定要关照他一辈子的。"

伊右卫门马上就领会到了喜兵卫的意思，而且他觊觎阿花的美貌已久，于是赶忙说："请让属下来为您分忧解难吧。可是……"他想到了阿岩，"可是属下家中的丑妇不知道如何处置。"

"这还不好办，你听我的……"喜兵卫就跟伊右卫门耳语了一番以后，伊右卫门点了点头。过了不久，他就起身离去了。

从这以后，伊右卫门就开始挥霍无度，还把家里的衣物拿去典当，没多久，阿岩家的账簿就出现赤字了。阿岩为了节省开支，只得一而再再而三地辞退下人，最终就只剩他们夫妻俩了。不仅如此，伊右卫门还常常夜宿他处，留下阿岩独守空房，时间一长，阿岩也开始有怨言了。

喜兵卫估摸着日子差不多了，就派人去请阿岩晚上到他府上做客。

天黑之后，伊右卫门迟迟没有归家，阿岩只好孤身一人去赴约。到了喜兵卫家里后，喜兵卫就把她带到客厅里，等她坐下之后，喜兵卫便说："其实呢，我今天叫你来，是有要事同你商量的，这事跟你丈夫伊右卫门有关。你别看伊右卫门长得人模人样的，其实本质是个败家子！我最近发现他总在赌场出入，不仅如此，我还听说他看上了赤坂勘兵卫长屋的一个比丘尼，我看，长久这样下去，御先手组的组长迟早会发现。你知道，组里是明令禁止赌博的，一旦被发现，伊右卫门肯定会被革职查办。你身为他的妻子，肯定不能让他再这么执迷不悟下去了！我与你的父母一向私交甚好，也不忍心看着伊右卫门这样堕落，但是我怎么说也是个捕吏，有些话还是不好放到台面上来说的。我思来想去，还是你去劝说最好了，毕竟你是他的妻子，多多少少他都要听你一点的。”

阿岩听了喜兵卫这番话，又羞又气，加上自己连日来遭受的委屈，忍不住大哭起来，边哭边抱怨伊右卫门。喜兵卫好不容易劝服她安静下来，之后便让她回家去了。

阿岩回到家一看，伊右卫门还没回来。其实，伊右卫门这会儿正在喜兵卫家里偷笑呢。

第二天早上，阿岩就到佛堂去诵经——她家世代信奉日莲宗，这是教徒日常必做之事。这时，伊右卫门走了进来，一上来就怒气冲冲地说道：“昨天晚上我回家的时候，发现你居然不在家！一个妇人，大晚上不在家中等待夫君归来，而是到处乱跑，这叫什么话！”

阿岩被他这么一说，不由得火冒三丈。原本她只是去了喜兵卫家一趟，也没做什么见不得人的事，沉迷赌博女色的伊右卫门竟然还来兴师问罪了！她不客气地反驳道：“我是到伊藤喜兵卫大人府上去了，他先前就派人来请过我的，你整日不回家当然不知道。而且我只在喜兵卫大人家中待了一小会儿，你呢？你又到哪里去了？你要是不相信，尽管去问喜兵卫大人就是！”

“荒谬至极！喜兵卫大人怎么会在我不在的时候请你过去？我看你分明就是在撒谎！”

说罢，伊右卫门就抓着阿岩一顿暴打。阿岩被打得又哭又叫，但这家里只有他们两人，也没人能帮得了她。

伊右卫门打了好一会儿，觉得解气了，这才把她扔下，又出门去了。

阿岩跑回到卧房，钻到被窝里又是一顿大哭。她越想越生气，看到梳妆台上的剃刀，冲了过去抓在手里，准备要自杀。但她冷静了一下，想到自己万一就这么不明不白地死了，伊右卫门也只会对外谎称她是暴病身亡的，那她的死还有什么意义呢？于是阿岩把剃刀丢下，头也不梳，衣服也不整理，就这么劈头盖脸地冲到喜兵卫家里去了。

殊不知，喜兵卫已经算到她会来。看到她披头散发的样子，他马上装出一副心疼的样子迎上去道："哎哟喂，这是怎么了？"

"伊右卫门打我！我要去找组长！我要去找组长给我主持公道！"说着，阿岩的眼泪又落了下来。

"伊右卫门那混账东西怎么下得了这么重的手！我理解你的怨气……不过呢，你好好想想，要是妻子告夫君这样丢人的事情传出去，对你们都不好啊。况且，你这么贸然去告状，组长恐怕也只会把错归咎到你身上。唉，都怪我要让你去劝说伊右卫门，我看他这身坏毛病也是改不了的了……如今你们二人关系如此不好，恐怕日子也不好过了……我虽然和你父母有深交，但毕竟我和伊右卫门也有来往，哪边都偏袒不得啊，这个事情我看再这么下去也不是个办法，不如……你们就离婚吧。"喜兵卫装出一副苦口婆心的样子劝说道。

他见阿岩不吱声，又继续说道："有件事我得提醒你，伊右卫门和你结婚的时候是交了彩礼钱的，这钱算作买下田宫家的职位的，所以你是不能随随便便就把他扫地出门的。所以，你最好主动跟伊右卫门离婚，这样一来，你还能找个人家做几年事，存点钱，那时候我也会给你找个好人家的，这样你下半生也不愁了。"

喜兵卫的一番花言巧语把阿岩哄得团团转，于是她便回家去向伊右卫门提出离婚，同时她还提了一个要求，那就是伊右卫门必须把之前他典当的所有衣物都赎回来。

其实之前那些事情都是伊右卫门编造出来的假象，衣服他都放在友人家中，听阿岩这么一说，他就马上去把衣服取了回来，两人也便正式离了婚。

接着，喜兵卫把阿岩引荐给纸商又兵卫，又兵卫就把阿岩送到三番町的一个穷武士家里去做针线活的差事。阿岩一走，喜兵卫马上就让伊右卫门把阿花娶进门。于是，他便让伊右卫门去请近藤六郎兵卫做证婚人。

六郎兵卫平日就看不惯喜兵卫的所作所为，再加上他的妻子是阿岩的干娘，于是便拒绝了伊右卫门。伊右卫门只好去找秋山长右卫门来给他做证婚人，并选中了七月十八日作为婚期。这天晚上，伊右卫门就和阿花正式成亲，伊右卫门因为做贼心虚，所以只请了自己人参加婚礼。没想到，在婚礼开始之后，除了秋山夫妇和近藤六郎兵卫，伊右卫门没通知的朋友们也都纷纷前来给他道喜。婚礼现场一下变得热闹非凡。

就在这时，一条长达一尺的红蛇从油灯后面钻了出来。伊右卫门吓了一跳，赶紧拿火箸去夹住蛇，并把它丢到了后院。结果没一会儿，那条红蛇又出现在了油灯附近，伊右卫门又再次用火箸夹住它，把它丢到后院的草丛中去。

等到婚礼进行得差不多的时候，客人们也纷纷告辞。结果，那条红蛇突然从天花板上掉了下来。伊右卫门气不打一处来，他深信，这条红蛇定是由阿岩的怨念化身来的，他虽然也有些害怕，但更多的还是愤怒，他冲上去直接揪住蛇的肚子，狠狠地丢到后院去。

阿岩到了武士家里后，就一直安分守己，老老实实做差事。虽然她偶尔还会想到伊右卫门这个负心汉，但她现在至少不用受气，倒也过得轻松。

这天，阿岩正在后院做活，一个叫茂助的小贩走了进来。茂助从前会到田宫家里做些小生意，所以他也认得阿岩。看到阿岩在后院做针线活，他便凑上去打招呼："唉？是田宫小姐吗？小的之前就听人说您在这附近住，原来是在这户武士家里啊……您还会回左门殿町吗？"

"实不相瞒，我已经和伊右卫门离了婚，正如你所见，我现在已经在这户人家里安顿下来了。那个赌博成瘾的伊右卫门，恐怕他现在娶的比丘尼也拿他没办法。"

"哎呀，看来您还被蒙在鼓里呢！那伊右卫门娶的不是什么比丘尼，而是喜兵卫大人的小妾阿花啊！"

"你说什么？"阿岩大惊失色。

"原来您什么都不知道啊……相传喜兵卫大人不想养孩子，就一直琢磨着把怀孕的阿花送人，但是他又不想花礼金，就找了伊右卫门，让他在你面前演戏，为的是激怒你，好让你答应离婚的啊！"

"居然是这样……居然是这样！骗子！全都是骗子！畜生不如的骗子！"

阿岩气得全身发抖，原本丑陋不堪的容貌变得更加狰狞可怕，茂助一下子就被吓跑了。

阿岩站在原地，撕心裂肺地叫了几声后，嘴里开始不停地重复着："喜兵卫……伊右卫门……长右卫门……阿花……"

其他下人见她这副发疯的样子，连忙上来安慰，然而阿岩此时已经怒火中烧，一句话都听不进去。一名叫传六的年轻武士上来想制止她，岂料阿岩一把他推开，怒吼道："你也是伊右卫门派来的吗？"说罢，她又冲到厨房，噼里啪啦地把东西摔了一地，接着冲出门去。

武士家当然不能坐视不管，马上就派人去四处搜寻，但怎么也找不到。最后，他们在一个十字路口的看守那里打听到，有一个披头散发的年轻女人往四谷门外跑去了。然而，派去的人往看守指的方向去寻找，也还是没有找到阿岩……

不久，阿岩突然发疯然后失踪的事情就传到伊右卫门处了。伊右卫门一开始还很担心阿岩会上门来找他算账，但阿岩始终没有出现。伊右卫门便安慰自己，说不定阿岩已经失踪了，这样更好，再也不会有人可以干扰到他的事业和幸福了，一想到这里，伊右卫门就把担忧抛到九霄云外了。

第二年春天，阿花生下了一个女儿，取名阿染。当然，大家都心知肚明，这是喜兵卫的亲生女儿。伊右卫门和阿花结婚之后，两人日子过得也算是顺顺利利。在这之后，阿花又给伊右卫门生了两男一女，最小的是女儿，名叫阿菊。

阿菊三岁那年的七月十八日，一家人同往常一样，吃过晚饭以后就到院子里乘凉。突然，在走廊的尽头出现了一个人，这人看上去跟失踪的阿岩十分相似，只听那人影高声呼道："伊右卫门……伊右卫门……伊右卫门……"

人影连喊了三声以后，又突然消失了。

一家人被吓得够呛。伊右卫门觉得有些邪气，连忙拿着枪到屋里去连续放了三枪，本来想着以此驱邪，没想到小女儿竟在这枪声之后就抽风了，大夫费尽心思也无药可医。一个月之后，小女儿便夭折了。

自打小女儿夭折之后，伊右卫门家就频频出现怪事。

伊右卫门经常看到妻子阿花旁边站着个男人，半夜醒来的时候也会看到，等到他再揉一揉眼睛之后，那个男人又不见了。后来有一天傍晚，伊右卫门的小儿子铁之助在自家后院看到了死去的妹妹阿菊，阿菊还叫铁之助背她，吓得铁之助连滚带爬地跑回屋里，接着就一病不起。伊右卫门赶紧请日莲宗的僧人来给小儿子祈福，然而这都无济于事。没过多久，小儿子也追随他妹妹去了。连失两子的伊右卫门彻底吓坏了，他马不停蹄地跑到杂司谷的鬼子母神社去烧香拜佛，求神能饶过他。

但怪事仍旧不停歇。小儿子死后没多久，妻子阿花就得了重病，卧床不起。第二年四月八日，伊右卫门的大儿子权八郎去芝公园的增上寺参加一年一度的涅槃会庆祝活动，结果当天晚上一回到家，权八郎就出现了类似霍乱疾病的症状，第二天就死了。两个月之后，一直卧病在床的阿花也撒手人寰。

第二年，伊右卫门计划着给长女阿染找个上门女婿，好冲冲喜，入赘的女婿叫源五右卫门。就在这一年的五月，有一天突然狂风大作，把伊右卫门家里一间屋子的房顶也给吹坏了。伊右卫门只得爬上去修葺，结果一不小心踩了个空，人就直接从屋顶上摔下来了，把腰骨都摔坏了，只得躺着。他掉下来的时候还刮到了耳朵，但他当时没注意，伤口后来就感染了，还化了脓，引来了大量的老鼠，场面十分可怕。家人无奈之下，只得把他放到长衣箱里面去躲避老鼠。三个月之后，伊右卫门也与世长辞了。之后，伊右卫门的女婿源五右卫门就正式接过了田宫家的职位。

然而，伊右卫门死之后，田宫家的怪事仍旧接连不断。有史料可以查证，阿染在二十五岁的时候也因病去世了，剩下源五右卫门一个人。源五右卫门不想留在这里，便想着招一个养子来继承田宫家的家业，然后自己另寻他处。奇怪的是，只要他一想招养子的事情，家里就会出现怪事，不是树枝突然折断了就是其他一些莫名其妙的事情，源五右卫门彻底被吓疯了。

至此，田宫家已经无人能继续掌管，幕府也便把田宫家的俸禄收回了。

其实，并不只是伊右卫门遭到了报应而已。伊藤喜兵卫上了年纪之后，就让养子继承了喜兵卫的名字和职位。结果没几年，这个养子也退居二线，让他的养子来继承。然而，这个小喜兵卫沉迷女色，整日往烟花场所跑，还结识了不少狐朋狗友。后来有一天，这些狐朋狗友的其中一人遭遇谋杀，官府怀疑是小喜兵卫因钱财女色之类的原因而狠下毒手，便把他捉拿归案，而伊藤家也便因此被夺取了武士的职位。老喜兵卫迫不得已，只好去投靠侄子，晚年无比凄凉。

至于秋山长右卫门家，也没有好到哪去。先是秋山夫妇的女儿死于食物中毒，之后不久，秋山的妻子也因病去世了。因为田宫家已经无人继承，所以长右卫门也顺理成章地得到了田宫家的大宅子。后来，长右卫门升职为组长，上头命令让他得找人来继承田宫家，于是他便安排了自己的大儿子庄兵卫。

然而，大儿子去继承了田宫家，他秋山家就后继无人了。无奈之下，他收养了一个下级武士的儿子来做继承人，这个年仅十三岁的小孩名叫十三郎。某日，庄兵卫一行人走在街上，看到路边有一个蓬头垢面的女乞丐，年纪有五十多岁，近藤六郎兵卫看着她突然说道："这女人和阿岩长得好像啊……"另外一个人接过他的话说："倒不见得，田宫家的女儿比她丑多啦，也没这么高。"

说者无心，听者有意。从小便对阿岩的故事有所耳闻的庄兵卫心中一个激灵，惶惶不得终日，没过两天，居然把自己吓出病来了。长右卫门害怕田宫家又要因此绝后，然而他还没担心几天，自己倒是先暴病身亡了。两天之后，庄兵卫也断了气。

秋山家此时只剩小三郎，他得主持起秋山家的法事。结果，法事期间的一天早晨，小三郎听到厨房有动静，他赶忙跑过去，一看，竟然是个五十多岁的陌生女人在生火。小三郎十分困惑，正要问她是谁的时候，那女人居然凭空消失了。次日清晨，这个诡异的女人又出现了。不过，这回看到她的是小三郎的手下重左卫门。重左卫门马上去报告给了小三郎，小三郎便派人搜寻了套廊附近，结果只在套廊空隙下面找到了一只黑猫。

即便如此，小三郎也觉得家中怪事连连，于是他便请来僧侣诵经。但这根本无济于事，这事情之后，小三郎就染了重病，不久就去世了，秋山家也在田宫家之后绝了后。官府见这两处宅子怪事频发，便派人把这里夷为了平地，但这里已经成了远近闻名的凶宅，常有好事者专门来此处游玩。

灯塔鬼的故事

1

通往难波的小道上，一辆华丽的牛车正慢慢地前行，温暖的夕阳斜斜洒在华盖上。牛车前方是车夫，后面是三名随从。车上坐的是轻大臣的正妻夕雾夫人以及长子鹤若麻吕，他们从住吉出发，此时正在回难波的路上。轻大臣在上个月被派往中国担任遣唐使，带领使节团坐船由九州的港口出发，往中国的宁波港去，所以夕雾夫人才专门去了一趟住吉乞求平安。

今日的天气十分宜人，坐在牛车上可以看见茅渟海的海面在夕阳下闪烁着光芒，远处的海面被雾气笼罩，往日里能清楚看见的淡路岛也在雾气下变得若隐若现，路边的草地上，鸟雀被牛车惊起，呼啦啦地飞向天空消失不见，近处还有溪流叮咚叮咚地欢快流淌，蜿蜒着流向远方。这一路是如此安静祥和，风景如画。

牛拉着车子爬上了小山坡，眼前是一片密集的树林，再前面就是难波了，远远地可以看见人家的屋顶。此时正是黄昏，炊烟从屋顶上袅袅升起，落日一点点消失，赶路的步伐不由得加快了，众人都急切地想要回到难波去。

下了山坡，牛有些走不动了，大口大口地喘着气，就在这个时候，路边的林子里忽然窜出来大队人马，一下子就把牛车给包围了。

“什么人？竟敢拦住我家主子的去路！”随从立刻拔出佩刀护在车旁。

“把车上的女人留下！其他人都快滚！”

“想得美！”

一个强盗刚想上前，立刻被砍翻在地，随从安盛先下手为强制服了强盗，另两名随从也立刻形成护卫的圈子，不让强盗接近。

牛车外的声音越来越大，安盛的叱喝声传入夕雾夫人的耳中，夫人顿时花容失色，一把将儿子搂在怀中。

“鹤若，你可别怕，娘在你身边。”

“娘，儿子不怕！”

怀中的少年轻轻推开母亲，将自己的弓箭拿了出来握在手中。

“鹤若！太危险了！我们快下车逃跑吧！”夕雾夫人的声音都有些颤抖，指尖拉住了儿子的衣襟。

鹤若却一脸平静地望着自己的母亲，安慰道：“娘，你别害怕，要是有坏人敢靠近，我就用弓箭射死他。”

牛车外的打斗声越来越激烈，也没有呻吟的声音，也没有听见惨叫，只有一阵又一阵的吼叫声，如同野兽般，刀剑的声音乒乒乓乓地响个不停。

“夫人！大少爷！快下车吧！太危险了，我们被包围了！”

随从小黑用力地拍着车门，夕雾夫人立刻打开了门，拉着鹤若说道：“鹤若快下来！小黑在喊我们！快些！”

小黑浑身浴血地伸出手扶住夫人，又是两个强盗冲了上来，小黑左右开弓一人一刀砍翻在地，夕雾夫人赶紧抓住了小黑的手，颤抖着下了车。

“鹤若！快下车啊！”

夕雾夫人站在车边，六神无主地张望着，鹤若拿着自己的弓箭，沉着冷静地扶着母亲的手跳下了车。

强盗们一眼就看见了夕雾夫人一身淡红的衣裳，立刻疯了一般冲过来，小黑赶紧举刀应对。鹤若抬眼望去，小黑正在自己的身前抵挡强盗，安盛则在更前面一些的地方与一大群强盗作战，另一名随从踪影全无，想来是已经遇害了。

“娘！你快拿着儿子的箭筒！”

鹤若把手中的箭筒塞进母亲的怀里，举起弓箭瞄准小黑身边的一个强盗。嗖——射出的箭直中强盗胸口，他应声倒下，虽然这箭的威力并不足以杀人，但是也把强盗击倒在地。小黑见到鹤若放箭，脸上露出了赞许的笑容：“大少爷！你带着夫人赶紧跑！难波已经不远了！只要一直往西就可以平安回到宅邸了！快跑啊！”

小黑冲进了树林，安盛还在小黑的前方杀敌，但是强盗越来越多，昏暗的林子里杀声一片。

强盗很快追了上来，小黑回身与强盗作战，鹤若与夕雾夫人趁机往西边跑去。小黑将追击的强盗砍翻，然后赶上来与鹤若会合，敌人再次追上来，小黑便立刻回身奋战，鹤若与夕雾夫人边跑边回头看。小黑十分英勇地拖住了一波又一波追击的强盗，让鹤若与夕雾夫人也稍微安心了一些。

不一会儿，鹤若回头张望，却看见小黑被强盗给包围了。

“不好！小黑危险了！娘！儿子要去帮他！”

鹤若刚要回身，夕雾夫人一把抓住了他的袖子：“鹤若啊！你父亲还在遥远的异国他乡，你要是出了什么事，我该怎么向你的父亲交代啊！”

鹤若没有办法，只好狠狠心撇过头，与母亲一起继续逃命，没过多久，惨叫声不断地在身后响起。

跑了许久，两个人终于冲出了林子，面前是一片低洼地，荆棘丛中洁白的花朵沐浴在夕阳之下。夕雾夫人带着鹤若在荆棘中狂奔，小黑慢慢赶上，等到了林子边的时候，强盗们又赶了上来。小黑一个人对付着三五个强盗，把强盗们打得无力追击，他又往鹤若和夕雾夫人的方向追赶。鹤若都看在眼里，手里抓紧了自己的弓箭，生怕小黑遇到什么不测。

等到小黑且战且退，与鹤若他们的距离只有一町的样子之时，小黑终于体力不支被击倒在地，强盗们没了阻拦，一下子涌上前来。

“哎呀！小黑……”

“啊！小黑他……”

夕雾夫人只觉得天旋地转，只顾着拉着鹤若，嘴里不停地说着：“鹤若快跑啊！快跑啊！”

两个人飞快地往山坡上跑，强盗们在后面追着。鹤若想要阻一阻强盗的势头，便朝跑在最前面的一个强盗射了一箭，可是箭飞偏了，没有射中。鹤若转身想再取一根箭羽，可是抱着箭筒的夕雾夫人早就慌不择路地往右边跑了。

鹤若正想去追母亲，却被几个强盗包围了，一下子被按倒在地。远远地听见母亲的叫喊声，另外的几个强盗已经把夕雾夫人围住了。

就在这千钧一发的时候，远处的安盛终于击退了层层敌人赶了上来。此时的安盛正看见两个强盗把夕雾夫人扛了起来，他正准备追上去，又看见鹤若被强盗扛在了肩上，强盗正准备离开。

安盛顿时红了眼，立刻冲上前去和那几个强盗打斗起来，口中大喊道："大胆匪徒！放开我家少爷！"强盗看见安盛如此凶猛，扔下鹤若撒腿就跑。安盛赶紧把倒在草丛里的鹤若扶了起来，安盛还没伸手去扶，鹤若已经自己站起身来。

"少爷你别怕，我现在就去救夫人！对了，小黑哪里去了？"

"他……已经死了……"鹤若望了望林子的出口，小黑就是在那里倒下，再也没有起来。

此时的夕阳已经彻底落到了山后，黑夜一点点降临了，林子出处似乎确实有一个黑影。

"别怕，没有小黑也不要紧，有我安盛在，多少歹徒都不怕！我这就去救夫人，少爷你自己当心！"

2

夕雾夫人被扛着，吓得不敢乱动，强盗们生怕夕雾夫人被救走，除了两个扛着她的人，另外还有五六个人围在夕雾夫人身旁，注意着周围的风吹草动。

一群强盗飞快地前行着，过了小山坡，又过了一座木桥，默默在黑夜中走了很久，才停在了一个荒无人烟的村子前。

夕雾夫人没有听到任何说话声，除了脚步声，她什么都听不到。没过多久，一行人到了一个密林中的木屋前。屋子里走出来几个人，把夕雾夫人带到了大厅里去。

"好了！睁开眼睛看看吧！"

一个男人的声音从正前方传来，一路闭着双眼的夕雾夫人慢慢睁开了眼睛，自己的前面坐着一个虎背熊腰的男人，他的脸在灯火下显得十分苍白，手边还有一把大大的弯刀，发出冰冷的光来。

"夕雾啊，你还记不记得我啊？"

夕雾夫人仔细看了看面前的男人，顿时吃了一大惊，面前的人就是轻大臣的哥哥秀康！秀康和轻大臣是同父异母的兄弟，当初她还没有出嫁的时候，两兄弟都对她很是爱慕。哥哥秀康粗犷豪迈，喜欢打猎骑马，性子鲁莽总是和人争吵，弟弟和哥哥完全不同，总是虚心求学，向学识渊博的僧人请教学问，在夕雾的面前也总是整整齐齐，斯斯文文。那时的夕雾还在两兄弟之间摇摆不定，不知道自己该选谁做夫婿。就这样，歌会的时候到了。每逢歌会的时候，城中的男女都在街上举起酒杯欢乐地跳舞，美丽的夕雾成了年轻男子们追求的目标，为了躲避喧闹，夕雾趁着月光躲进了小树林。就在她四下张望的时候，她发现有两个人正在窃窃私语。好奇的夕雾蹑手蹑脚地走上前去，发现那两个人正是秀康和他的贴身随从。

“要不是我弟弟碍手碍脚，夕雾早就嫁给我了！今天晚上你就去把他宰了吧！”

夕雾听见他们的话语，吓得花容失色，秀康交代完命令便走了，夕雾躲在一边，等到他们全部离开，才飞快地跑回街上，在热闹的人群中找到了弟弟。就在那一天夜里，秀康的贴身随从死在了街边，也正是从这一夜开始，夕雾将自己的一片心都交给了弟弟。鲁莽的秀康则不断地走在歪门邪路上，最后被官府通缉，消失得无影无踪。

“哎呀，你现在都是大臣夫人了，已经把我给忘记了吧？”秀康狰狞地笑着，慢慢凑近夕雾，“好好看看我的脸，你还记不记得？”

夕雾垂下头不去看他，身子却不由自主地颤抖起来，她的眼前只有无尽的深渊。

“看来你是认出来我是谁了，既然如此，你也该知道我什么要把你抓过来。”

夕雾低着头，看也不看秀康。

“怕什么？都不敢看我吗？我这几年一直四处漂泊，有什么是我没干过的？杀人对我来说跟砍柴差不多。不过啊，我也不想杀了你，我只是想告诉你，你的男人再也不会回来了，你就这么苦等，还不如跟了我呢。你现在听好了，我可告诉你，就算是河水能够倒流，你的丈夫也不会再回来了！”

夕雾心里有些疑惑，但是秀康却大笑了起来。

“你可别觉得我骗你，你丈夫不会再回来了，我可是知道得一清二楚啊！”

夕雾见他的模样不像在骗人，心里顿时忐忑起来。

“哎，就算我想再把他弄死也没办法啊，谁叫他得罪了大贵人呢！死在大唐也算是活该了！”

“我夫君他怎么了？”夕雾听见丈夫死了，立刻把自己的安危都忘记了。

“我怎么知道他怎么了，大概就是得罪了谁吧，才被弄到大唐去了。”

“那个大贵人究竟是谁？”

“这个么，我的确是知道的，不过啊，我不想告诉你。反正早晚你也会知道的。但是知道了有什么用呢？你丈夫已经死了。我可不一样，我马上就要升官了，当上左右大臣了！怎么样，我的前途不可限量啊！你还是从了我吧，这样你的儿子都能当上宰相了啊！”

夕雾完全没有听出事情的始末，但是她隐隐觉得自己的丈夫是跌进了别人的圈套之中。

“看你这样子是不想跟我啊！”

“我已经有丈夫了！”

“我刚才怎么说的来着，你的丈夫已经死啦！而且死在大唐了！就算是尸体都不会有回来的那一天！”

“你胡说！他是天皇的使者！怎么可能死！”

秀康像是听见了什么好笑的笑话一般大笑起来：“又不是天皇要弄死他！是他自己得罪了大贵人，大贵人下的手啊！你现在难过也没什么用，你要是不从了我，你儿子也要死了！我说你啊，好好跟我吧，要知道这十多年以来，我对你可是念念不忘啊！”

夕雾心想，要是丈夫真的死了，而秀康又把这杀人的阴谋告诉了自己，自己是绝对没机会再活下去了，她心中的恐惧感一下子被愤怒占领了。

“过去的事没有什么好说的了！我早就已经忘光了！”

“既然你忘了，那我就再说给你听！我这辈子都不会忘记！我的贴身随从被他杀了，我心爱的女人也被他抢走了，除了恨还是恨！就是因为他，我才被赶出家门，到处流浪只能与盗匪为伍！”

“这都是你自作自受！”

“自作自受？”

“那一天分明是你想要除掉我夫君，和你的贴身随从秘密商议把他杀害，难道不对吗？要不是我夫君先杀死你的贴身随从，那死的就是我夫君了！不要以为我不知道事情的真相！我早就知道了，而且知道得一清二楚！”

“好啊！原来那天是你偷听了我们的计划啊！”秀康死死地盯着夕雾。

“没错，就是我告诉我夫君的！不然你就得逞了！你想要混淆黑白？不可能！”

“没想到你早就知道了，那我也就大方承认了！我这么做还不是为了能娶到你！”

“那晚之前，我是不知道该在你们兄弟之间选择谁，但是我听到了你的计划之后便清楚地知道自己应该选谁！你的花言巧语骗不了我的！”

“那你以为你现在还有什么选择吗？既然把你抓来了，就没打算让你活着回去！”

夕雾此时已经冷静下来，她心里知道想要活着出去应该是十分渺茫了，唯一的生机就是趁他们不注意的时候跑出去。夕雾一咬牙，起身往右边角落跑去，原本没有关严的门板一下子被撞开了。

“快抓住她！”秀康被这突如其来的一幕吓到了，连忙喊人。门外的强盗一下子就把夕雾抓住，又一次送到了秀康的面前，两个强盗于左右押住她，她根本没有办法再动。

“你逃不了的，这四周都是我的人。你就想想你的儿子吧，你要是不想他死，就乖乖从了我！”

“我听不懂牲口说话！要杀就杀！”夕雾倔强地抬起了头。

“我都说了，我早就杀人如麻了，但是我没想杀你，你就真的不愿意跟我在一起吗？”

“你这是在说梦话吗？我不想听你这种畜生不如的东西废话！”

“难道你真的不怕我杀了你？”

“有什么好怕的！随便你怎么杀！绞死我还是砍死我？快动手吧！”

秀康听了夕雾的骂声越来越不耐烦了，拿起了自己的弯刀走到夕雾的面前。

“你是真不怕死啊！是不是就想着奔赴黄泉和你的丈夫团聚啊？真是够大胆的啊！”

“别废话了！杀了我吧！”夕雾直视着秀康说道。

“看来你是死意已决啊！”

“别废话！”

秀康愤怒地拔出了自己的刀。

“贱人！敬酒不吃吃罚酒！”

夕雾扬起下巴闭上双眼，一动不动地等着他的刀落下。

“你可记着了！我杀了你，再去把你的儿子千刀万剐！”

秀康见夕雾冥顽不灵，顿时起了杀意。

“大哥，在这里杀了这个贱人怕是会弄脏俺们的地盘，让我把她扔到河里去吧！”押着夕雾的一个强盗开口说道。

“好！”秀康收起了弯刀，想了想直接杀了夕雾实在太便宜她了，“你去办吧！”

夕雾就这样被拖了出去，秀康死死地盯着她的身影。

3

这天夜里，车夫连滚带爬地逃回轻大臣的宅邸，告诉家中仆役夫人和少爷都被害了的事，全府上下一片震惊，不知道如何是好，过了好久才想起来应报官处理。官府一接到报案顿时觉得此事非同小可，立刻加派人手前往事发地点。当他们赶到的时候，只见满地都是强盗的尸体，另外还有小黑和黑绳的尸首，夕雾夫人和鹤若少爷则全然没有见到，连随从安盛也不知所踪。

天很快亮了，安盛回到了宅邸中，他浑身都是血，失魂落魄地告诉大家，夕雾夫人和少爷都被强盗抓走了，他一路追赶还是没有追回。

此事一出，全国震惊，轻大臣代表国家出使大唐，结果自己的妻子儿子却遭遇不测，天皇闻讯立刻派人表示慰问，还不断地敦促官府继续追查夕雾夫人和鹤若少爷的下落。时间一天天过去，却始终没有找到他们的下落，连歹徒是谁都查不出来。

夕雾夫人被秀康抓走了，而鹤若已经被安盛送到了长柄的村庄中，那里有安盛的叔父。明明安盛告诉大家鹤若被抓走了，怎么又到长柄去了呢？其实那天晚上，安盛与鹤若追踪着强盗的行迹想要把夕雾夫人救回来。可是不管他们怎么找，都找不到线索，走投无路的时候，安盛打算把鹤若少爷先送回宅邸。但是很快他就想到了，这群强盗分明是为了抓住少爷和夫人而行动的，而且强盗的数量如此之多，完全不像是以往为了劫掠财物而行动的强盗。

“也许是什么阴谋！”安盛的脑子里忽然想到这样的结果，“如果真的是阴谋诡计，那么少爷就算平安回到宅邸也会遭遇不测，必须把少爷安顿在绝对安全的地方！”于是走到半路的安盛立刻折返，带着鹤若去了长柄的村庄中，将鹤若交付给了自己值得信任的叔父，并要求他保守这个机密，不向任何人说起鹤若的真正去处。

这之后的安盛在难波和长柄之间奔波往返，继续追查着夕雾夫人的下落。五天后，安盛离开难波前往长柄，刚到土堤，摆渡的船就已经开走了，没办法，只好在岸边等待下一艘渡船。这天的天气一直阴沉沉的，河水静静拍打着堤岸，岸边已经有三五个人在等着渡船。安盛走过去，看见人群簇拥着在围观什么，他好奇地过去一看，原来是河面上漂来了一具尸体。

尸体似乎从上游漂过来，用草席裹着，上半身露在了草席外面，美丽的面容，一头又黑又长的秀发挂在了水边的芦苇上。

“哎呀，好像是被人卷在草席里扔进水里了啊……”

“真是惨啊……到底是多大仇啊，竟然把这么漂亮的女人给杀了……”

“穿得这么华丽，应该是京城里有钱人家的小姐或者妇人吧……哎……八成是被强盗什么的杀了吧……搞不好家里的父母兄长都不知道她死了，还在四处找她呢……真是可怜……”

围观的人一言一语地同情着死去的女人。安盛听说是有一具女尸，心里顿时涌起不祥的感觉，赶紧凑近一看，果然是夕雾夫人。

安盛顿时悲从中来，但是又不能表现出来，只能强迫自己掩藏好心绪，想要表现得寻常些，便开口道：“这女人该不会是京城大官家里的妇人吧，估计是被恶贼抓了扔进河里的吧……”

原本只是寻常的搭话，可惜安盛此时心中悲痛，话语无比沉重，让周围的人全都觉察出异样，转过头来看着这个京城来的男人。

“哎，是听说近来京城都不太平啊，大兄弟知不知道哪个大户人家走失了人的？”一个面黄肌瘦的老大爷问道。

“有啊，最近到处是强盗土匪，有时候是打劫大户人家的轿子，有时候甚至还冲进大户人家的宅子里面。也就是四五天以前吧，听说轻大臣的夫人就在半路上被埋伏的强盗给抓走了，连随行的家仆都被强盗杀死了。到现在都没人知道那位夫人是生是死呢！总之就是乱得很啊！”

安盛顺着老大爷的话聊了几句，但他的心里只想着快些把夕雾夫人的尸体打捞上来，这样浸泡在河水中实在让人于心不忍。

“这女子也不知道是谁，泡在水中实在是太可怜了，不如把她打捞上岸吧！”

围观的人们也都点头同意，但毕竟是死尸，没有敢主动上去打捞，大家也就都不出声。这会儿安盛开了口，大家纷纷表示同意，却也没有人主动上前。

“我都一把老骨头了呢，还是由年轻力壮的人来吧。”面黄肌瘦的老大爷说道。

“能遇上也算是一种缘分吧，就让我来把她捞上来吧。”

安盛挽起了袖子，一点点走到水岸边，把夕雾夫人的尸体抱了起来，轻轻地放在沙土上。安盛想用自己的衣裳为夕雾夫人遮挡一下，然后把紧裹的草席解开，但是又怕这样做惹人怀疑，只好就地将尸体放下。

见尸体被打捞上来了，面黄肌瘦的老人对着人群中的一个年轻人说道：“权作啊，你去看看那个摆渡人的木屋里有没有干净一点的草席啊？拿来挡一挡吧，要是被什么野兽咬坏了就太可怜了啊。”

那个叫权作的年轻人应了一声，飞快地往摆渡人的小木屋跑去，安盛总算是放下了一颗心，想着，应该先去通知宅邸的人夫人的遗体找到了呢，还是去告诉少爷，让少爷把夫人接回家去？细细想了一番，安盛决定先回宅邸去通知一下，夫人已经遭遇不测，可是敌人的阴谋还没揭晓，无乱如何也要好好保护少爷。夕雾夫人的下落还是晚点再告诉少爷吧。

权作果然找来了一块干净的草席，把夕雾夫人的上半身盖了起来。

不一会儿，摆渡船就来了，众人在码头排着队准备渡河。安盛一个人站在原地，在旁边的草丛中摘了一朵野花，放在夫人的旁边。渡船载满了人去了对岸，安盛独留在岸这边，转身往京城方向去了。

4

那一年鹤若才十三岁，安盛告诉他母亲的死讯，他没有来得及见母亲最后一面。宅邸中的仆役们为夕雾夫人料理了后事，安盛悄悄带着鹤若去城郊的墓地中吊唁自己的母亲，鹤若在坟前失声痛哭。

很快新年就过了，官府一直在追查是谁杀害了夕雾夫人，但是却毫无头绪，很快，秋天来了，轻大臣的使节团回国了。早就听说使节团的船只已经到达了九州港口，鹤若一天天地掐着手指算着父亲回家的日子。

使节团的行程是经陆路从山阳回到京城之中，使节团刚刚到播磨的时候，安盛就迫不及待地跑到了印南野去迎接主人。

使节团一行有几百人，还有许多运送信件书籍的马匹，他们都在大唐见识了大唐帝国的灿烂文化，急切地想要把自己的所见所闻分享给国内的人们。此刻的田野间清风白云，唯有鸟儿在空中上下翻飞，阳光慵懒而温暖，令人心旷神怡，田间的稻谷都泛着金黄的光芒，沉甸甸地低着头。安盛独自待在这风景如画的田野上，焦急地等待着使节团。

远远地，马儿的响鼻声传来，还有马儿脖间的铃铛叮叮作响，使节团缓缓出现，安盛早已望穿秋水。安盛看着人马一点点过去，队伍里有多治比真人，还有石上朝臣麻吕等，可是就是没有看到自己的主人。安盛睁大了双眼生怕错过了，就在这时，使臣身后的家仆随从也慢慢走过来了。

“你是轻大臣的家仆吧？”多治比真人的一个家仆认出了安盛。

“是啊，小的是轻大臣的家仆呢，请问我家主人呢？”安盛一边询问，一边不断搜寻着自家主人的身影。

“哎？你不知道吗？轻大臣他在大唐的时候就失踪不见了！”

“什么？主人他失踪了？”安盛顿时觉得天旋地转。

“对啊，在大唐的时候，轻大臣被大唐皇帝的臣子约走，结果半路不见了。我家主人还有其他出使的大人们都很着急，想了许多办法去找，可是都没有找到。都不知道该怎么跟轻大臣的家人交代呢！”

“竟然有这样的事……”安盛惊呆了。

“既然你是轻大臣的家仆，那就劳烦您转告吧，轻大臣在大唐失踪了，估计……哎……请节哀啊……”

正在安盛震惊的时候，多治比真人骑着马停在了安盛的面前，安盛低着头不知如何是好。

“我们都是与他一起出使的使臣，他在大唐发生了意外我们也有责任，他的妇人和年幼的儿子还不知道他的遭遇，我们也很难交代。等到了京城我再把事情的细节全都告知你，现在骑着马前行也不方便说话。你跟在我们的队伍里走吧。”

多治比真人说完便催促马儿前行，其他的使臣也跟在后面。

“安盛！安盛！”跟随轻大臣一起出使的家仆泪流满面地冲了过来，他与安盛都跟随在轻大臣身边许多年了。

“泰远啊……”两个人双手紧握，顿时涕下沾襟。

“都怪我啊！主子那天接到某位大人的邀请，过去拜访，正巧有一顶轿子来接主子，我以为那就是某位大人派来的，就送主子上了轿。结果主子就这么不见了！去问了某位大人，他们根本没有派过轿子来。主子就这么被人送走下落不明了！我赶紧在城里四处寻找，可是完全没有主子的踪影。要是让夕雾夫人和大少爷知道了，肯定会难过得要命的！都是我的错啊！我都没有脸面再见夫人和少爷了！”

“泰远啊……去年出了许多事啊，夕雾夫人被歹人害死了，少爷也下落不明。”

“什么？夫人她……少爷……”

“就在去年春天的时候，主子刚去大唐没多久，夫人就带着少爷去住吉祈求平安，回来的路上被一大群强盗袭击了！连小黑和黑绳都战死了，只剩了我一个……没过几天，夫人的遗体就顺着河水冲到下游被人发现了……她是被人裹在草席里扔进河中的啊……少爷至今都下落不明……”

“这……”

“至今我们都没有找出杀人的凶手……”

两个人绝望地站在原野上，许久之后才发现使节团的队伍已经走远，赶紧抹干眼泪追去了。

5

轻大臣失踪了，宅邸没有了俸禄，原有的仆役也都另谋出路去了，连安盛也不再出现在宅邸中，而是常住在长柄村庄中的叔父家。安盛与鹤若每天去山上以打猎为生，时刻关注着京城的事态，用各种方法寻找轻大臣的下落，同时寻找着杀害夫人的罪魁祸首。

一晃五年过去了。局势越发动荡不安起来，四处都流传着长安王意欲谋反的传闻，有人说长安王已经召集了一帮强盗土匪，不仅有朝鲜来的僧人，还有轻大臣同父异母的哥哥秀康。许多人都声称自己看见秀康在长安王的府上进进出出。

天皇也谨慎起来，在京城地区征召护卫来加强对皇宫的保护。安盛经常前往京城寻找新的线索，这一天，他和往常一样来到京城，本想打探一些新的消息，可惜一无所获。正在街头瞎逛的时候，忽然有人叫住了他。

这天下着雨，路面上全是各种车痕，此时正有一辆牛车路过，一个佩刀男子路过。安盛看了一眼，便继续往前走。

“安盛啊！好巧！”带刀路过的男子正是安盛旧日的好友。

“忠信？”

“安盛！自从轻大臣家出了事之后我一直很挂念你啊！怎么样？最近还好吗？”

“也就那样，在老家打打猎混口饭吃！”

“那也不错啊，现在政局不稳，天皇都在征召勇士护卫呢，我现在就在近卫府里当差，你要不要过来？”

这时候，几个普通百姓从这边经过，抬眼看见是两个佩刀的男人在说着话，上下看了好几眼才离开。一会儿又走来两个贩售小物件的女人，一个患有眼疾的老太太和一个年轻一点的女人，她们把货物顶在头上的篮子里，看见这两个佩刀的男人，慌慌张张地跑了。

忠信转头目送着那个年轻一些的女人，说道：“这几天一直在征召护卫和勇士，大家都人心惶惶，不知道是不是要打仗了啊？”

“鬼才知道呢，流言蜚语到处都是，可谁也不知道是真还是假。”

“你知不知道轻大臣的哥哥？同父异母的那个，叫秀康的。”

“知道啊，就是那个成天和强盗为伍的坏秀康啊。听说他又跑回京城来了！到处都在说，官府的人每天都在搜查他的下落。也有很多人说见过他，不过问讯起来又说不清楚是不是他。忠信你看见过秀康没？”

“我也只听过他的名字，没见过他！”

“哎呀，要是能逮住这个十恶不赦的大恶棍，那我们就扬名立万了！不说他了，安盛你要不要来做护卫？没准真的打起仗来了，要是有战功以后也能混个小官当当。”

“说得也有道理，我家里还有一个表弟，今天满十八岁了，我早就想着与其在乡下打猎倒不如想办法进宫当当差，一直没找到门路。这样吧，我改天带他一起去找你！”

就这样，安盛辞别了好友，回到长柄之后立刻收拾了东西，然后带上自己的“表弟”回到京城，找忠信加入了近卫府，成了皇宫内左近卫的一员。左近卫在皇宫的日华门，右近卫在皇宫的月华门，就在紫宸殿的两边，每天负责护卫紫宸殿。

左近卫的值班时间是午夜的丑时到子时，右近卫值班的时间是丑时到寅时。时值五月，梅雨绵绵，从早到晚雨下个不停，这天一早，雨大得惊人。刚值完班的护卫们坐在日华门旁的值班房间里，靠在炉火边边喝酒边闲聊。突然有一个护卫讲起了自己知道的一个大新闻：

“我弟弟在式部卿府上当差，那天晚上他亲眼看见的事呢！就在前天夜里，原本养在泉殿附近的狗大半夜忽然狂叫！一直叫一直叫，把家里的仆役都吵醒了，只好起来看看怎么回事，奇怪的是刚走到院子里面，那狗的叫声忽然就变了！原先是凶狠地叫，突然变成惨叫了！连式部卿都被吓醒了，披了衣服起来看是怎么回事。这狗啊，式部卿都养了好几年了，平时只要他稍微叫它一声，那狗就跟撒娇的小孩子一样跑过去缠着他。可那晚式部卿喊了它却一点动静都没有，连声响都没有了。家里人都觉得奇怪，明明刚刚还在叫唤。可是天太黑，根本看不清，等到大家举着火把灯笼过来找，却都没看见狗！找了好大一圈，竟然发现泉殿门口啊，有一个血淋淋的狗头，狗身子却不见了！所有人都吓坏了，赶紧到处找，结果发现狗身子在小桥下面躺着！地上还有许多可疑的痕迹呢！肯定是有强盗毛贼进来了，然后狗发现了就使劲儿叫唤，他们见行踪暴露就把狗给砍了。全府上下都吓坏了，赶紧四处搜查，最后啊，在西北角的墙上找到了脚印，肯定是翻墙进来的！不过哪有毛贼敢到式部卿府上去偷东西啊，肯定不会是一般人！我一听我弟弟说的，我就知道是谁干的了！”

“搞不好就是那个秀康干的吧！”另一个躺倒在地的护卫插嘴道。

“可不是嘛！我就觉得这事肯定是秀康干的！他八成是想除掉这个式部卿呢！你们怎么说？”

叽叽喳喳说了没多久，大家又转移了话题，丑时将近的时候，都不自觉地坠入了梦乡，炉火一点点熄灭了，只留了一些小火星还在闪耀。

外面的雨一点点变小了，安盛的表弟也躺在护卫堆里打起了盹儿。他做了一个梦，梦中有一个美丽的女子，穿着一身淡红色的衣裳，远远地向他招手，他往前走几步，那女子便退几步，不管怎么追都追不到眼前的女子，只有一抹淡红色在眼前萦绕着。没错，这个"表弟"就是一直藏身在长柄的鹤若。

梦中的鹤若只觉得脚下像是踩着棉花一般不着力，奋力地想要去追母亲却追不到。

"快来人！有刺客！"

突如其来的叫喊声把睡梦中的鹤若喊醒了。此时屋外的雨已经停歇，鹤若飞快地抓起自己的弓箭，快步跑到紫宸殿附近。屋外一片昏暗，看不清周遭情形，鹤若索性闭上了眼睛，全神贯注地听着周围的声音。忽然，一阵踏入水洼的脚步声响起，鹤若睁开眼睛一看，三两个黑影从前方一闪而过。

正在这时，原本遮月的云朵就在此刻透露出一道缝隙，星光顿时洒落，鹤若借着星光开弓射箭，"不许动！"人影听见鹤若的声音顿了一顿，立刻往紫宸殿飞奔，鹤若嗖嗖地射出两箭，人影顿时扑倒。巡逻的护卫们在听见动静后也赶了过来。

整个皇宫都惊动了，所有的护卫将皇宫仔仔细细搜查了一遍，宫内宫外全都被严密包围起来，以防刺客还有别的同党。一番搜查下来，没有见到其他的可疑分子，唯有两名身着黑衣的蒙面男子被射死在了紫宸殿前的台阶上。

天皇派人检查了这两具尸体，没想到死的两名刺客是长安王的贴身侍从！一个叫作野宿奈麻吕，一个叫作秀，射死他们的弓箭上刻着"轻鹤若麻吕"的名字。

天皇震怒，连夜就派兵将长安王的宅邸团团围住。穷途末路的长安王亲手杀死了自己的夫人，然后纵火烧毁了宅邸，自己也葬身火海。包围在外的士兵把四散逃亡的仆役全部捉拿。没过几天，长安王的其他几个党羽也全部都被流放到偏远的地区。

就这样，几乎在一夜之间，长安王的势力全部被连根拔起，所有的余党都被送往弹正台接受审问。此时的鹤若已经成了长官，在弹正台听审。审到秀康的一名部下，他交代说当年轻大臣出使大唐，其实是因为他得罪了长安王，长安王为了除掉他才策划了阴谋。连夕雾夫人都是被秀康残忍杀害的。

鹤若终于知道了自己父母受害的始末，不禁伤感起来。

6

长安王的叛乱被迅速平息之后，政局稳定了许多。夏天来临的时候，决定派出遣唐使出使大唐。这一次的出使队伍极其庞大，各种大小官员齐备。

鹤若早就因为护驾有功，当上了参议，于是大家都称呼他为“弼宰相”，安盛始终陪伴在他的左右。鹤若也在出使的队伍之中。这一次的出使是鹤若主动要求的，他原本就想着去大唐寻找一下父亲的下落，正巧朝廷有使节团出使，于是主动要求参与，通过了层层筛选。当年父亲在不明不白的情况下被送往大唐，而长安王又通过贿赂勾结大唐的官员，联手将父亲除去。虽然鹤若心知父亲活着的机会应该十分渺茫了，但是有时候他又忍不住想，自己被安盛保护在长柄平安地活了这么多年，万一父亲也得到好心人的庇护，平安地活着的话……想到这里，鹤若就迫不及待地想要去大唐寻找父亲。

一路过海十分顺利，达到大唐的宁波港后，使节团便换车马前往大唐的都城，抵达都城后，大唐的官员将使节团安排在了鸿胪馆休息。休息整顿了几天，使节团选了一个黄道吉日进皇宫将天皇的国书交给了大唐的皇帝陛下，并把带来的诸多贡品一一奉上。

大唐的皇帝新登基不久，先皇因为遭遇内乱而被害，皇子快速地平叛并登基成为新帝，使节团的到来让新帝十分高兴，在华清宫亲切地召见了鹤若一行人。

使节团在大唐停留期间，使节团的人都潜心研究大唐的制度，鹤若在闲暇的时候四处探访轻大臣的下落。轻大臣当初是被大唐的官员邀请去府上拜访，但这个官员却收了长安王的贿赂，派一顶轿子把轻大臣接走。这个官员与前代的叛军一起都被新帝平叛后满门处斩了，现在鹤若想要了解事情的真相也不知该如何下手。

鹤若思前想后，决定还是在大唐的权贵中找一个来帮自己探查，在新帝尚未登基的时候，总督唐尧明就是他的得力干将，而且此人一向心地善良，鹤若心想，如果能得到他的帮助，一定能尽早探明自己父亲的下落。于是鹤若决定登门拜访。

其实也算是缘分，新帝在召见使节团的时候唐尧明也在旁边，对这个年轻的副使有不错的印象，仆役汇报说是鹤若前来拜访，他便立刻换好衣服接待他。鹤若带了翻译来，由翻译向唐尧明大人表达了谢意并献上了一些见面礼。唐尧明对日本的风物十分感兴趣，询问了许多日本的风俗，鹤若细心地回答了他的问题，让唐尧明十分开心。

闲话一番之后，鹤若道出了此行的真正目的，他把自己的父亲如何被人设计出使大唐，又如何失踪的事告诉了唐尧明大人，说到伤心处不由泪流满面。唐尧明同情地望着鹤若，在翻译完完整整地将话语转述给唐尧明大人之后，唐大人仔仔细细地听了一遍，并将鹤若没有说清的细节确认了几遍。

“使者放心，我一定会把这件事报告给圣上，帮您寻找令尊！”

唐尧明十分赞赏鹤若的一片孝心，鹤若听到唐尧明愿意给予帮助也是十分感激，原本鹤若想跪拜唐尧明以谢他的大恩，但是唐尧明却把他扶住不愿接受。

鹤若欣喜地离开了唐府，盼望着唐尧明能早些帮他找到父亲，这也是现在唯一的希望了，有办法总比没有办法好。但是就算有人帮助，鹤若还是不愿坐等消息，有时候他总想着在大街上刚好能遇上自己失踪的父亲，空闲的时候，鹤若便和安盛一起在京城中四处探访。

刚入冬的某一天，鹤若带着安盛一起走到了京城郊外的一个镇子上，此时已经过了午饭的时间，两个人早就饿得前胸贴后背了，再走下去又要走上前不着村的乡野去了。正在二人想着要找个小饭馆吃饭的时候，眼前出现了一个小酒馆，门口插着酒旗，鹤若与安盛迫不及待地走进了酒馆。

这酒馆看起来并不大，里面却摆了四张大桌子，另外还有三四个人坐成一桌在吃饭。鹤若在大唐待了有段时间了，在这种小酒馆吃饭并不陌生，他找了个位置坐下，然后招呼店里的一个女子过来。穿着蓝色衣服的女人见他们进来，便已经跟在他们身侧，鹤若从口袋里拿出一些钱，然后做了一个吃饭的动作。女子笑着点了点头，收下了钱往厨房走去。

厨房就在店门的左边，那里有个人高马大的男人正举着菜刀剁肉，见女子过来和他说了几句，便打开了一边的橱柜取了一些东西出来摆在菜碟中，身穿蓝衣的女子把这碟菜端到了鹤若与安盛的面前。鹤若看了看盘中的东西，似乎是肉丸，两人早就饿得头晕眼花了，闻着香味立刻大快朵颐起来。没多久，店里的另一桌客人就结账离开了。

就在两人快吃完的时候，穿着蓝色衣裳的女人和切肉的男人交头接耳地说着话。鹤若吃完了便起身打算走，刚走到门口，穿蓝衣的女人忽然走到了他们身边，轻轻地招呼着他们。鹤若与安盛都不懂汉语，只觉得可能是有什么事。

“她要做什么啊？”

“是让我们过去吗？”

“过去干吗？”

“不知道啊，过去看一看吧。”

两个人商议了一番决定先跟过去看看情况。

女人一直看着鹤若和安盛两个人，见他们走了过来，便继续招手，然后推开了另一扇房门。鹤若和安盛丈二和尚摸不着头脑，全然不知道她这是要做什么，只好跟着走进了房间中。

这间房并不大，不过显得更干净整洁一些，房里面也是一张大桌子。女子做了一个请坐的手势，两人便也顺从地坐了下来，结果二人一坐下，女人就自顾自地出了房间。

“叫我们到这里干吗？”

“不知道啊，难道还有什么饭菜？”

“不会吧，我们的都吃过了。”

“是卖其他东西吗？”

“也许吧……”

女人出去没多久就再一次推门进来了，这一次她带了一壶酒来。女人把酒壶放在大桌子上，取了两个碗，倒满了酒，然后笑着做了一个请喝的手势。

鹤若和安盛心里纳闷，一时没有反应过来，女人立刻又做了一次喝酒的动作。鹤若心想一个女人应该不会有什么恶意，于是端起碗喝了起来，安盛见鹤若喝了起来，便也端起酒碗。

“真是美酒啊！”安盛一口饮尽，刚打算放下酒碗，却觉得双手不听使唤，酒碗哐当一声摔碎在地。安盛正奇怪，自己的手是怎么回事？抬头打算问一问鹤若，却发现自己连口都开不了了。

“中毒了吗？”

安盛刚反应过来便眼前一黑，完全失去了知觉。

当安盛清醒过来的时候，自己正头痛万分，他睁开眼睛发现四周是一个昏暗的房间，自己竟然一丝不挂地仰面躺在草堆上。

“这是什么地方？”安盛努力地回忆了一番，只记得自己和鹤若被穿着蓝色衣裳的女人招呼去屋里喝酒，那可是不错的美酒啊。只是喝完之后便觉得手脚都不听使唤了。之后的事自己完全想不起来了。

“主人呢？”安盛连忙四处张望。鹤若此时也已经被扒得精光，正趴在安盛附近的草堆上。在草堆上还有另外一个没穿衣服的男子仰面躺着，知觉全无。

“到底发生了什么？”安盛正准备坐起来却听见门外传来脚步声，他不敢轻举妄动，赶紧躺下，眼睛眯成一道缝看着房中的情形。进来的正是酒馆中剁肉的男人。

男人似乎十分谨慎，他先是认真地观察了一番三个人的脸，然后挑选了那个不认识的裸男，抓住那个裸男的一只脚把他就这么拖了出去。

安盛顿时吓出了一身汗，原来这是一家黑店，他们喝的酒里被下了迷药。那个被拖出去的裸男估计是凶多吉少了，安盛回想起刚走进酒馆时那个人高马大的男人恶狠狠剁着肉的情形。

“必须快点逃命啊！”

安盛站了起来，活动了一下筋骨，虽然力气还没有完全恢复，但不妨碍自己的行动。他快速地环顾四周，在角落里找到了自己和鹤若出门时穿的衣服，佩刀还在边上。

“有刀就好多了！”

他扶起鹤若使劲儿拍打着鹤若的背部，但是鹤若就跟烂醉的人一般根本没有反应，安盛心知此地不宜久留，立刻把衣裳盖在鹤若身上，将两把佩刀都插在腰间，之后拔出了其中的一把握在手中，另一只手扛起了鹤若。

安盛小心翼翼地推着门，大概是觉得屋里的人都在昏迷不醒，所以门并没有上锁，安盛反复推了几下就打开了门。

门外是一个长满杂草的院子，此时天已经暗了下来，夕阳一点点下落，安盛扛着鹤若往院子的侧门走，穿过了一片小树林走到了一条乡间小路上，确认周围的环境之后安盛放下了鹤若，按摩着他的背部和四肢，鹤若终于清醒了过来。此时皎洁的月光已经洒落下来。

发生了这样的事之后，鹤若再也不敢在外就餐了。他每日都在翘首盼望着唐尧明的消息传来，可是日子一天天过去，却没有一点音讯。起初，鹤若不好意思直接登门询问事情的进展，但是这样等待的日子实在让鹤若坐不住了，他亲自跑到了唐府。正巧唐大人准备出门去，见到鹤若便宽慰他说现在确实没有找到什么线索，但是他已经把这件事上报给皇上了，皇上一直很关心这个事情，总是问起，相信再过段时间一定会有进展的。

鹤若的心里又有了一丝希望。

7

冬天很快就结束了，春天也一点点消逝，夏天来临的时候，使节团的回国日程也渐渐被提了上来，然而鹤若还是没有父亲的线索。鹤若有点失望，但是他始终觉得父亲的遗体没有被发现，也没有证据表示父亲已经死去，那么他一定还活着。鹤若开始思考起来，想着有什么办法能让自己留在大唐，好接着寻找父亲。但是如果自己想要留下来，那么唯一的办法就是躲起来，让使节团的人找不到自己，但是他怎么也想不出合适的方法来。

时间很快就到了临行的前一天。这一天，皇帝在宫殿中大摆筵席招待即将回国的使节团，众多的大唐官员与使节团的人们一起举杯畅饮，无数美貌的宫女端菜倒酒，各种乐官演奏着精彩的音乐歌舞。所有人都喜笑颜开，唯有鹤若兴致全无。热闹的宴会反而使他觉得悲伤，于是他起身离开，在回廊处徘徊着。

日薄西山，宫殿变得灰暗起来，鹤若这才发觉自己离席已经太久，赶忙回到宴会之中。此时宫殿中已经燃起了灯火，他重新回到自己的位置，往皇帝所在的方向看了一眼，却被他背后的灯台所吸引。这些灯台左右各一排，约莫五十多个，好像是身穿黑衣的人所排成，每个人的头上都是灯盏。

“好特别的灯啊！”和鹤若一起出使大唐的藤原押使转头对鹤若说道。

“是啊，我也看见了，这到底是什么呢？”

使节团的人从未见过如此特别的灯，忍不住交头接耳地议论起来，宴会变得更加热闹起来了。

此时一位侍从走到鹤若的身旁，屈身道：“皇帝陛下召见您。”

鹤若不敢耽搁，立刻起身。随着侍从往皇帝的身边走，只见唐尧明等权贵官员随侍在皇帝的身侧。鹤若行了跪拜大礼。

只听翻译在自己的身边说道：“皇帝陛下非常同情您的遭遇，只要轻大臣还在世，陛下一定会派人打探出他的下落，再把他送回日本去。您就安安心心地回去吧！”

鹤若将自己的满腔感激说给翻译听，翻译再次将话转述给皇帝陛下，此时的鹤若已经是泪流满面，他退开一步跪下行礼。就在这个时候，皇帝身后的一座人形灯台忽然发出悲鸣的声音，颤抖着将头顶的灯盏都打翻了。

皇帝陛下身边的侍从立刻走到灯台前，阻止灯台的行动。皇帝陛下与周围的大臣都惊讶地望向那个人形灯台，只见灯台伸出右手在口中咬破，任鲜血流淌下来。热闹的宴席登时安静下来，如此有失国体的事情在此时发生让所有人都呆若木鸡。

灯台人跪在地上，用沾满鲜血的手指在地上一笔一画地写着。原本呵斥灯台人的侍从看见血字后惊慌失措地跑到唐尧明等诸位大官的跟前汇报。唐尧明神色突变，立刻往灯台人的方向走去，鹤若也忍不住往那边看去。而那个灯台人分明是在望着鹤若，他举起手来向鹤若招手。鹤若一时不知道如何是好。

唐尧明立刻冲到了鹤若的身边，把他拉到了灯台人的身边，低头一看，地上的血字清晰地写道：“原是使臣越海来，偏受苦无归处。流落他乡历劫难，每逢佳节倍思亲。此身沦为灯台鬼，只求他日归故里。”

鹤若恍然大悟，立刻抱住了眼前的灯台人，眼前的灯台人正是自己失踪多年的父亲。那时候的轻大臣被人下了迷药，嗓子被毒哑，历经磨难变成了灯台鬼，而此时终于和鹤若团聚了。父子二人抱头痛哭的声音在宫殿中久久不散。

山王传说

1

日本是一个怪谈文化繁荣的国家，各种妖魔鬼怪的传说精彩纷呈。

相传，18世纪，在如今的广岛地区，有一名少年名叫稻生平太郎。他自幼跟随剑术师父苦学，剑术了得，获得了一个“稻生小天狗”的美名。在他出生前，他的父母从亲戚家过继了一位养子，叫作新八郎。然而新八郎身体不好，常年生病，没办法，他只好回到生父生母家，如此一来，平太郎家里只剩自己和一位仆人。

平太郎有一位关系不错的邻居，名叫权八，是个退役了的相扑好手，身手不凡。五月的一天，平太郎去权八家做客。两人相谈甚欢，聊着聊着，他们聊到了“大熊山的妖怪”。两人口中的大熊山在广岛西北部，相传，山上不仅有妖怪，还有一棵素有“天狗杉”之称的大杉树。

权八觉得，上山历险定是一件妙事。素来好奇心强盛的平太郎也跃跃欲试。于是，权八提议抽签，谁抽中谁就上山看看，看能否与妖怪来个“邂逅”。平太郎欣然应允，他们商议，各自做好准备，无论抽到谁，都在亥时动身。

平太郎赶忙回家吃了饭，带上斗笠和蓑衣后，又回到权八家。最后，是平太郎抽中了签，他的冒险旅程就此开启。

平太郎全副武装向大熊山进军。但天色实在太黑了，伸手不见五指，天空中又飘来了阵阵小雨。平太郎只能摸索着前进。有时他会不小心踏进稻田，有时又会被树枝、荆棘挡住去路，行程十分缓慢。平太郎进退两难：前路险阻实在不好走，但如果半途而废，又实在有失颜面。思索片刻，他只能硬着头皮前进。

过了一会儿，他来到了山脚，离目的地更近一步了。这山本就不好爬，再加上雨天路滑，困难重重，然而平太郎却觉得颇有乐趣，一想到有可能会碰见妖怪，他就精神十足。

不知不觉，平太郎来到了传说中的三次若狭守府邸遗址。这是一小块平地，再往上爬，他看到了模糊的三次塚。平太郎在三次塚旁伸出手向后摸，摸到一棵大树，这应该就是那棵“天狗杉”了。

此时雨并没有停歇的意思，黑暗中，平太郎席地而坐，他屏住呼吸，等待妖怪的现身。然而，半个时辰过去了，除了风吹树叶响，一切都很平常，没有什么妖怪出现，也没有什么奇怪的事发生。平太郎有点失去耐心了，想着不如回家吧。为了证明自己来过这里，他从地上拔了一小撮草，然后将草拴在三次塚顶端。做完记号，平太郎起身返程。

返回到那块平地时，平太郎突然察觉身旁有响动，没搞错的话，应该是什么奇怪的东西刚刚擦身而过。他二话不说，拔刀就砍，一砍不中，再砍一刀。

然而，他只看到刀尖与硬物相撞迸发出的火花，却没能真正砍中对方。正当他准备再度战斗的时候，传来了他熟悉无比的声音！

“我是权八呀！”

平太郎闻声，立刻停下手中的动作。然而，他还是半信半疑。

“你走之后我怎么都放心不下，就跟着上山来了。”

平太郎这才放下心，两人收回彼此的刀，结伴返程。

这段冒险之旅就这样收场了。

2

不知不觉，夏日悄然而至。平太郎依旧经常和权八结伴而行。这一天，两人前去河边纳凉，正畅快地聊着，他们看到大片乌云从大熊山飘来，看样子将有一场倾盆大雨要下。

果然，没一会儿就打起了响雷，紧接着，大雨如期而至。平太郎和权八慌忙失措，快速跑回各自的家中。

两个人都被雨水淋得湿透了。平太郎换上仆人送来的干净睡衣，一阵困意袭来，他干脆躺在床上准备睡觉。

正当他昏昏欲睡之际，突然听到仆人痛苦的呻吟声。平太郎立刻起身，跑到仆人的房间一瞧，发现自己的仆人正魔怔般整个人仰躺在地，四肢扭动个不停。

“喂！六助！发生什么事了？你快醒醒！”平太郎大声叫道。

仆人听到叫声清醒过来，站起来回话说：“小的好像梦魇了，刚才我梦见一个健壮的和尚把小的按倒在地，简直要令小的喘不过气来了，还好您把小的叫醒了……”

他一面说一面还向四周打量，一副心有余悸的样子。

“哎呀我还以为什么事！你的胆子也太小了。”平太郎听罢仆人的解释，不以为意。

回到自己的房间后，平太郎已经丝毫不觉得困顿了。

突然，屋里的纸灯被一阵不知从哪儿刮来的风吹灭了。平太郎看到纸门外竟然烧起了大火。眼前的景象令平太郎瞠目结舌，他想要去开门，却发现怎么也打不开那门，平太郎只好踹开纸门，然而，屋外的景象再度令他大吃一惊：哪有什么大火，连一个火星都见不到！

一连发生这么多怪事，平太郎不禁开始认真思索。正当他冥思苦想时，他发现自己也如同被定住一般，丝毫动弹不得。此时，平太郎听到一旁有响动，他移动视线，看到了一个凶神恶煞的和尚就在庭院内。

那和尚向平太郎缓缓走来，一把揪住平太郎的领子，两只眼睛犹如铜铃一般令人害怕。即使一向胆量过人的平太郎也被吓到了，他试图挣脱开来，却重重地摔在了地，打了个滚。不过这倒让他滚回了枕边，他摸到了自己的佩刀，朝和尚发起猛烈的进攻。哪里想到，那和尚居然施展了遁地术，钻进了榻榻米下！

平太郎二话不说，朝榻榻米就是一阵狂捅，希望能捅死对方。可怕的是，眼前的榻榻米竟消失不见了。他揉了揉双眼，不敢相信眼前发生的一切。摸黑点亮纸灯后，他惊讶地发现，榻榻米不知何时被何人堆在了角落里……

当平太郎与那和尚做着激烈争斗时，隔壁的权八听到了响动。他想前来一探究竟，结果在平太郎家门口看到一个十多岁的小姑娘走了出来。正疑惑时，那姑娘竟一把掐住权八的脖子将权八掐晕。直到黎明时分，他才得以醒转。权八担心平太郎出事，在院子门口大声喊着："平太郎！发生什么事情了？"

然而并没有人作答。权八只好自己开门进入。刚进院子，他就看到，举着刀的平太郎朝自己砍来……

权八扛住平太郎握着佩刀的双手，大声喊叫震慑，平太郎这才清醒过来……

3

经历了诡异骇人的一夜后，仆人六助在村里绘声绘色地描述着前一晚发生的怪事。很快，一传十十传百，整个村子都知道了平太郎家闹妖怪的事。

平太郎有三个朋友，知道了这件事以后，便自告奋勇前来捉妖。累了一整晚的平太郎很是疲惫，无精打采，于是将捉妖重任委托给了他们。

三个人围着纸灯而坐，讨论着妖怪的事。有人觉得妖怪属于无稽之谈，有人倒想借此开开眼界。不知不觉就到了后半夜，三人干坐着有些无聊，便想喝茶消磨时间。没料到，正当其中一人起身拿茶具时，茶杯突然自己飘了起来，并且在空中飞来飞去。

三个人被眼前的景象惊呆了，呆若木鸡地站在原地，此时，纸灯和火盆竟也飞了起来。那火盆一路高升，撞到天花板后砰然翻落，三个人满面炭灰，吓得夺路而逃。

从此，平太郎家闹妖怪的事更是被传得有鼻子有眼，许多没见过的人谈起来都好像自己亲身经历过一般。平太郎的伯父听闻此事，想把平太郎接到自家住，以防出现意外。

谁知道，平太郎胆子很大，他婉拒了伯父的好意，坚持住在自家。

经历了一连串怪事后，平太郎的仆人六助有些待不住了。他生性胆小，一来二去更加吓得睡不了觉。无奈之下，他拜谢过平太郎，决定不再在稻生府当差。新八郎的生父生母听说后，就派自家仆人前来侍奉平太郎。

每一天，都有不少村民络绎不绝地来到平太郎家，想要看热闹，村官见状，认为这会扰乱民心，更妨碍农作，于是贴出了告示，禁止无故聚集在稻生府。

4

又过了几日，新八郎来到稻生府看望平太郎。天公不作美，下起了大雨。直到傍晚雨还是没有停的意思。平太郎便留新八郎住了下来。

无法回家，新八郎只能留下，他自小就是小胆量，生平最怕妖魔鬼怪，虽然有平太郎作陪，依旧神经紧张，但凡听到一丝声响，就惊慌地四处查看，唯恐遭到袭击。

担惊受怕的新八郎突然听到有什么东西掉落下来，弹到了蚊帐上。他惊慌地问道："什么东西？"

只见平太郎习以为常地答道："没什么，由妖怪闹吧。"

平太郎不慌不忙，语气平淡，这依旧无法安抚新八郎内心的惊慌。他盯着那掉落之物仔细查看，才发现那是只木屐，正是他白天穿过的，正当他瞠目结舌之时，那木屐竟消失得无影无踪。新八郎惊魂未定，心想，妖怪既然已经捣过乱了，应该不会再现身了吧？哪知，他刚打算闭眼，就看到自己脱下的外衣袖口中钻出个小脑袋，那小脑袋还冲他笑了一下。

这下可把新八郎吓坏了，他蒙头缩进被窝，浑身颤抖着，一整晚都没能入睡。

翌日，新八郎一大早就踏上返程。平太郎随他一起回家，直到黄昏才返回自家。到家门口，他发现又有几个壮年等着在他家守夜。

看着他们自告奋勇的样子，平太郎觉得有些可笑，但对方是一片好意，他也没再推辞。

这五六个青年围着火盆，认定了茶杯、纸灯自己飞来飞去都是妖怪作祟，嘲笑之前那三个人大惊小怪，一副胸有成竹的样子。

夜越来越深，空气安静得有些可怕，屋里也越来越冷。几个人有别方才的侃侃而谈，渐渐默不作声，相互看着对方，没人发现火盆中的火越来越旺。突然，那团火变成一个火球，缓慢腾空，又重重地落下，发出震耳欲聋的巨响。几个壮年吓得屁滚尿流，争先恐后地逃出了屋子。

火球落下的声音搅扰了平太郎的好梦。他来到壮年们原本待着的房间，发现房间里已经空无一人，房间中央有一块焦痕。平太郎微微一笑，神情自若地回到自己的房间。

这一晚，新八郎毫无征兆地染上重病，卧床不起。

5

过了几日，平太郎有要事要和一位旧友商议。他前往老友家里，直到晚上才踏上返程。

那天气候宜人，抬头是皎洁的明月，沿途是一路芬芳。平太郎沿着一条小河，不疾不徐地走着。没过多久，他发现河边的草丛中趴着一个人，看样子是个女子，不知是否受了伤。

那女子纹丝不动，露出了白嫩的小腿。

平太郎救人心切，赶忙冲过去将女子晃醒。“你怎么了？”

那女子醒转过来，看向平太郎，鹅蛋脸上满是惊慌。好一个美人。

“姑娘莫要惊慌，在下是稻生府武士平太郎。敢问姑娘，是遭遇不测了吗？”

那女子略显羞赧，快速整理好衣衫，答道：“小女子命苦，自幼失去双亲，一直借住在伯父伯母家。前不久伯父不幸罹患重病，为报答伯父养育之恩，小女子决定瞒着二老卖身筹钱，好替伯父治病。没想到，家里的熟人竟是歹人，说好的安排小女子去某个长崎人家里做侍女，却和那人合伙将小女子骗到那荒僻地界，想要欺侮于我。小女子奋力逃出，无奈奔逃到这里时体力不支，不觉昏迷过去……还望这位大人救我……”

平太郎不由对这女子心生怜悯，便将那女子领回了自己家中。

平太郎让女子在客厅等候，自己回卧房换了换衣裳。他寻思着怎样把女子送回家，想要再细细询问女子身世。哪知，等他走回客厅时，竟发现那女子已消失不见了。平太郎到处寻找，也未能发现女子身影，纳闷之际忽又恍然：这女子，八成也是妖怪！想到此处，平太郎哭笑不得。

6

稻生府经常有猎人出入，作平就是其中之一。他知晓驱散妖怪的方法，给平太郎出主意道："西行寺的菩萨很是灵验，去那里拜拜佛，请一幅佛像，回来念经，就能赶跑那些妖怪。"

于是，平太郎将这一重任拜托给作平。

作平出发前往寺庙的时候已是黄昏时分，没走几步，天就暗了下来。他选择了一条竹林小道前行，若在平时，月光照耀，小路很好走。不巧的是，当天乌云密布，月亮被遮挡在乌云后，竹林里一片漆黑。但因为是猎人，摸黑前行对作平而言是易如反掌的事，所以作平也未觉不妥。

走着走着，作平看到不远处有人提着灯笼前来。无独有偶，来人竟是自己的熟人——武士曾根。

"作平老弟，这么晚了你还要去哪儿？"

"哦，有点小事要前往西行寺。"

"啊呀，你怎么连灯笼都不备上一个？天这么黑，你独自一人可不好走呀。反正我也快到家了，要不，我把灯笼给你？"

作平本想推辞，但曾根十分热情，硬是把灯笼塞进他的手里。

作平提着灯笼，脚步快了许多。但走到一片松树林时，他突然发现一个人高马大的和尚目露凶光瞪向自己。作平突然间吃了这一吓，竟晕了过去。

过了一会儿，作平苏醒了过来，他发现那和尚已不知去向，乌云也散开了。月光之下，眼前不再是一片漆黑。但即便如此，遭受了惊吓的作平还是打消了前往西行寺的念头，慌慌张张地跑回了家。

翌日，作平想起前一晚匆忙之中把曾根的灯笼落在树林中了，于是前往曾根家说明情况。

"曾根大哥，不瞒您说，昨晚我遇到个凶神恶煞的和尚，慌乱之中遗失了您借给我的灯笼。我这就去取回来还给您。"

"我的灯笼？"曾根竟一脸的迷茫，"我昨晚连门都没出过，什么时候借过灯笼给你了？你没有记错吧？"

这话一出，作平心中一惊……

说回平太郎。平太郎等作平一直等到半夜，见他没有回来，心想恐怕他是不回来了。眼见天就要蒙蒙亮了，平太郎打算去睡一会儿。正当他起身回卧房时，感觉到自己的袖子被什么人拽了一下。回头一看，不是别人，正是之前他救助的姑娘。

平太郎当机立断，拔出佩刀朝那姑娘就是一刀，然而方才还在眼前的人转眼就不见了。平太郎无奈一笑，收刀入鞘。第二天天亮之后，作平急急忙忙赶回来，向他诉说了前一晚发生的诡异事，平太郎付之一笑。

从稻生府离开后，作平继续自己的寺庙之行。这一次，他终于从寺庙请了幅佛像回来。平太郎毕恭毕敬地将画像挂在佛龛中。当晚入夜后，他神情严肃地端坐在画像前，有条不紊地念经。

出人意料的事情再度发生，画中佛像竟然自行从卷轴中飞了出来，绕着屋顶飞来飞去。面对眼前发生的一切，平太郎已经见怪不怪，他神色泰然看着一切发生，没一会儿，那画像就自己回到了卷轴中。

是夜，半夜醒来的平太郎发现自己的床榻周边挤满了各式各样、大大小小的脑袋，有一些脑袋在哈哈笑，有一些脑袋在平太郎的蚊帐里到处翻滚……

和妖怪共处成了平太郎的日常。有一天，他在自家卧房中央看到一个孕妇，那妇人大腹便便躺在地上，样貌极其骇人。平太郎胆子极大，不但不怕，反而笑呵呵走上前去，径直坐在了那女人的肚子上。

女人的肚子爆裂开来，从里面爬出许许多多蛆虫，恶臭熏鼻。

7

关注着平太郎家，想要为平太郎献计献策的人可不是就只有一个作平。

某日，平太郎的朋友向他介绍了一个名叫重兵卫的猎人。据说，这猎人尤为擅长使用捕兽夹，曾经抓住过一只道行很深的狐狸精，也捕获过一只在祠堂吓唬人的猫精。

来到平太郎家后，重兵卫四处查看了一番，最终在院子边的一个角落里布下了捕兽夹。

当晚，重兵卫躲进厕所，在厕所门上戳了个小洞，他一动不动盯着捕兽夹周围，期待能一举抓到妖怪。

夜色沉重，犹如一条厚重而光滑的毯子，点点星光衬得周围更加冷清。

重兵卫紧贴着厕所门，聚精会神盯着角落里的捕兽夹。突然，厕所门嘎吱嘎吱响起来，重兵卫还没来得及反应，一只粗壮的大手伸过来，竟将他扔出了厕所。

在卧房休息的平太郎听到院子里“咣当”一声，他心想：莫不是那妖怪被捉住了？

然而，等他举着油灯跑出房门一看，却发现只有重兵卫躺在院子里昏迷不醒，捕兽夹依旧孤零零地待在角落里。

平太郎放下油灯，试图叫醒重兵卫，好不容易重兵卫才苏醒过来。恢复意识的他惊恐地说道：“这妖怪可不是什么狐狸和猫，那是天狗啊！”

看到他害怕的模样，平太郎彻底打消了驱赶妖怪的念头。他想，既然如此，那只能看谁能耗到最后了。

自那时起，再有人想要帮他驱妖，他一律婉拒。

过了几日，平太郎儿时的玩伴正太夫前来拜访。他携带着一把宝刀，据说那宝刀是藩主御赐给其兄之物，很是厉害，任何妖魔鬼怪都难敌此刀。看正太夫斩钉截铁要留在稻生府斩妖除魔，平太郎便应允了。

许久不见的两人痛快地畅聊着，正当两人停下话头时，竟有一个人头从厨房滚了出来。说时迟那时快，正太夫上前就是一刀。人头被劈开了，随即却凭空消失了。正当两人聚精会神等待妖怪再度现身时，那把宝刀的刀身居然从刀柄上掉了下来，弹到柱子上的刀身也断裂开来……一把宝刀就此被毁。

望着眼前的场景，正太夫无比气愤，他悲壮地说：“既然宝刀已毁，那我也只能以死谢罪。”说罢，他就要用匕首切腹自尽。平太郎见状赶忙阻止，他劝道：“你并非有意毁坏宝物，而是出于好意，想要解救在下，才不小心将宝刀损毁。不如等天亮后，在下同你一起去府上谢罪可好？”

“兄台好意我心领了，但一人做事一人当，这是身为武士最基本的精神……”话没说完，正太夫就用短刀切了腹……

平太郎拦截不及，眼睁睁看着正太夫在自己面前自尽而死。

一直以来，虽然妖怪在自己家里横行，但尚未因此致他人于死地。此时此刻，亲眼看着挚友因自己的家事而亡，平太郎觉得自己无论如何也无法脱了干系——正太夫是因他而死的。他越想越心痛，觉得无颜面对正太夫的家人，而且想到自己也很可能有一天会丧命于妖怪手中，苟且活下来也会受尽世人责难……想到最后，他也生出了自尽的心思，要与正太夫共赴黄泉。

平太郎决心已定，便留下两封遗书，分别留给伯父和新八郎。

正当他拔出刀准备切腹时，突然冲出一个人拦住了他。

“喂！你在做什么傻事？”来人竟是前些日子一直卧病不起的权八。

平太郎将来龙去脉告诉权八，直言自己决不能苟活。

权八听完后问道："话是如此没错，但你先告诉我，正太夫的尸首上哪儿去了？"

这时，平太郎才发现周围已空无一物，躺在身边的正太夫的尸体早已不见踪影，方才断掉的宝刀也消失不见。此时的他终于醒悟过来：哪有什么正太夫，哪有什么宝刀，分明是妖怪在作怪！方才自己是命悬一线，倘若不是权八及时出现，自己就真的上当了。

8

七月最后一天，算起来妖怪已经在平太郎家闹腾了整一个月。平太郎对前一晚发生的事依旧难以释怀——如果没有权八的及时出现，自己的命就没了。他不住地责怪着自己的愚蠢。

怅然良久，平太郎再度抬头时，发现一个武士装扮的人立于自己面前。平太郎二话不说，拔刀就砍，然而那“妖怪”不慌不忙，隐身于墙壁之中。平太郎愣住了，他感觉到此妖不同于以往那些妖怪，定然法力强悍。

不一会儿，墙壁里就传来声音：“不要徒劳了，你无法伤到本王的。本王在此现身，是要跟你交代些事。还不放下你的刀！”

平太郎只得听从那妖怪的吩咐，将佩刀放回原位。片刻后，“武士”从墙中走了出来。

“本王不是你们凡人口中的猫精狐狸精，而是山王，常年往来于各座高山之中。前些日子，你曾前往大熊山，当时，恰巧在大熊山的本王发现你头顶凶兆，难以活过七月。本着普度凡人的善念，本王才派出各种小鬼为你挡灾。若非如此，恐怕你早就命丧黄泉了。”说罢，“武士”手持一幅卷轴，声称卷轴中是治病救人的咒语，平太郎乃有缘之人，所以将此轴赠予他，希望他早日学有所成，好去帮助更多的人。

按照他的吩咐，平太郎虔诚跪地，接过卷轴，并诵读一遍。

等平太郎读罢，山王起身离开，嘴里说道：“至此，你我缘分已尽。”

平太郎内心涌起不舍，他追上前去，发现自家院子里有一顶颇为气派的坐轿，周围是五六十只神态各异的天狗，想必都是臣服于此山王的小鬼。当山王走到院子时，所有的天狗都跪到地上磕起了头，山王不紧不慢地坐进轿子。

此时，不知从哪儿飘来的一朵云缓缓下落，坐轿和天狗们驾云升入空中……

水魔物语

1

被官稻荷神社隔壁有一家小酒馆，在这小酒馆里，经常能够听到附近街头人们的叫嚷声。

从这个小酒馆里走出来一位女子，她要去浅草神社后面的观音堂。就在她绕过一棵银杏树的时候，树后面突然蹿出来了一个男子，他们擦肩而过，女子瞟了一眼男子，裹紧了大衣，继续向前走去。

男子径直走往小酒馆旁边的一家荞麦面馆，行至围墙的拐角处。那里挂着一个牌子，上面写着“公园第五区”。

“你是，山西？”一个声音从男子的背后传过来。他回头，发现身后有一名头戴鸭舌帽的男子。

他看清了那人的脸，正是他的朋友岩本。

“是你啊，你这是干吗？”

“我没事啊，随便逛逛。你干吗呢这是？”

“我啊，我本来约了一个人，现在有点状况，只好改天再说了。”

“别骗我了，你其实还是想不开是吗？”岩本笑了笑，走了过来。

“管我干什么？你还不赶快去找你的保姆去。”

“哎哟，别这样嘛，是不是那个老太婆？每次都在长椅上坐着的那个？”岩本说着，眉毛一挑一挑的。

“别瞎说了，我才不会理那种女人呢。”

“不是她那会是谁？对，是不是那个卖假花的女人？”岩本将手放在山西的肩膀上，轻轻地拍着。

“哎呀，你瞎猜什么，那种野花我怎么可能去找。走了，别在这儿聊了，去酒吧吧。”山西抖了抖肩，岩本将手放了下来。

二人朝经常去的那家小酒馆走了过去。

他们这些个不务正业的地痞流氓总是来这酒馆坐坐玩玩，岩本每天靠贴电影海报生活，而山西的爸爸则开了一家理发店，他能够在那里帮帮忙。

酒吧里的人很少，他们选择了一个合适的位置坐了下来，点了啤酒。

“你到底怎么了？看上谁了？”酒杯和啤酒被服务员端上来了以后，岩本忍不住问山西。

山西端起面前的啤酒，喝了一口，环顾了周围，说道：“那女子原是柳桥的，现在可不一样了，那脸蛋长得那叫一个漂亮，那身材，真是让人垂涎欲滴啊……”山西尽量将自己的声音压得低低的。

“不行吧，你可别轻举妄动，小心警察盯上你。”

“要报警就报警吧，我没办法。”

“你忘记局子里有多冷了吗？虽然现在开春了，可也冷得厉害。”

“我可不怕，我有厚厚的衣服。”

两人说着喝着，不一会儿就喝完了眼前的啤酒。于是，他们又叫了一杯。

“等着吧，有你羡慕我的时候。”山西的嘴角向上扬起。

“你这么有自信呢？那到时候你可要记得好好地跟我聊聊。”

二人一边喝着啤酒，一边说着一些香艳的话题，酒吧里的人渐渐多了起来，不一会儿，就到了十点半。

“我得走了，不能再跟你待下去了。”岩本将帽子好好戴在头上。

“你这是要去哪儿啊？”

“我得去办我自己的正经事了。”

他站起来，向门外走去。等了一会儿，山西也叫了服务员买单，走出了酒吧。

在路上，他想到了一件事。

那信，她应该收到了吧。

2

山西从酒吧里出来的时候，正赶上电影院和话剧院散场，街上一下子多了好多的人。皎洁的月亮在他的头上散发着光亮，他顺着街道向前走着。

他突然想起了那女子，她经常来理发店，所以他经常见到她。他知道她本是被一名议员包养的小三，怎料她与一个伶人竟然有着不清不楚的关系。于是，他顿时觉得自己的机会来了，他想要逼她就范。

于是，他给她写了一封信：

如果不想你的事情暴露的话，你就从明日开始，十天内，每晚八点到九点的时间里到浅草公所旁的酒吧里来找我，到时候我的大衣上会系一根红丝带，很容易辨认。如果你不肯的话，全城的人都会知道你的事情。

山西越想越开心，脸上不自觉地露出了笑容。

他走上土桥的时候，迎面走来了一个少女，看起来只有十六七岁的样子，那白嫩的皮肤，那美丽的身影，一下子吸引住了山西的目光。

他们两个擦身而过，山西回头看了看少女，又看了看周围，只有几个喝醉的男人，没有什么其他的人，便跟上了她。

他起了歹意，一路跟着少女往神社后的小巷子里走。他一边跟着少女，一边环顾着四周，确定没有其他的人盯着。

路过一片小树林的时候，山西看到远处的长椅上坐着几个女人。只看了一眼，他便认定那几个女人一定不是什么良家妇女，她们在一旁搔首弄姿，大声谈笑。

但是，前面这个少女，山西有把握一定能够搞到手。

树林里的萤火虫飞出来了，在山西的眼前飞来飞去。他和少女保持着一定的距离，因为他不能把那女孩吓着，而且也担心会被巡查的警察发现。那少女的衣裙就在山西面前晃来晃去，搞得他心神不定。

又跟了一段时间后，山西顾不上有没有警察了，他走上前去，喊了一声：“嗨！嗨！”

少女回过头来，可爱的脸庞展现在山西的面前。

“你这是要到哪里去啊？”山西十分和气地柔声问她。

少女转过了头，笑了一下，脸蛋上出现了红晕，山西被她迷住了，顿了一下，才回过神来。

“我陪你一起走走吧？”

少女转回身去，向前走去。

“告诉我，你的家在哪里呢？”山西走上前去，此刻他们的距离已经离得很近了。

他们向前走去，来到了一座雕像喷泉的池子边，山西这时候想要伸手去拉少女的手，但是，前面有几名歌妓经过，他只好将手缩了回去。

山西看了一眼那喷泉池子里的雕像，转过头来想要拉住少女的手，发现自己身边什么人都没有了。

他左看看，右看看，依然没有找到少女的身影。

山西不甘心，又返回到树林里找，还是没有找到。

3

山西在约好的酒馆里等着那个小三的到来，他挑了一个好位置，抬头正好能够看到酒馆的大门口。

墙上的表一分一秒地流逝，就快九点了，但山西还是没有看到那女子的身影。

他将衣服上的红色丝带摆好，眼睛依旧瞟着酒馆的门口。

忽然，坐在不远处的一张桌子的年轻人站起身来，走出了酒馆，山西断定他一定是去招妓了。

差十分钟就要到九点了，酒馆门口还是没有那女子的身影。山西有些着急了：她是真的不怕吗？看样子，我还得再写一封信给那女子啊。

山西这么盘算着。突然，他想起了昨夜的那个少女，那婀娜的身姿，那白皙的脸庞，真的是好漂亮啊。

此时，墙上的钟表打了一个钟，提醒着山西已经九点钟了。他想，看样子，那女子今天是不会来了，于是他向酒馆门外走去。他想着，今天要是再遇见那个少女就好了。

他朝着昨天晚上走的那个方向走去，希望能够遇见那个少女。他走上土桥的时候，果然看到了那个少女。她还是那样娇羞，那样美丽。

一看到她，他的心都要跳出来了。

那少女也看到了他，面带笑容，朝前走来。

山西想，今天我可不能够再跟丢了，我要一直紧紧地跟着她。

“月色这么好，要和我一起走走吗？”山西上前去，在少女的身旁停住，问少女。

少女低着头，瞟了一眼他，没有说话，向前走去。

“嗨，你昨天可真神奇，你是怎么溜走的？你叫什么名字啊？”山西跟上去问道。

“美奈和。”对方终于开口了。

“美奈和……美奈和……你叫美奈和。”山西一遍一遍重复着少女的名字，少女依旧朝前走着。

“你的家在哪里啊？”

少女没有回应。

“我们一起走吧。”

山西见少女朝着远处的山上走去，以为她是要到那山上的长椅上去坐一坐，便开心地尾随过去。

他们穿过池塘，上了一座桥，走上桥后，山西准备伸手去拉少女的手，发现……

身边的少女，再一次不见踪影。

山西寻找着少女，依旧一无所获。

4

过了一日，山西一开始还是在酒馆里等着那名小三，结果还是没有等到。于是，他又想到了前一日消失的神秘少女，就走了出来，去往遇见她的那个土桥上。

但是，他依然没有等到。他又到山上的长椅上坐了一会儿，还是不见那少女。

这时候，夜已经深了，许多商店都拉下了门帘，准备睡觉了，但是山西不想就这么回家去，他想起了在邮局附近一家肉铺里帮忙的女子，也还蛮好看的。

他走下山去，向那肉铺走去。他走到商街中央的时候，面前出现了一个熟悉的身影，恰是那屡屡消失的神秘少女。

“哎，是你啊，昨天你又溜走了。”山西走上前去与少女搭话。

少女没有说话。

“你这是要去哪儿啊？”

她的脸转向电车大道的方向。

“我陪你吧。”山西经历了两次失败。这一次，他可不想再让她溜走了。

少女点头同意了，山西赶紧跟在她的身后，眼睛一直紧盯在她身上，生怕她再次消失。

穿过街道，走过了吾妻桥，少女继续朝前走。山西心想，这女子一定是要把他带到一个廉价的小酒店里，再好好地与他缠绵。

“还没到吗？要不然我带你去一个地方吧。”

“跟着我。”少女说。

山西没有放弃，继续跟着少女向前走去。他们路过一个站岗的警察，山西心里有些害怕了，于是他装作一副很关心少女的样子，蒙混了过去。

少女没有停下来的意思，依旧往前走去。

他们路过沈桥，远处就是河岸了，旁边有一个公共厕所。少女到了那公共厕所的时候，立即朝前跑去。

山西害怕少女跑掉，也向前跑去追她。

过了那河岸的石堤，少女没有停留，直接跳进水中。山西跑过来，却愣在了原地，他不知道该怎么办才好。他在石堤上走来走去，在水中寻找着少女的身影，可是没有任何结果。

慌乱之下，山西都把腰带解开了。但他又仔细一想，这样让别人看到了真的是无法解释了，他就将腰带系好，看了看周围，见附近没有人，就走了。

5

他心里一直以为，少女因为他而跳河自尽了，心中十分害怕。他不敢出门，不敢去经常去的酒馆。每天收到最新的报纸，他就匆匆浏览一遍，看看有没有有关失踪少女或者在河边捞到女尸的消息。

一连好几天，报纸上都没有有关的消息。山西舒了一口气，觉得自己应该没有什么危险了。这时候，他已经在家待了好几天，是时候出去转转了，不然会让人产生怀疑的。

他出门了，突然记起千束町那儿有家假花店。于是，他朝那边走去，穿过一道道小巷子，来到了一家小餐馆。

他走进去，招呼老板来一瓶烧酒。

“好嘞，先生你先坐。”

老板答应着，从柜子上拿下来一瓶酒，拧开盖子，递给身后的服务员。

“再来点什么吗，先生？”

“有乌贼吗？”

“这个今天没有了，不过油豆腐还是有些的。”

“那就来这个吧，再来一壶酒。”

“好的，先生稍等，美奈和，再烫一壶酒给这位先生。”

美奈和？

等等，这个名字为什么这么熟悉啊，这不是那失踪的神秘少女的名字吗？山西突然想起来。

此时，那服务员转过身来，将烧酒放在山西的面前。

山西仔细看着她的脸，那张脸分明就是那失踪少女的样子，是她，就是她。

山西的眼睛就要吓得瞪出来了，他丢下了手里的筷子，赶紧结了账，跑出了小餐馆。

他跑出来，想着到底是怎么回事，难道那少女对他怀恨在心，要来报复他？他不知道。

走着走着，他发现眼前有一个小酒馆，他走进去了，坐在了一个座位上。

“先生，你想要来点什么呢？”一个服务员走过来了，对他说。

山西抬头看了一眼那服务员，那张脸，依旧是那少女的脸！

他惊恐万分，一句话也没有说，连忙跑了出去，一路上他用自己最快的速度跑着。

跑到一半的路程，他遇见了岩本。

“喂，山西，你怎么了？”

“没事。”

“你不会被什么给迷住了吧？”

“没有没有，刚刚受到了一点小惊吓。”

“那我们到常去的酒吧坐坐吧。”

山西心里想，去那酒吧应该没问题吧，那儿可是他经常去的地方。二人到了以后，山西刚进酒吧就开始环顾四周，看到每一个服务生的脸都是正常的以后，终于放心地坐了下来。

“你这几天去哪儿了？我怎么都没有见到你？”

“没事，理发店忙。”

“不是吧，你是不是被警察逮住了？因为那小三？”

“不是不是，你想什么呢，真的是因为理发店忙。”

此时，酒吧的服务生告诉山西有人找他，他转头向门口看去，发现真的有一个女仆站在那里，他心里想，是不是那小妾派来的人啊，于是他走了过去。

那女仆看到山西走过来，问他：“麻烦问一下，您的名字，是山西时次吗？”

“是的。”

“这里有一封我们家主子给您的信，还劳烦您回复一下。”

山西打开那封信，果然是那小三写来的，信上说，要让山西悄悄地跟着女仆走，去找她，她有事要跟他商议。

于是，山西回过头来给了岩本几张纸币，让他结账。

“那个小三吗？她中计了？”

“应该是。”说完后，山西转身就走了，留下了岩本一个人。

岩本想，这事我可不能够错过，结了账后，跟在女仆和山西的后面就出去了。

他看到二人穿过了好几条街道，来到了一个门口挂着“山口花”的屋子前，那屋子一看就知道是女人住的地方。

女仆领着山西从旁边一个黑漆漆的小门钻进去了，那样子，看起来是个后门。

6

山西已经有五六天没有回家了，他的母亲着急坏了，只好去找他的好朋友岩本。

“什么？山西已经五六天没有回家了？”

岩本将他知道的事情都告诉了山西的母亲，随后他们去了那个挂着“山口花”牌子的屋子。

敲了门后，有一个老太婆出来了。

“请问，我的儿子在这里吗？”

“谁是您的儿子啊？”

“啊，他的名字是山西次时，这位朋友说，他亲眼看见你家女仆将我的儿子带了进去。”

“抱歉，你们应该是弄错了，这里没有什么山西次时先生。”

“不可能，我亲眼看见那个女仆将他从后门带进去了。”岩本不敢相信。

“哦？那你说的那个女仆是什么样子的？”

“很年轻，皮肤白白的。”

“那你一定是搞错了，我家的女仆都是年龄很大的老婆子了。而且，我们家院子后门是一片湖泊，不通陆路的，只能走水路。”

岩本不相信，去屋子的后面看了看，果真是一片湖泊。

他们在水边看了看，一种阴森恐怖的感觉袭来。屋子的周围也都是邻居的院墙，没有任何能够进去的小门。

过了一段时间，这城里的人都知道了“水魔”的故事。而山西次时自此便失踪了，再也没有回过家。

人面疮物语

故事发生在幸若八郎去往皇城途中的木曾路上。

沿途风景优美，一碧如洗的天空下，连绵的群山环抱，流水如玉。因时至深秋，山谷里的树叶已变得深红，秋风一吹，翩翩飞舞，如蝴蝶轻舞般，最后落到了小径上，积累在一起，淹没了马蹄。山谷幽深处，有山溪在潺潺流淌，只是被秋风所掩盖了声响。山中有鹿，但不见身影，八郎一路与车夫闲谈，已经好几次听到有鹿的叫声从林间传来。

“请问，是幸若八郎大人吗？”当八郎赶路至一处小树林时，一个武士打扮的男人突然跑到他的面前，向他如此问道。

那是个清冷的山脚，因为成片成片茂密的杉树阻挡了阳光照射的路径，尤显得昏暗。

八郎听闻，露出诧异的表情，因为他并不认识来者，更奇怪为什么在此处还会有人找他。

“正是在下，敢问阁下是……”

听到八郎肯定的回答，对方脸上立即绽放了欣慰的笑容：“太好了，两天了，终于让我等到您啦！”

这下子，八郎更觉得奇怪了，对方还在这儿等了他两天。八郎扶了扶帽子，开始好好打量起眼前的这人来。而对方像是能看透八郎的心思似的，立即对八郎解释起了这其中的缘由来。

“是这样的，幸若大人，其实小的在这儿等您，是受了我家老爷的嘱托。我家老爷原本也是一个显赫的人物，只是二十多年前的一场变故让他身患怪症，不得不卸去身上职务，归隐于这山林。现今，我家老爷年事已高，在世之日恐已不多。临终前，老爷只剩一个遗愿，那就是能亲眼看到幸若大人您跳幸若舞。不知道幸若大人能否屈尊到鄙府小歇一晚，让我家老爷能走得无憾呢？”

八郎初有疑虑，但转念一想，对方身为武士，如此恳求他，又是一个在世不多的可怜人，实在是不好拒绝。

“竟是这样，八郎愿尽一份薄力。”

既答应下来，八郎便下了马，先将一路的酬劳结清，打发马夫离开后，便随着来人进了满是杉树的林子。

走了约莫两里路，一座架了小桥的河出现在了八郎面前。为八郎带路的男人过了桥，示意继续向前走，八郎也就在他后面跟着，来到了河对岸的一块巨石跟前。

那是块灰色的巨大岩石，若不是有带路的男人，八郎还发现不了这巨石后面藏有一间茅屋。茅屋的院门是用枯树枝搭建而成的，红叶蔓草缠绕着枯枝，密密麻麻的，男人手放在满是红叶的院门上，轻轻一推，院门便开了，八郎也跟着进去了。

八郎一进去，便看到房门口长长的竹板凳上端坐着两名家臣，他们身穿裙裤，表情严肃。

“我把老爷要找的幸若八郎大人请来了。”领着八郎来的男子向他们说道。

穿裙裤的家臣们便立即朝八郎表达敬意，庄重地鞠了一个躬。

“幸若八郎大人一路赶路，一定很是疲惫，你们就带着他进屋休息吧。”

八郎听到此话，便脱下鞋子，准备到室内去歇息。两位家臣为八郎带路，那领着八郎来的男人却不知在什么时候离开了。在去往房间的路上，八郎遇到了不少人，他们无一例外都对八郎表示出了极大的恭敬，只有八郎从他们身边走过，才会从地上起身。

这名命不久矣的老爷的住所并不小，八郎随着家臣穿过了三个大房间，经过一处套廊、一个萧条幽静的院落，才走到目的地。

八郎同家臣们一样，在院落里换上了木屐，然后再继续沿石板路向前走。四周的景色本就有点荒凉，再加上血色的夕阳，就更显得凄惨。

在一处小茅屋前，家臣们停下了脚步，那里就是他们老爷的住处吧。八郎这么想。

果然，他们向屋内的人禀报道：“老爷，幸若八郎大人来了。”

“快请他进来！”屋内的人急切地回答，还发出了一连串的咳嗽。

门外的家臣照着吩咐，拉开了房间的纸门。屋内的布置很雅致，八郎不知道那到底算是茶室还是什么房间。此外，还有一个脸色蜡黄、两颊消瘦的长发男人，正靠在房间的矮桌上。八郎估摸着，对方差不多有五十岁了。

“这应该就是那个身患怪症的武士吧。”八郎心里这样想。接着，他又仔细打量起这个笑得落寞的患病武士。对方虽然一副身患重病的样子，气质却依旧高贵难掩。八郎缓缓走至房间一侧，轻声说道：“大人，在下便是幸若八郎，听闻大人身患怪症……”

“是啊，老夫这一病就是二十多年，那怪症不但不曾好转，还不断加重。想来，老夫该是今年就要去了。这次听闻幸若大师您前往京城表演的途中会路过此地，便冒昧地找了下人到路边候着。这其中的原因大师应该已经清楚了，还请大师能发发善心，满足老夫临终前的这一个请求。”

“八郎技艺不精，承蒙大人厚爱，实是受宠若惊。只是八郎有一点好奇，不知大人所患何症，能否相告。”

“大师既能为我跳一支幸若舞，老夫怎还敢隐瞒，等到舞台都布置妥当了，老夫再将一切事情的缘由从头到尾讲给大师听。”

说完，他便转头对一旁的家臣道：“赶快去为幸若大师准备酒菜，要好好款待大师才是。”

得到了老爷的命令，家臣们立即带着八郎去了主屋，八郎在主屋享用了好酒好菜后，方才再回到了那老爷所在的小屋。屋里点起了一盏微弱的烛灯，跳动的烛火显得病人的神色分外的落寞和孤单。

“八郎谢过大人款待。”

因为酒精的作用，八郎的脸就有些发烫发红，老爷也受此感染，露出了略带喜悦的表情。

“这荒野山林，也没好东西可以招待大师，真是抱歉了。”说着，那老爷又瞥了眼一旁的家臣，“我有事要与幸若大师相谈，你们都离开吧。”

从刚才就在那儿守着的两位家臣听到老爷发话，即刻恭敬地离开了房间。年迈的老爷挪动身子，在确认房间里只剩下他同幸若八郎后，脸上浮现了一丝笑容。

“我的名号没什么好提的，不过要是幸若大师想知道该怎么称呼我，不如就称我为‘山中猿右卫门’，或者也可以称我‘鹿五郎’。”

说完这一番话后，这位老爷才缓缓地道出了他怪症的秘密。

“那时，我也不过是个毛头小子，只是承蒙祖上功德，享有世代的厚禄。又加之藩主的厚爱，所以才二十出头的年纪便跻身于高官之列，羡煞旁人。日子原本便该这样继续，然而，不知是命运的捉弄还是为偿还前世所欠的债，老夫竟然与家中的一个婢女惹出了一番是非来。

“一天，因为不必上朝值班，老夫就在房中看小说解闷，这一看便是一整天，从早上看到晚膳后。时值夏季，月光皎洁柔和，如同闪光而缓缓流动的清水，阵阵蛙鸣从庭院的池塘传来，老夫不由得有了去庭院散散步的兴致。等走了一圈再回到房间，房间里不知什么时候出现了一个貌美的年轻女子，她正挂着蚊帐，她的手纤细而修长，在玉色的灯光下好像精致的艺术品。老夫就那样一下子被她迷住了，当晚便把她留在了房中。那时老夫还尚未娶妻，那女子也是刚入府几日的婢女，当时倒并不觉得有什么妨碍，只是等老夫发现了此女善妒的本性，才黯然悔恨起来。那是个极其善妒的女人，哪怕老夫同旁的婢女多讲几句话，她都会打翻醋坛子，与老夫吵上一番。

“未出几日，府中上下都知道了我们的关系。自然有家中的老臣提议将此女送走，然而谁知她听闻此事后竟变本加厉，大闹府中，原本凶狠的面目完完全全展露了出来。出于无奈，全府上下只能对她又哄又劝。之后不久，老夫便生了一场大病，卧床不起。而这期间，那女子丝毫不体谅老夫，不论白天还是黑夜，随意闯入老夫的卧房，不断在老夫耳边发牢骚、瞎念叨，害得老夫连觉都睡不好。老夫实在难以忍受，早想对她动手，而她还一直那个样，没有丝毫会改变的意思。终于有一次，我忍无可忍，顾不得身上病痛，一把将她推倒在地，抄起床头的扇子，朝她身上抽去。谁知，挨了抽的她反而更泼辣了，抓住老夫的衣袖大喊：‘少爷你这般恨我，不如亲手杀了我吧！’那时老夫也是少年心性，气涌上头，便回说：‘好啊，你想让我杀你，那我就杀了你！’说罢我便抽出刀，一刀下去，她的头便从脖子上掉了下来，而掉到地上的头滚了一圈，最后是脸的那一面朝向了我。她的脸上没有痛苦的表情，有的只是一丝笑意。起初，我以为是自己看花了眼，谁这样死去的时候还会笑呢？然而当我冷静后仔细再瞧，果真她脸上是带着笑的……”

听至此处，八郎背上直冒冷汗，顿觉恐怖异常，而老爷的故事还依旧在继续。

“事发后没多久，老夫就后悔了，但是木已成舟，一切都无法挽回了。在和家臣商量过后，马上举办了她的下葬仪式。然而，就在那天晚上，老夫突然发了高烧，大腿生出一个肿块来，疼痛难忍。之后，那肿块一直在变大，形状也越来越奇特怪异。家里替我求医问药，请僧作法，但都没用。被逼得走投无路了，我们就用了刀削、火烤的办法，然而不管是用何种办法，那肿块最终都会原模原样地长出来。没有办法，老夫自那后就以‘身染恶疾’的名义归隐山林，而这一归隐，就是二十余年……如今，老夫的身子是越来越不行了，应该撑不过年底了，现只有一个心愿未了，那就是在离世前能一睹幸若大师您优雅的舞姿，这也是我此次派人在路边拦下大师您的缘由。”

一旁的八郎听了，眼眶里不由闪现出泪珠。

“鄙人学艺不精，只要大人不嫌弃，鄙人今夜一定竭尽所能，令大人尽兴。”

当晚，八郎如其所言，整夜都为卧病在床的老爷跳幸若舞，直至鸡鸣天亮，方才歇下。

这一晚的舞，不但老爷看得有滋有味，连一旁陪坐的家臣们也随着露出了喜悦的笑容。

舞毕，老爷又一次向八郎表达了郑重的谢意：“实在是太感谢大师了，老夫这二十多年的阴霾，都因为大师的舞蹈而消散了，现在可以放心地去了。”

家臣们在老爷的吩咐下，又为八郎准备了酒菜，按老爷的意思，八郎用过膳后再好好歇息一会儿，迟一些再由家臣护送上路。

“大师请看，这就是老夫那怎么都无法消除的肿块。”老爷卷起他右腿的裤腿，向八郎展示了那个八郎也很好奇的肿块。

裤腿一直褪到老爷的大腿跟，八郎向老爷示意的大腿内侧看去，竟看到了一张女子的脸！那张脸，从老爷的膝盖处一直长到大腿以上，逼真得像小号的真人脸一样。

“大师有看清吗？这张脸，和老夫杀死的那婢女的脸，一模一样。”老爷说这话的时候，目光有些呆滞。

对面坐着的八郎早已惊讶得说不出话来了。

“这奇妙的东西，就当是给大师您看个有趣吧。”

八郎还是没有说话，但对着老爷行了一礼。

在吃过一顿丰盛的早餐以后，八郎稍加歇息，便准备继续启程。在八郎正准备离开的时候，老爷的一名家臣送过来古色古香的中式香盒一个、砚台一块。

家臣告诉八郎，这是他家老爷交代的临别赠品。

“一份心意，还望收下，以作留念。”

八郎痛快笑纳。十多位家臣为其送行，走的时候，八郎就十分惦念这名身染怪疾的大人，原先是想着在回程的路上再次登门拜访，然而因为各种各样的事情耽搁，导致回途时换了道路，因此，他再没和那位老爷见过面。

鬼火

啪嗒啪嗒的雨声在门外响个不停，这时候，店门口的纸门被拉开了，一个书生模样的人走了进来。

他戴着一个学生样式的斗篷，个头并不是很高，手里的油纸伞还在不停地滴水，他把伞折起来，走进玄关。

店老板正就着两碟小菜喝着小酒，看到书生走了进来，赶忙招呼了一句："欢迎光临。"

这书生看着面善，可能是附近的大户人家里做工的，但究竟姓甚名谁，老板一时半会儿也想不起来了。

只听见那书生说了一句："请问，还有绢豆腐吗？"

"有的有的，"老板连连点头应允，转向里边已经吃完饭正在烤火的妻子喊，"绢豆腐还有剩的吧？有客人要。"

"有的啊，"妻子回答道，"正好还剩一点儿。"

她一边说着，一边把身子往外探，试图看看来的客人模样，不过她的位置正好被纸门挡住了视线，所以她并没有看到来者的长相，但她还是高声说了一句："欢迎惠顾。"

书生听说有绢豆腐，便接着说："那给我装三块吧。"说着，他还咳了几声。

"您只要三块呀，那肯定是够的。对了，您是哪一家的呢？"老板娘边说边站起身。

"哦，他是那个，附近的那个……"老板还是想不起书生是哪家的当差的。

"桐岛伯爵家的。"书生接过老板的话说道。

“啊，对，就是桐岛伯爵家的，”老板边说着还边拍自己脑门，他又接着问书生，“家里是要买豆腐来做寿喜锅吗？”

“好像不是呢，”书生回答道，“好像是要做凉拌用的。”

“哦哦，凉拌用的呀，那我们这就把豆腐送到府上去。”

这时候，里边的老板娘已经走到外头来了，她说：“真是麻烦您了，还得折腾这么一趟。我听说桐岛老爷最近身体抱恙，不知道现在好些了没？”

“不好说，医生说老爷的肾可能有毛病。今天夜里来陪夜的人觉得这天太冷，想喝点热乎的酒，所以老爷让我来买些豆腐做下酒的小菜。”

“唉，桐岛老爷看起来会很辛苦啊，都说有钱能通神，但有好多事啊，就算是钱再多也没办法呢。”

“老爷家里人已经给他找了两个这方面的医学专家，大家都说这病不好治，怕是要耗上好长一段时间了。”

“唉，真是辛苦。”老板娘摇头晃脑地叹气道。

“您就把豆腐装好给我就是，我直接带回去。”书生说道。

“不用不用，”老板摆摆手说道，“待会儿我们弄好了就给桐岛老爷送去，不用劳烦。”

“这也没多麻烦，您直接给我就是，而且这天还在下着雨，你们送过去也很麻烦，倒不如给我直接顺路带回去也好。”

“不麻烦，不麻烦，我们很快就给桐岛老爷送去。”老板始终坚持着这句话。

而一边的老板娘心里却骂开了：“死老头，让他直接带回去不是好？偏要往自己身上揽事！”

“既然这样，那就麻烦您了。”

书生不再坚持，说完了这句话之后，他就拿起油纸伞，转身走了出去，接着把纸门带上。

只听见啪的一声，油纸伞被撑开，然后就只剩下雨点打在地面上的啪嗒声。

“看你干的好事！”书生走远了之后，老板娘就忍不住对老板嚷嚷了起来，“你让他带回去多方便，这下可好了，这么冷的天，还非得为了三块豆腐出一趟门，万一再不幸感冒了，多划不来啊！你既然答应了人家，那你自己去吧！”

只见老板慢悠悠地继续喝着他的小酒，接着说道："你真是妇人之见，桐岛家这种大户人家能怠慢吗？再怎么说，他们家也算照顾我们生意了。"

"桐岛家照顾我们生意是一回事，你让那书生顺便带豆腐回去也不见得怠慢了桐岛老爷吧？真是的！你这么怕怠慢桐岛老爷，那你去送吧！"老板娘没好气地说道。

"哎呀，消消气，这多大点儿事呢，是吧？你送和我送还不是一样？桐岛老爷是大户人家，我们多跑一趟也是难免的嘛。你就行行好，把豆腐送到他们府上吧。"

"我才不去，是你答应人家的，我可没跟那书生说不麻烦不麻烦。"老板娘学老板刚才回答书生的语气说话来讽刺他。

"这……我作为老板当然要赶紧给人家回话呀。你就辛苦辛苦，帮我跑这一趟吧。"老板的语气已经近乎哀求了。

"哼！你肯定是看外面天黑了，害怕了吧？你这胆子，就连满月的时候都不敢往寺庙附近走！你还别说，今天这天黑得真是叫人害怕，况且还在下着雨，我也不大敢出门去。"

"哎呀呀，你这说的都什么话，天黑你打个灯笼去不就得了？不碍事的。"老板被老板娘一下子说中了心事，缩了一下脖子，回应道。

"不碍事你怎么不自己打灯笼去呢？"老板娘继续回绝道。

"你怎么这么不听话呢？"老板说完，接着又喝了一口酒，借着酒气，粗声粗气地喝道，"你赶紧给桐岛府上送豆腐去！说这么多话的工夫，早去一趟回来了！"

"真是的……自己明明怕得要死，还非得答应人家说送货上门……"老板娘的声音也高了一些，不过，这么一通抱怨之后，她倒是觉得心情比刚才好多了，也不觉得在这个漆黑的雨夜出门是很困难的了。

老板娘走到放灯笼的柜子边，开始翻箱倒柜找灯笼。老板看到她去找灯笼了，一颗悬着的心总算放了下来，又觉得心里有愧，便一边絮絮叨叨个没完。

老板娘听着他在那里不停地碎碎念着，真是又好气又好笑："我说你啊，就是死要面子活受罪！这么个大冷天，非得要一口答应下来说要送上门，真是的！"

说着，老板娘已经找到了灯笼。打点好一切以后，老板娘便提着装有豆腐的篮子出门去了。

听到纸门合上的声音，老板就停止了碎碎念，唾骂了一句：“妇人之见！”

老板又喝了一会儿酒，屋里现在就只剩他一人了。头顶上昏暗的灯光投在他身上，在桌子上留下一圈影子。他看着自己黑乎乎的影子，心里开始不由自主地打鼓，忍不住往纸门看去，想着老板娘这会儿就能回来了。

但实际上这才没过多长时间，老板娘是不可能回来的。

突然，纸门上似乎映出了一层模糊的影子。老板吓了一大跳，身子往后移，等到他好不容易壮起胆子再看一遍的时候，纸门上却什么也没有。

老板这才松了一口气，摆正身子，拿起桌上的酒杯赶紧喝了一口。

过了一会儿，老板又开始胡思乱想了。他想到，此时的妻子，应该一手提着篮子和灯笼，另外一只手应该在撑着伞，沿着寺庙的墙走着。快要走到寺庙门口了，门口挂着的灯笼透出来的灯光十分昏暗，寺庙那长不见头的石墙里边栽着许多用来做树篱的杉树，因为石墙并不高，透过杉树就可以隐隐约约地看到寺庙里的墓碑。在寺庙的对面还有一排民屋，户户都门窗紧闭，那紧闭的大门还从门缝里透出了光，就像一条条发着幽光的线。走着走着，前方的路开始往左拐，路旁是一根电线杆。这时候，不知道从哪里突然跑出来一团蓝幽幽的鬼火，径直向电线杆撞去。随着砰的一声，只见那团鬼火撞到电线杆上，散成了无数的碎片，往四面八方飞出去了……

老板被自己的幻想吓了一大跳，他开始冒冷汗，安静的屋子里，能清楚地听到自己的心跳越来越快，感觉快要蹦出来了。他两只手用力地抓着桌子边沿，好像害怕自己会掉到什么地方去的样子。

借着眼角的余光，他瞥见纸门上突然多出了几个洞，其中一个洞口后面，还有着一只正在发着幽光的眼睛！

老板大叫一声，连忙抓起被炉上的被子盖住自己的头，拼命地往被炉里面缩，全身还在不停地瑟瑟发抖。

过了好长一段时间后，老板终于缓了过来，没有刚才那么害怕了。他估摸了一下时间，推测妻子可能不久就要回来了，他得赶紧恢复成原先的样子，不能叫她看出自己被吓到了。

于是他把头伸出被窝，但是他还有些害怕，迟迟不敢从被子里出来。

屋外仍旧是无休止的雨声，并没有任何人走近的迹象。看来，老板娘还没回来。

他突然想起前些天在桐岛家附近听到街坊们在聊的一件事，那是跟鬼火有关的。

“你也看到那团鬼火了吗？那肯定是那个年轻人变的！太惨了那孩子，好端端地走在路上，突然就让一辆车撞死了。听说那罪魁祸首到现在还没找到，真是老天没眼啊！那孩子定是死不瞑目的，要不怎么会变成了鬼火呢！”

“就是啊！”说这话的人老板认得，是在那附近开理发店的老板。

那人接着说道：“那孩子长得可真俊俏，又白净，咱这大户人家的少爷就没几个能比得上的。我看啊，怕是有人起了妒意，做了什么见不得人的事儿！”

众人听了直点头。

“唉，大户人家总有些是是非非道不清……”

豆腐店老板一边回忆着那天的事情，又接着联想到那些讲述豪门是非的故事，里面的人总会为了财产不择手段，那一个个扭曲的面孔真叫人害怕。

正当老板胡思乱想之时，只听吱嘎的一声，纸门被打开了，有人进来了。

老板大吃一惊，赶紧坐起身来强装镇定。

“冻死个人了！真是冻死个人了！”听见从纸门那边传来的是老板娘的声音，老板身子又直了一些。

接着，老板娘哆哆嗦嗦地走进里屋来，她看到老板大半个身子都藏在被炉底下，忍不住笑话他：“是不是害怕得躲在被炉里不敢出来了？你胆子也太小了吧！”

“哪有！你哪儿看到我是害怕得躲进被炉里了？这会儿没人给我盛饭了，我正好躺会儿还不成？”老板说这话的时候，已经钻出了被窝坐好，就和妻子离开前一样。

“胆小如鼠还不承认，要放平时，没吃着饭你会去躺着？我才不信。”老板娘也毫不客气地回了一句，然后走到放篮子的地方把篮子放好。

“笑话！还不是因为你不在没人盛饭？大老爷们吃饭没人服侍着，算个什么礼数？”

“呵，你不出门你还有理了是吧？”老板娘走回到被炉旁，她看着强装镇定的老板，决定吓唬吓唬他。

“唉，好在你没去。要说啊，像我胆子这么大的人都被吓得够呛，如果是你去啊，都不知道会被吓成什么样子呢！”老板娘一边说着还一边抚摸胸口，一副惊魂未定的样子。

“啊？”老板果然被她的话吓得脸色都变了。

老板娘把脚伸到被炉里以后坐好，然后一脸神秘地对老板说：“我跟你说啊，我见到那东西了……我的妈啊，我还以为是街坊们乱传的呢！真没想到居然是真的！”

“什、什么真的？你看、看……见什么了？”老板已经被吓得舌头都打结了。

“我从桐岛老爷家出来以后，走到那个拐角的电线杆旁，就是那个大家说有个年轻人被撞死之后出现鬼火的那里。我一下子就看到，那个电线杆旁有一团鬼火，就这么直接地撞到电线杆上去了！我的妈呀，吓得我撒腿就跑！还好在路上遇到另外几个书生，才好不容易回过神来……”

老板一句话也说不出来，两只手不知道什么时候已经紧紧地抓着桌子沿了，老板娘看他这样子，扑哧一声，笑了出来：“看你，说个故事就能把你吓着！”

“啊？”老板这才意识到老板娘是在骗他，他生气地嚷了一句：“这事能随口胡说吗？再说了，我也不会怕什么鬼火的……”

“好好好，是我错，你胆子大，你不怕鬼火，”老板娘收住笑，接着说，“赶紧把饭吃了。”

“真是的，这种事能随便说吗？我才不怕那种子虚乌有的东西，哼哼……”老板继续争辩着。

吃完饭后不久，老板和老板娘就躺下睡觉了。

睡得正香的时候，老板被老板娘摇醒了：“醒醒！快醒醒！该起来了。”

“干吗呢……”老板用左手挠了挠自己右手，眯着眼看了下窗外，声音含糊地吐出几个字，“还早着呢，天这么黑……”

“早什么早，都四点了！现在天黑得快，不早点起来干活都没时间了！”老板娘继续用手摇老板的身子。

老板没办法，只能坐起来，尽快让自己清醒起来。

老板娘看他坐起身来，便离开被褥去把灯点起来。昏暗的灯光在这个时候显得格外刺眼，老板看着穿黑褂子的妻子开始忙活开来，问道："外边还在下雨吗？"

"不下了，我这就把饭做好。你起来后先把煤气炉点了，然后再去打开大门。"老板娘吩咐道。

但是老板并不想去，一来是因为天太冷了，二来是因为外边的天还那么黑，他并不是很想开门。

"就不能等吃过早饭以后再开门吗……"老板嘟囔道。

"不能！"老板娘想都没想就直接回绝了他，"不开门怎么干活呢？快，快去把门打开！"

老板娘说完这番话以后就走进厨房去做饭了。

闻着厨房里传出的饭香，老板虽然心不甘情不愿，但还是得硬着头皮去开门，否则老板娘回头又得笑他胆子小。

他站起身来，走到火盆旁边拿火柴点着了煤气炉，蓝色的火苗一下子蹿了出来，旁边的石磨和锅都被照亮了。

点完煤气炉以后，老板把火柴盒收到怀里，接下来该去开大门，这是他最不想做的。

老板走到门口，先把纸门小心翼翼地拉开，然后再把板门打开——板门是家和外面唯一的隔墙了。板门上挂着的锁，不用碰都知道，那可是寒彻入骨的。老板吸了一口气，全身的神经都绷得紧紧的，紧接着他迅速打开锁，然后一下子把门打开，同时他还做好后退的姿势：万一门外站着个什么怪物，他就可以马上跑掉。

不过门外什么都没有，迎面而来的只有刺骨的寒风。老板松了一口气，他摇了摇头对自己苦笑，然后走上前去，正准备把外边挡雨用的门板放下来的时候，突然，一个声音传入了他的耳朵："老板。"

这声音，一下把老板吓得直打哆嗦，不过他听这声音耳熟，倒也马上缓了过来，转头一看，一个戴着学生斗篷的人站在门的旁边。

"昨天夜里真是辛苦你们了，还特地跑了一趟。"说话的人原来是昨天的那个桐岛家的书生。

“哎呀，是你啊！我还以为是……”老板连忙收住口，紧接着说，“这么早来，有什么事吗？”

“是这样的，我家主子昨天吃了您做的绢豆腐以后一直赞不绝口，这不，天还没亮，他就派我来请您过去，可能是要商谈让您定期送豆腐的事情。”

老板脑海里立马闪现出来的画面就是那个有着鬼火的拐角，因此，迟迟没有接过书生的话。

“我也知道您是才刚起身，但我家主子好久没有这么好的胃口了，请您看在病人的分上，麻烦跟我走这一趟吧。”书生见老板面露难色，便这么说道。

老板想，桐岛家毕竟是个大户人家，亲自来请肯定是耽搁不得的，而且这天应该快亮了，况且还有书生陪着他一起去，应该不会有什么事。

这么想了一通以后，他心里轻松了不少，于是对书生说了句：“行，你等会儿。”然后他回头往里喊了一声，“喂，桐岛老爷请我到他府上去有事，我去去就回。”

里边的老板娘回应了一句：“这么一大早的，找你去干什么啊？”

“不知道呢，桐岛老爷这一病，家里人都乱套了。”

“行行我知道了，你赶紧去赶紧回，别耽误干活。”

然后，老板就跟着书生一块儿离开了豆腐店。

他们一边走着，一边说些有的没的。

“桐岛老爷的病有起色了吗？”

“唉，没呢，请的医生都说这一时半会儿好不了，真叫人发愁。”

老板一面和书生聊着天，不时还看看天。原先密布的乌云这会儿已经散开了一些，从那缝隙里透出的光让老板感到很安心，这说明，天快亮了。

快走到那个拐角附近的时候，两人不再说话了，只管闷着头往前走。书生走得快一些，在前边带路，老板紧跟在他后头。经过的寺院门口依旧挂着灯，奇怪的是，过了这么长时间，天还是没有要亮的意思，而且好像还更暗了一些，老板心里不禁又开始打鼓。

“这天，怎么还不亮呢……”老板忍不住说了这么一句。

走在他右前方的书生往老板的方向侧了一下脸，他的脸生得真是白净。

只听到那书生回应了一句：“快了，应该一会儿就亮了。”

老板的眼角余光不小心瞥见了寺庙的树篱后若隐若现的墓碑，一下子把他吓得魂都快没了，他赶紧往书生的方向又靠近了一些。

走着走着，老板发现他们快要走到那个可怕的拐角了，他感觉到自己开始头皮发麻，呼吸急促，他也不敢想什么其他的了，全身心都在紧跟着书生，生怕离了书生半步就会发生什么事情。

经过拐角的时候，老板看到了那个传说中的电线杆，但和他之前看到的并没什么两样，周围也没有什么异样。虽然如此，老板还是不敢有半点松懈，他只想赶紧离开这个诡异的地方。

走过电线杆后不久，他们就到达了桐岛家门口。桐岛伯爵不愧是大户人家，门口两边的门柱是用花岗岩砌成的，上面还装着两盏电灯，亮度也比其他人家的亮，门里边的樱花树枝干都被照得清清楚楚。

书生从门左边的小门进去，老板也赶紧跟在他身后。进到里边以后，老板发现，门口的旁边就是一栋小屋子，透过磨砂玻璃能看到，屋子里面还亮着灯。

这是用来给守门人住的房子。但奇怪的是，守门人现在居然不在里边，这实在不合礼数。

但这不是他该管的事，他只要跟着书生走就行了。这时，老板发现走在他前边的书生往着正门玄关的方向去了，这让老板迟疑了一下，因为按照礼数来说，他们应该要从左边的路绕到后门进去才对。

“我们应该要从后门进才对吧？”老板叫住了书生。

“跟着我就行，没错的。”书生头也没回，就这么回应了一句。

院子里的樱花树在寒风中不停地摇摆，被路灯映到地上的影子就像一个个在地上不停蠕动的怪物。

玄关前边停放着两辆汽车，玄关处摆放着一个圆形的大花盆，里边种着硕大的苏铁，洁滑光亮的叶子在灯光的照射下，轮廓显得更加清晰了。在玄关口放鞋的地方上，已经摆着不少皮鞋和木屐，估摸应该有十几双，而玄关口处的纸门是紧闭着的。

可是书生还是径直走向玄关……

“我还是在后门等着吧……”老板叫住了书生，他可不敢从前门进去。

但书生并没有要停步的意思，他走到纸门前，拉开了纸门，头朝里看，并用手朝着老板的方向示意他过来，并不说话。

“这样真的不太好，这……”老板还是很为难，可是书生好像听不到他说的话一样，继续向他招手示意他过去，白皙的手在漆黑的夜里格外显眼。

老板没办法，只能走上前去。

纸门后边不远处是另一个书生，他坐在火盆附近，用右手撑着脑袋，似乎睡得正香。

老板则一直跟着书生朝着里屋的方向走去，他的心里七上八下的，不知道如何是好，但是他也只能紧跟着书生的脚步。他们走到了走廊处，看到一长排房间，每一间房里都点着灯。

书生还是没停下脚步，往左边的方向去了。老板也赶紧跟了上去。

走到一间看起来比其他房间更加气派的房间前面时，书生终于停下了脚步。这是一间西式风格的房间，前面的书生用左手推开门，右手往后示意老板跟上。

老板跟着书生走进房间以后，他感到了一股如沐春风的暖意。接着，他注意到，房间的左边是一张大卧床，上面躺着一个脸色蜡黄的男人，他的脸是朝着里边的，但老板猜测这应该就是卧病在床的桐岛老爷。卧床旁边，是两个正坐在椅子上打盹儿的护士。卧床不远的地毯上，有几个男人盘坐着，不过他们看起来好像也睡着了。

走在前面的书生停住了脚步。老板满心疑惑，不知道书生带他到桐岛老爷卧室来做什么，因为桐岛老爷明显还在休息，而且这怎么说也是老爷的卧室，他这样身份的人进来实在不合适。

老板正胡思乱想的时候，前边的书生一下回过身来，房间里光线很足，把书生的脸映得清清楚楚。

这还是老板这两天来第一次正面看到书生的脸，他的眉眼生得十分俊俏，眉如墨画，面似秋月，目若泉水，好一个美男子。

然而老板却被吓得魂飞魄散！

这……这不就是大家说的那个被撞死的年轻人山胁吗？

“老板你别怕，你认真听我说，你只要按照我说的办，不会有什么事的。”

山胁似乎知道老板看出了什么。

老板哪还说得出话，只管点着头。

只见书生从怀里掏出了一样东西，看起来是一圈绳子。

“你用这个绳子拴住桐岛老爷的脖子就好了。别怕，他们都睡得很沉，不会醒的，你只管放心按照我吩咐的去做。”

“哦……哦……”老板终于发出了声音，但他还是感觉无法动弹。

“快去啊！”书生又催促了一遍。

眼下也没有其他办法，老板只能按照书生说的话去做，他拿过书生手里的绳子之后往卧床蹑手蹑脚地走去。老板走到桐岛老爷床边时，大气都不敢出，慌慌张张地把手里的绳子拴到老爷脖子上，转身准备走的时候，绳子居然又跑回到他的手里了。他不知道怎么回事，猜想可能是自己太害怕了，搞错了什么，又回头套了一次。结果绳子一套到老爷脖子上，又好像被风吹了一样飞回到他手里来。老板如此这般试了几次以后，绳子都莫名其妙地跑回到他手里，他实在没办法，只好拿着绳子回到书生站着的地方。

“也不知道是怎么回事，这绳子老是会跑回我手里……”老板不敢看书生的脸，低着头说道。

“是吗？果然啊……还好我有所准备。”书生说着，就拿出了另一样东西，是两颗石珠子。“你去把这两颗珠子放在老爷枕头边就行，绳子先放着。”书生继续说着，然后把珠子放到老板的手里，“哪个位置都行，只要放在他枕头边就可以。”

老板接过书生手里的珠子，又连忙走到桐岛老爷卧床旁，把珠子放在枕头边上之后，老板逃也似的迅速走回书生旁边。

“放……放好了……”老板言语中还是透露着他的胆怯，但这会儿他已经没有那么害怕了，他甚至开始怀疑自己只是在做梦。

“嗯，很好，我们出去吧，这里是套不了绳子的了。”书生一边说着，一边就往门外走去，老板也赶紧跟上去。

他们走出房子，来到院子，院子里有着一个池塘，这会儿已经没风了，池面毫无波澜，如同一潭死水。书生沿着池塘的方向走去，来到别院的套廊上，紧接着，他走到别院的房门前，拉开了纸门走了进去，后面的老板也跟着走了进去。

这屋里并没有老爷屋里那么亮堂，但也能看得清房间里的光景。只见一个女人正侧躺在榻上，还用一只手撑着脑袋，另一只手放在坐她跟前的那个男人的身上，两人好像在说着话，他们似乎没有发现有人走了进来。

老板认真看了看那个躺着的女人的脸，可是，这一看，又把他吓得够呛：那分明就是桐岛夫人！而旁边那个男人，好像就是桐岛老爷家的司机！

这大晚上的，桐岛夫人和一个男人独处一室，还做出这么不堪入目的动作，这叫什么事啊？老板心里忍不住念叨了一下。不过他又想，自己现在可能在做梦呢，所以也没太当回事。

他转头看了看书生，他现在已经不怕书生了。

只见书生的眉头紧锁，眼露凶光，嘴角轻微上扬，似乎在笑。他见老板在看他，就把食指放在唇边，示意老板别说话。

那两人仍旧在说着话，司机还不时伸出手去抚摸桐岛夫人的脸。老板看着真叫尴尬，不知道眼睛该往哪儿放好。

只听见书生轻轻说了一句："你再等会儿，马上就有好戏看了。"

"这……这叫什么事啊！"老板忍不住念叨了几句。

"这对狗男女是趁着桐岛伯爵卧病在床的时候私会呢，不过正好也帮了我一个大忙。"

"什么……什么意思？"老板完全听不懂书生话里的意思。

"哼，这个贱女人，到处勾搭男人！她骗我与她私下结情，结果不慎被那个无恶不作的人给知道了。那恶人其实早想找借口把他夫人赶出去，好把自己私养的小妾扶正，不过他本来就是入赘的女婿，自己并没有什么势力，于是就干脆一不做二不休，想着先派自己的司机把我撞死，再找机会对付夫人，然后把罪名推到夫人身上。哈哈！让他没想到的是，夫人跟司机也有私情……司机不可能会栽赃给夫人的，这两个狗男女巴不得桐岛老爷赶快死，哈哈哈哈……"书生的脸笑得快有些变形了。

"那……那个恶人就是桐岛老爷吗？"

"除了他还能有谁？"书生不屑地说道，"这个人，表面上是贵族院的议员，实际上是个罪大恶极的坏人，做事一向心狠手辣、不择手段。”

说完这话，他拍了一下老板的肩膀说：“快看！好戏开始了！”

老板赶紧把目光转移到床榻上，只见夫人那原本放在司机身上的手开始游走，就像一条蛇一样，从司机的腹部往上缠绵，最后一下钩住了司机的脖子。司机顺势俯下身去，却被那手轻轻地推开了，与此同时，还伴随着夫人的娇嗔声。

这女人果然很有手段呢，老板心想。

突然，他听到纸门被拉开的声音，回头一看，居然是刚才还卧病在床的桐岛老爷！就在不久前，他还是一副病得奄奄一息的样子，这会儿都能自己走路了，而且这么快就到别院来了，老板不禁要揉揉自己的双眼。

桐岛老爷一进屋，就看到了夫人和司机两人在做些见不得人的事，他发出一声怒吼，脸上的青筋都爆出来了。

司机连忙甩开夫人的手，站起身。紧接着，桐岛老爷冲上去，一把抓住司机的领子，愤怒地喊道：“你居然胆敢背叛我？”

原本卧着的夫人也赶紧起身来，桐岛老爷又伸出另一只手，抓住了她的头发往床下拉，力度之大，感觉夫人的头都快被扯下来了。

夫人疼得哇哇大叫，一边挣扎一边喊道：“你在干什么啊？你怎么能随便打人呢，这太失身份了！”

但桐岛老爷的怒气并没有丝毫减弱的迹象，他又爆发出一声野兽般的怒吼。

“老爷，如今已经到了这番田地，我知道，再怎么辩解都无济于事。但请您先放开我，听我把话说完，好吗？这件事情闹大了对谁都不好看啊，请您务必先冷静下来。”司机倒是十分冷静的样子，但他也在想办法挣脱开桐岛老爷的手。但明明已经病入膏肓的桐岛老爷看上去却十分有力，两人都挣脱不开他的手。

“赶快，趁现在他们都忙着打架，你赶快去用绳子套住桐岛伯爵的脖子，这次肯定没问题的。”书生把老板往前推，但老板却迟迟不敢上前。

“你还在犹豫什么？这是最好的时候，他们不会有人管你的，相信我。”书生又催促了一句。

老板眼下也没有其他办法，只能照着书生说的去做。

他蹑手蹑脚地走到桐岛老爷后边，那僵持着的三个人居然没有一个发现他。

他赶忙把绳子丢到伯爵的头上，只见那绳子不偏不倚，正好套住了伯爵的脖子，接着，似乎有人在后头用力一扯绳子，伯爵整个人就倒在了地上。

老板一看这个状况，赶紧转身折返。书生大笑着对他说："干得漂亮！这下果然成功了！"

老板站稳了之后，又回头看了一下那三人，桐岛老爷仰面躺在地上，一动也不动，司机和夫人围在他旁边，低声交谈着。然后，夫人不知道对司机说了什么，司机就赶紧离开了房间。

"他是害怕被人看到了，会把罪安在他身上，跑得倒是挺快的。不过我的事情也完成了，我们也该走了。"

书生说完这番话以后转身就走，老板一刻也不敢耽搁，赶紧跟上去。书生走得相当快，也不管身后的老板跟不跟得上。不一会儿，他们就走出了桐岛家。

这时候的天正飘着绵绵的细雨，天色还是依然很暗。只见门口外边停着一辆汽车，还在闪着灯。紧接着，书生就钻进了那车里坐好，回头来看着老板，黄色的车灯映着那书生白皙的面孔，感觉格外诡异。

"今天的事多谢你了，"书生对老板说道，"多亏了你，我才得以报仇雪恨，虽然现在只解决了伯爵一人，不过那对狗男女也不会苟延残喘多久的。再过几个月……那时候他们自然会有天收的，那时候我就不需要帮手了，哈哈哈！对了……"书生止住了笑，正色道，"给你看一个东西。"

说着他伸出手来，老板顺着他的手看去，一下子又被吓得魂飞魄散：书生手上，居然是桐岛老爷的头！

接着，汽车就开动了，黄色车灯的灯光一下子刺到老板眼里，他只觉得眼前一黑，就失去意识了。

"哎呀，他动了！动了！"

老板只听到耳边一阵欢呼，他努力睁开双眼，映入眼帘的是妻子和其他平日里私交甚好的店铺老板，还有邻居们。他疑惑地看着这群悲喜交加的人，还没缓过神来。

"发生了什么事吗？我怎么躺在床上呢？"

"我刚才叫你去开门，结果你开完门就直接躺在那儿了，我怎么叫你都不醒，把我吓得啊，我赶紧找来街坊邻居们帮忙，刚才大夫还来看过，好一番折腾……我好怕你出了什么事啊！”妻子说着，还不时地抹眼泪。

老板突然想到了刚才在桐岛家发生的事，那果然只是个梦呢！

于是，他对围在他周围的人说道：“我刚才确实是做了一个好长的梦来着……”

不过，他没对众人说清梦里的内容。

然而，到中午的时候，就传来了桐岛老爷撒手人世的消息，把老板吓得够呛。但他还是安慰自己那只是个梦，毕竟桐岛老爷原本就是抱病在身、命不久矣的人，这无非只是一个巧合。

没想到，过了几个月，前来买豆腐的客人告诉老板，桐岛夫人和司机被人发现死在了镰仓的海边，死因不明。

老板听完这个消息以后，一下子疯了……

月光下

这是一个夏天的夜晚，皎洁的月光洒落在平静的海面上，一切看起来都是那么安静祥和。

一个年轻的渔夫站在岸边，默默地看着这一切，心里却有着莫大的苦楚。谁能料到，这样安静祥和的大海，会在数天前爆发了海啸，夺取了数以万计的生命……

这数万条生命中，就有着渔夫新婚宴尔的妻子。双方的父母都很反对这桩婚事，他们两人也是力排众难才最终走到一起，没想到，幸福的日子还没开始几天，就出了这样的事情。

渔夫呆呆地看着那月色下的海面，他不知道该如何面对接下来没有妻子陪伴的人生。

那天晚上，海面看起来也是这么安静祥和，远方那不断膨胀着逐渐逼近岸边的海浪，也没有引起任何人的注意。正好那天又是阴历五月五的端午节，家家户户都在忙着过端午节，根本就没有人注意到危险正在靠近。傍晚的时候，渔夫和几个邻居聚在家中喝酒庆祝节日，妻子则在一旁做着针线活。正当他们喝得兴起之时，突然，海的方向传来了类似发射大炮一样的巨响，顿时地动山摇，渔夫和邻居赶忙冲出去看看究竟发生了什么事。

只见海的远处已经模糊成了一片，天和地似乎贴在了一起，云层中还有电光闪现着，突然，海平面瞬间高高地抬起，是海啸！渔夫等人马上冲回家去带走妻儿，然而渔夫才刚刚抱起妻子，海啸就已经席卷而来，毫不留情地吞噬了他们……渔夫醒来之后，发现自己挂到了一棵树上，而妻子已经不知去向了……

待从回忆中觉醒的时候，渔夫发现自己已经泪流满面了。他用手擦了擦眼泪，一抬头，发现远处——海的远处走来一个人，这身影是如此的熟悉，渔夫擦了擦眼睛，那一头如海藻般的长发，苍白的面孔，瘦弱的身躯，走路的姿态……无一不像他那下落不明的妻子，就连身上那件蓝底波点的单衣，也是妻子事发当天穿着的，只是她全身都湿透了。

渔夫欣喜若狂，他马上朝着妻子跑去。由于他跑得太快，到妻子面前时还不停地喘着气，他激动得语无伦次，半天才说清楚一句话："你终于回来了！你总算回来了！我就知道你不会丢下我一个人的！"

然而妻子只是面无表情地看着他，不说话，而且她仍旧朝着原来的方向走着，毫无停下来听渔夫诉说思念之情的意思。

"阿叶？"渔夫不敢相信地看着妻子，叫了她一声，希望她能给自己一点回应。

然而妻子只是看了他一眼，又接着往前走。

"阿叶？阿叶！你怎么了？你说句话啊！"渔夫着急地跟在她后头，呼唤着妻子的名字。

但妻子并没有停下来，她一直往前走着。渔夫眼瞧着她去的方向是朝着家的方向，也就稍稍放下心来，心里想着，她可能是漂了好几天才回来的，可能身体都透支了，所以才没有力气说话的。

渔夫一路跟着妻子走回了村里。此时的村庄一片狼藉，满目疮痍。渔夫的家其实已经被海啸卷走了，现在在那里的，只有渔夫临时搭起来的一个简易板房，若是妻子回到家，看到那个样子，一定会很吃惊的。

渔夫又加快了脚步，想跟妻子解释一下房子的事情。然而当他们走到家门口的时候，妻子还是没有停下来，而是直接走了过去。这让渔夫感到十分不解，他冲着妻子喊道："我们的家在这儿啊！原来的家被海啸卷走了，我就临时搭了一个板房，不过，这依然还是我们的家啊！"

妻子始终没有回头。渔夫实在想不通妻子究竟是怎么了，但他想，阿叶这么做一定有她的原因。于是他决定跟在妻子后面，看看她究竟想去哪儿。

这时候已经过了零点，活下来的村民们这时候也都回家了。月亮也越来越低，路两旁的树影也被拉得越来越长。

渔夫一直紧紧地跟在妻子后头，但这路上，只有渔夫的脚步声。妻子走着走着，走到了一个拐弯的地方，突然就消失了。渔夫赶紧追上去，他一路喊着妻子的名字，但是没有任何回应。

渔夫突然意识到他再次失去了妻子，他无力地坐到地上，伤心地大哭起来。

次日清晨，路过的村人发现了呆若木鸡的渔夫，他们围上前去问渔夫出了什么事。

只见渔夫呆呆地看着前方，即使刺眼的阳光直射他的眼睛，也毫不介意，他喃喃自语道："阿叶昨晚回来了，我一直跟在她后面……一直走到这儿……然后她不见了……怎么办……"

说罢，他又痛哭了起来。

村民们面面相觑，不知如何是好。其中一个村民劝解他："你一定是思念过度出现幻觉了，你先回家休息吧，说不定，醒来之后你发现阿叶就回来了……"

其实大家都明白，渔夫的妻子定是不幸遇难了，但他们不敢刺激渔夫。

渔夫回家之后，没过几天，就彻底疯了。

皿屋敷阿菊

大年初二的中午，青山主膳府在办宴席。宴席结束之后，下人们就开始收拾。

青山家有个年轻漂亮的侍女名叫阿菊，被安排到厨房去收拾宴会用的碗筷。

这会儿，只有阿菊一人在厨房里做事。她正在收拾的是一套珍贵的南京古盘，主人特别喜欢。这一套里共有十个古盘，阿菊把每一个古盘都仔仔细细地清洗干净，然后用干净的抹布把水分拭去，再小心翼翼地把它们放到一旁的箱子里。

就在这时，突然有一只大猫跑进了厨房，跳到桌子上，吃起了宴会剩下的饭菜。阿菊一看就慌了，青山家的主人非常小气，即便是这种残羹剩菜，他们也不愿意施舍，要是让他们撞见这幅光景，阿菊肯定少不了一顿挨骂。

于是，阿菊马上站起身去赶猫，结果，慌张的她一下子没抓牢手中的盘子，只听砰哐一声，盘子已经掉在地上，摔成了几块。阿菊当场就吓坏了，正当她六神无主的时候，主膳的小妾闻声而来，远远就冲着阿菊喊道："阿菊，你又干了什么坏事？"等她走近一看，发现被摔坏的竟然是主膳珍藏多年的古盘，她惊呼道："哎哟喂，这下你可惨了！"

阿菊被她这一说，脸色变得更加惨白，浑身也不由自主地颤抖起来。

小妾看她怕成这副模样，便好心安慰她道："你也别太害怕，就算它再珍贵，也毕竟只是个盘子，老爷不会对你怎样的。"

就在这时，青山主膳的正房夫人也循着声音来了，她一看到地上的碎片，就怒不可遏地大骂道："你好大的胆子，居然敢把老爷珍藏多年的盘子给摔碎了！你这贱人，看我怎么收拾你！"说着便揪过阿菊的头发，把她拉扯到主膳的房间去。

主膳看着妻子抓着披头散发的阿菊进来，还没等他问什么事，妻子就马上说道：

“老爷！这贱婢竟把你那套珍藏多年的古盘给摔烂了！”

“什么！”主膳气得怒发冲冠，马上抓起刀架上的大刀，冲过去大喝道：“大胆贱人！胆敢这般对我的藏品，我要你偿命！”

妻子一听他要杀人，心想，现在毕竟是过年，杀人见血多不吉利，连忙劝说道：“这年里头不好动刀子……不合适啊，怎么也得过了十五再说。”

主膳听了妻子说的话，也觉得，为了一个下人沾染晦气不合适，但他又气不过。于是，他把外套脱下丢到一旁，拿起刀，上来抓住阿菊的手腕就往外拖。

阿菊不知道主膳要怎么处置她，害怕又不敢反抗，只能任凭主膳拖着她往外走。主膳把阿菊拉到套廊上，接着把她按倒在地，左手紧紧摁住阿菊的手腕，右手刀起刀落，把阿菊右手的中指活生生砍断了！阿菊瞬间痛晕了过去。

主膳这才觉得解了气，吩咐一个年轻武士把阿菊抓到厨房的杂物间里关起来。

其他下人也被吓得魂飞魄散，等主子回屋了以后，她们才连忙去看阿菊。大家给阿菊包扎好伤口，并给她拿来水和食物。

然而阿菊醒了以后就像丢了魂似的，不吃不喝，也不回应。

几天后，下人们发现阿菊突然不见了。主膳一听说阿菊失踪了，勃然大怒，立刻派了人手去四处搜查，但都毫无音讯。后来，青山家的一个下人在后院的古井附近发现了一只草鞋，经其他下人辨认，这草鞋，正是阿菊穿的那双。

主膳听到这个消息，心想，原来阿菊已经自我了断，这样也好，省得他还得动手。于是，主膳就向官府通报，说阿菊暴病身亡。

之后，青山主膳府就恢复了往日的样子，大家都渐渐地把阿菊遗忘了。

五月，怀胎十月的青山夫人到了临盆的时候。不久，她就生下了一个孩子。然而，这孩子的右手居然缺了中指——消失的阿菊被砍的就是右手中指！夫人当即就被吓晕了。

从此以后，产房每天晚上都能听到一个女人数数的声音：“一个，两个，三个，四个……”只要数到九，就会出现凄厉的哭声。青山府里的下人还看到后院的古井会出现蓝色的鬼火，还有人曾经看到一个披头散发的女人从古井里往外爬……接二连三的怪事让青山府上下都惶惶不得终日，青山主膳为了驱邪，便派人到各大寺院去请驱邪用的护身符，然后把符贴到家里的各处。

然而，即便如此，家里的异象仍是频频出现。青山主膳又请来高僧诵经，最终也是无济于事。不久之后，青山家出现灵异现象的事情传到了幕府，幕府便以此为由，撤了主膳的职位，让青山家的亲戚来继承。

然而，青山家的噩运并没有就此结束，过了几年，青山家还是绝了后。官府便派人把青山府推平，就此，青山家成了一个废墟。然而，附近的人们还是不时看到此地出现异象。后来，传通院的大师了誉上人路过此地，听说了阿菊的遭遇，便给阿菊的亡灵超度了。从此，这里再也没发生过奇怪的事情。

阿累的复仇

承应二年的八月十一日这天傍晚，与右卫门夫妇干完当天的活后，便收拾好东西往回家的路上走。夫妻俩各背着一个大竹篓，竹篓里装着当天在地里收割的豆子。

走着走着，妻子阿累突然停了下来，对走在后面的与右卫门说："我竹篓里的豆子比你的多太多了，太沉了，我们换一下吧。"

与右卫门回答她的话道："这才走多远啊，待会儿过了绢川，我就跟你换，行了吧？"

阿累想了想，说道："行吧。"

但她竹篓里的大豆实在太多了——与右卫门在给妻子的竹篓里装豆子的时候塞得满满的，此时的阿累被背上的豆子压着喘不过气来，她就像一头筋疲力尽的老牛那样，每走一步都如同千斤重。

等到他们好不容易走到绢川附近的土堤时，夕阳已经把西边的天色染成一幅红褐色的画，颜色越来越深，竟有些像血的颜色了。绢川的水面上浮着一层薄雾，傍晚独自归家的鸟儿不时地发出孤寂的啼声。

夫妻俩走到了绢川的岸边上，过了河面上的这座土桥，就到绢川对面了。阿累心里想着，终于可以和丈夫换竹篓了。

阿累仍然在一步一步地往前挪，全然没有感受到背后传来的杀气。

正当阿累快要走到对岸时，突然，后边的与右卫门一把抓住阿累的竹篓，用力把阿累推进了河里。惊慌失措的阿累一边在河里挣扎着一边大呼救命，背上的豆子产生的巨大浮力也正好托着她。与右卫门见状不妙，忙把自己背上的竹篓放下，接着跳到河里，把阿累往河里按，活生生地把她淹死了。

等到阿累已经没气了以后，与右卫门又把她弄上了岸，把她的尸体背回了家，并假装痛失爱妻的样子跟村里人哭诉，说阿累失足落河，等到他把她救上来的时候已经断气了。村人一边安慰与右卫门，一边协助他处理阿累的后事。

他们把阿累葬在了法藏寺，这是阿累家祖坟所在之地。

其实，与右卫门出身贫寒，是阿累家的上门女婿。阿累不仅长相丑陋，脾气还相当暴躁，经常对与右卫门指手画脚，长期如此之后，与右卫门便起了杀心。阿累死后，与右卫门就得到了阿累家的地产，于是，他就开始想着讨一个年轻貌美的老婆。

没过多久，与右卫门就看上了一个漂亮的年轻女子，娶回了家。

然而，新妇还没过门多久，竟然暴病身亡了。

第二任妻子死后不久，与右卫门就马上又讨了一个新夫人。结果，这第三任妻子居然也在进门不久之后身染重病，不久就撒手人寰了。

这时候，与右卫门才发觉到了不对劲儿，但他毕竟是能够残忍杀害糟糠之妻的人，怎会就此作罢？于是，他又继续娶了第四任、第五任。结果，这些妻子入门后，都和前几任一样，婚后没多久就突发疾病去世了。直到第六任妻子的时候，这种怪相才好像缓解了下来，第六任妻子还为与右卫门产下一女，取名阿菊。

但是，与右卫门还是很担心妻子会突然病故。随着女儿一天天长大，与右卫门的担心也与日俱增。果然，到了女儿十三岁这一年，妻子还是走上了前任的老路，病逝了。

妻子死后，与右卫门也没再想续弦的事，因为他也已经上了年纪。眼看着女儿也快到了嫁人的年纪，他便把亡妻的侄子金五郎招来做了上门女婿，也算后继有人了。

哪知第二年的正月初，阿菊突然就得了怪病，大夫都束手无策。过了十来天之后，阿菊开始口吐白沫，一副痛苦不堪的样子，嘴里不停地大叫着："好痛……好痛啊……救命啊……救命啊……好难受……"

喊了一会儿之后，阿菊就晕了过去。闻声而来的与右卫门和金五郎赶紧冲上去，一个给阿菊掐人中，一个给阿菊扇风喂水。终于，阿菊再次睁开眼睛，然而却像换了个人似的，满脸怒容，冲着与右卫门大骂道：“与右卫门你这衣冠禽兽！我待你不薄，你居然恩将仇报，对我惨下毒手，将我害死！”

与右卫门大惊失色，这说话的口吻和语气，跟二十年前死去的阿累一模一样！

只见阿菊骂完了以后又开始大笑，接着说：“你喜欢年轻貌美的女人是吧？你就接着娶啊，你娶一个过门我就害死一个，现在该轮到和你算账了！”说着她就要扑上来。

与右卫门大叫一声，连滚带爬跑出家门，逃到了法藏寺，金五郎则跑回了老家。

这天正好是每月全村人一起赏月的日子，到了晚上，大家就一齐到了与右卫门家隔壁。有人看到阿菊一人在家对着空气说话，回去跟大伙一说这事，大家都觉得奇怪，便纷纷前往与右卫门家问个究竟。正在对着空气大骂的阿菊看到村人都拥到自己家来，便大声喊道：“你们听好了，我不是阿菊，我是二十年前被与右卫门害死的阿累！那猪狗不如的东西，竟然因为我长相不佳就心生杀意，在我过河的时候，趁我分心，把我推到河里淹死！我对他不薄，他竟下得了如此毒手！此等大仇，我岂可不报！”

村人们一听便开始议论纷纷，阿菊便接着说道：“与右卫门已经躲去法藏寺了，你们若是不信，尽管把他捉来和我当面对质！”

村里年长的人看出阿菊身上有着阿累当年的样子，赶忙安排人去法藏寺找与右卫门，免得怨灵的怨气更深。村人们在法藏寺找到了与右卫门，要求他回家平息怨灵的怒气，但与右卫门死活不承认是自己害死了阿累，辩解道：“阿菊是让狐妖上了身啊，你们别听她胡说！”

但村民们还是一再要求他先回家，与右卫门只好无奈地跟着村人们回了家。与右卫门脚刚迈入家门，阿菊便大骂道：“卑鄙小人！你做了这等伤天害理之事，竟还有脸编瞎话称我是狐妖？你以为你这样说我就拿你没办法了吗？我可知道，有人亲眼看到你把我推下河的！”

与右卫门顿时语塞。

一个村人便问道：“那人是谁呀？”

阿菊怒吼道：“那人便是法恩寺村的清右卫门，你们叫他来问问就知道了！”

与右卫门一句话也不敢说，耷拉着脑袋。村人一看他这样子，心中也有了答案，但是他们也不忍心把与右卫门押送官府，便纷纷劝说他出家为僧，也好给阿累的灵魂超度，但与右卫门始终一言不发。

这时，村长走上前来，对阿菊说：“既然杀害你的人是与右卫门，你又何必占据阿菊的身体折磨她呢？”

阿菊一听这话，更加火冒三丈，大骂道：“那无耻之徒！我怎么会上他的身？我要折磨他的女儿，这才让他更加痛苦！”说完就开始仰天大笑，笑声十分瘆人。

村人这才知道，阿累的怨气极深，不是与右卫门出家就能解决的事情，于是便找来了僧人诵经，想给阿累超度。还没等高僧念完一本《仁王法华心经》，阿菊又大骂道：“什么破经书，根本没用！你们要想给我超度，就去找高僧来给我诵佛祈福才行！”

村人们不敢懈怠，连忙找来了法藏寺的住持，然而住持的诵佛祈福也没起作用，阿累之后又附到阿菊身上两次。后来，弘经寺的祐天上人听说了这事，前来此地给阿累超度，才终于把阿累的亡灵送走。

同行的怨灵

据《老媪茶话》记载，在奥州的一个地方，有个农民名叫甚六，作者描绘此人为“放纵任性，冷血无情”，总之，此人应该是一个心肠凶狠、手段毒辣之徒。

甚六的姐姐年纪轻轻就成了寡妇，膝下只有一女，名叫富士，母女俩相依为命。

天有不测风云，在富士十六岁的这一年，甚六的姐姐染了重病，不久就撒手人寰了，只剩下富士孤苦伶仃一人。迫于舆论压力，甚六不得不收养姐姐的女儿。

但我们前面已经提到过，甚六绝非善人，虽然他收留了无处可去的富士，但却不把她当人看，常常打骂欺侮她。有一天，甚六发现自己的一个值钱的东西不见了，立马大发雷霆，找到富士后，不由分说就把她暴揍一顿。小姑娘又哭又叫，但甚六依然不停手，最后把富士拖到后院，残忍地把她吊在栗树上，继续对她拳打脚踢，累了就回屋去吃饭喝水，休息好了又回去继续殴打小姑娘，如此反复。直到太阳落山了，甚六才终于收手。

可怜的小姑娘一天下来颗粒未进，再加上全身的伤痛，此时已经是奄奄一息了。那天晚上，寒风刺骨，饥寒交迫的小姑娘一直哭喊求饶，但屋里的甚六纹丝不动。终于，小姑娘的声音渐渐消失在寒风中，翌日，甚六到后院一看，发现富士的身体早已凉透了。但甚六并无悔恨之意，相反，他还感到庆幸，终于摆脱了这丧家之犬。然后，他将富士的尸体拖到后山上，挖了个洞，就把她给埋了。

过了几天，甚六又在屋里找到了那个不值钱的东西，心里不禁咯噔了一下。他虽然冷酷无情，但还是感到了些许的愧疚。

富士死后一个月，就到年关了。到了正月初一这天，甚六一家人在厨房里正忙着弄酒做菜过年，突然，他们听到佛堂那边传来了奇怪的声音。

甚六夫妇感到莫名其妙，一家人明明都在厨房，佛堂怎么会有响声呢？于是他们赶紧冲到佛堂去，定睛一看，差点没吓坏了——灵牌和酒杯竟飞了出来，简直就像灵堂里有人一直往外丢东西似的。

从这天起，甚六家就一直怪事频频。甚六夫妇不管白天黑夜，总能看到富士在家里的某处出现，然后消失。这下甚六终于害怕了，他连忙跑到寺庙去请僧人来作法驱邪。

结果僧人才刚开始诵经，佛像居然开口说话了，还动了起来！接着，佛堂里的瓶子和僧人的锡杖飞到了空中，接着被丢到外头，那僧人吓得连滚带爬地逃走了。

甚六只得去继续寻求神佛的力量。在僧人被吓跑的第二天，甚六就赶往柳津的一个远近闻名的寺庙去祈福。祈祷完成后，他便往回家的路上走，途中经过严坂的时候，他感觉到肚子有些饿了，再加上天色也不早了，于是他决定先在此地解决晚饭后再继续赶路。

打定主意之后，他就拐进了路边的一个小旅馆，叫老板直接上店里的定食。没过一会儿，老板便端来了饭菜，甚六一看，发现竟是两人份的定食，他便问老板道：“你没看到我是一个人吗？为什么要给我端来两份定食呢？”

老板也一脸的纳闷：“咦？你不是还带着一个小姑娘吗？难道你们爷儿俩只吃一份定食吗？”

甚六脑袋嗡的一声，只感觉到背后发凉，老板又继续说道：“我刚才看着你们俩一块进来的呢！现在倒是没见着那孩子了，真奇怪呀。她不是你认识的人吗？”

甚六连连摆手道：“不……不知道你在说什么，我没看见……”

但老板仍然不罢休，他又继续说道：“怎么可能呢，就跟着你后边进来的，这小姑娘头发也没梳好，脸也没洗干净，我想说，一个大老爷们儿带着孩子，也难怪了，还特地多瞧了一眼，我记得她穿的浴衣还是蔓草花纹的呢！”说完，他就往外走去，一边左看右看一边嘟囔，“真是奇了怪了，刚才还在这呢，怎么这一会儿的工夫就不见人了？”

关好纸门后，他走回到甚六旁边，原本还想再继续跟甚六谈论这桩怪事，结果发现甚六面如土色，一副魂不守舍的样子，便只好走到一边去。

此时的甚六已经被吓得六神无主，哪还有心思放在吃饭上，但他又害怕被店家发现端倪，只好硬着头皮继续吃饭。

吃完饭后，他走到外边一看，天居然已经全黑了，虽然此地离他家不过两里地，但最近已经是怪事连连，赶夜路就更叫人心惊胆战了。于是，甚六决定在小旅馆过夜。

这一晚上，甚六几乎没睡，他不时地睁开眼睛看看，又赶紧闭上眼睛，生怕再看到些什么恐怖的东西。不过，这一晚上并没有发生什么奇怪的事。

甚六暗自庆幸，心想着，佛祖终于显灵了，他悬着的一颗心也放下了。一大早，甚六就收拾好包裹往家赶。走着走着，甚六感到有些口干舌燥，恰好前面就出现了一家茶馆，甚六马上就走了进去。甚六走到店里，发现这家茶馆居然还卖冷面，甚六平日里最喜欢吃的就是冷面。

于是他立马叫来老板：“老板，要一份冷面！”

“好嘞！”老板应声道，片刻，他就给甚六端来了一份冷面。甚六拿起小碟子，夹了一些冷面放到碟子里，端起来准备要吃。

突然，碟子突然好像被什么外力撞击了似的，啪的一声倒扣在托盘上。甚六还没发觉异端，以为是自己手滑，捡起小碟子又夹了一次冷面。结果，还没到嘴边，碟子又被打落了。

“这是怎么了？”甚六感到有些奇怪，他看了看自己的手，也没什么异常。于是，他又夹了一次冷面到碟子里，这回他用手紧紧攥着碟子，拿到嘴边，正准备入口的时候，啪的一声，碟子居然被打了出去，掉到了地上，摔成了几瓣。

碟子摔碎的声音引得茶馆老板往这边瞧了瞧，甚六赶紧解释道：“真抱歉，我手太滑了，老抓不紧碟子，不小心摔到地上了。”

“您在说什么呢？”茶馆老板一脸的不解，他正坐在茶壶边，一本正经地说道，“明明是坐在您身边的那个女孩子不让你好好吃面的呀，我都看着她伸手打掉了几次碟子了，实在是淘气，我刚还想问你来着。”

“你……你说什么？”甚六目瞪口呆，他看了看自己桌子旁，根本没有一个人！

“就你旁边啊，你没看到吗？一个十二三岁的小姑娘啊，你俩不是一块儿进来的吗？”茶馆老板说道。

甚六只听脑袋嗡的一声，冷汗直流，全身也不住地颤抖。

茶馆老板似乎没发现甚六脸色不对，又继续说道：“这会儿又不见人了，刚才那孩子一直都在呢，跟着你一块儿进来，又坐在一起，我都以为是您的女儿来着……”

说着，他望向甚六，发现甚六的脸色已经全白了，这才知道不对劲儿，连忙走到甚六旁边，给他倒了一杯热茶，接着说：“大白天地真是活见鬼了……您先喝杯热茶压压惊。”

后背全是冷汗的甚六赶紧拿起茶杯喝了一口热茶，才稍微冷静了下来，但是他已经完全没有吃面的心情了。“老板，这碟子钱跟面钱一起算，我给你付了吧，但我实在没心情吃下去了。”

茶馆老板赶紧又给他倒了一杯热茶，安慰他说：“再喝一杯热的，驱驱邪气！”

甚六喝完两杯热茶以后，就起身离开了茶馆。

事情到了这个地步，甚六也知道，没有什么神佛可以帮得了他的了，只能向富士的亡灵赔罪了。他一回到家，就叫妻子进屋里商量着怎么给富士的亡灵赔罪。

这时，床边的纸灯突然飞到空中，接着到处乱窜。甚六夫妇吓得赶紧往外跑，正好一个路过的同村人看到，他之前也已经听说了甚六家频频出现怪象的事情，于是，他便跟甚六夫妇说：“依我看，这些事情都是狐妖或者狸妖之类的搞出来的，我教你个法子，你在家里的窗门附近铺一层细沙，这样就能看到这些妖怪是从哪里来的了，到时候直捣老穴，方可斩草除根，永绝后患。”

甚六决定采用村人的主意，于是马上就去弄来细沙铺在门窗附近。当天晚上，甚六夫妇都在卧室里待着，突然看到窗口冒出一个披头散发的女鬼，笑着说道：“可笑，你自己做了什么事你自己还不知道吗？还以为我是狐妖狸怪之类的吗？”接着，发出一声凄厉的笑声。

甚六夫妇这才确定这是富士的亡灵在作怪。第二天，他们便开始张罗着祭奠富士的亡灵，才终于平息了富士的怨气。

浮尸

小河平兵卫的妻子这会儿正在厨房里忙活，听到平兵卫回来的声音，正想和他说快开饭了的时候，平兵卫走进来了，并郑重其事地说道："你来卧房，我有要事和你商量。"

妻子看他心事重重的样子，赶紧把手上的活儿放下，边解下围裙边把手擦干，然后快步走进了卧房。

只见平兵卫面色凝重，妻子赶紧走上去，问他："你这是怎么了呢？"

"唉，想想我们已经在加贺这地方待了一段时间了，然而我一直都没得到合适的安排……大丈夫，怎可得过且过？事到如今，唯有土州的深尾大人或许能帮到我了，毕竟他与我相熟，而且他还是业内家的主管，应该能给我找到一个合适的差事的……这事情我已经想了好几天，今天才终于下定了决心的。"

妻子连忙说道："其实我也早有这想法，深尾大人对你也算是知根知底，一定能让你实现抱负的。"

"我就是这么想的啊……我今天在回来的路上一直在想这件事，最终决定要跟你说。我打算先去土州探探情况，等我安顿好了以后就回来接你，你就先留在这里，不用跟我受劳碌奔波之苦。就算我没时间，也会拜托人给你送信告诉你的。只能辛苦你先忍耐些日子了，等到我熬出头了，咱们就能过上好日子了。"

"我辛苦些没关系的，你就尽管去闯吧，我会在这里等你回来的。唉，这都是因为中纳言大人太偏心了，让你没有半点施展的机会……"

"事到如今，也不能把责任都推到别人身上了。"平兵卫说道。他原是浮田秀秋的家臣，后来因为秀秋吃了败仗，平兵卫也因此沦为浪人，不得已，才到加贺来投奔相识的人，然而情况却没有得到改善。

妻子握住平兵卫的手说道：“你就放心去土州吧，家里的事情交给我就好了。”

“好的，”平兵卫握紧妻子的手说道，“我就知道你会支持我的，你今晚就帮我收拾一下行李，明天我就动身。奖状什么的我就不带了，你先帮我收好了。”

第二天，平兵卫就带着妻子收拾好的包裹上路了。这时候的土佐藩藩主的位置已经由山内一丰传到儿子忠义了。平兵卫到了土佐以后，就去找了深尾大人。深尾不仅盛情款待了他，还把他引荐给了忠义。忠义听说了平兵卫的英勇事迹以后，就决定安排他到高冈郡去做事。

平兵卫在高冈郡安定下来以后，就一直在找着机会去把妻子接过来，然而总是因为一些事情耽搁了。后来时间一长，平兵卫就完全忘了这回事。之后，经过媒人的介绍，平兵卫又娶了一个当地的姑娘为妻，新任妻子给他生了一个儿子，取名平三郎，平兵卫对这个孩子十分疼爱。

独自留在加贺的妻子等了一年又一年，始终没有等到平兵卫的消息。妻子只好安慰自己，这是因为平兵卫在土佐没混出样子，所以不敢回来见自己。但她想来想去都觉得不对，就算混得不好，他也至少应该给自己一封书信啊。最后，她决定拜托要去土佐办事的朋友去打探一下平兵卫的消息。

半年后，办事的朋友回到加贺，并且给她带来了一个坏消息——平兵卫已经在土佐当大官了，还娶了一个土佐姑娘，生了一个儿子！

这个消息对前妻来说犹如五雷轰顶，当天晚上，悲恨交加的前妻就自寻短见了。邻居们发现她投河自尽以后，赶紧把她的尸体打捞上岸，运回她家里。他们发现，她家里的炉灶内都是木箱和烧剩下的纸片，看来她烧掉了很多文件之类的东西。

过了不久，平兵卫就从其他人那里听说了前妻投河自尽的事情。

一转眼，平兵卫的儿子已经长大成人。在他十九岁的这一年夏天，有一个晚上，天气闷热异常，平三郎待在自己屋里，就着昏暗的灯光看小说。他的卧房在别院，和主卧之间有一段距离。

突然，他听到了奇怪的声音，像是木屐踩在石板上发出的声音，越来越近。平三郎有点奇怪，因为平常这个时候都不会有人过来别院的。但他懒得去理，只听栅栏门上的锁扣被打开的声音，来人应该是走进来了。

平三郎心里嘀咕着：莫不是爹娘突然有事，叫人来传唤我不成？

他正纳闷呢，突然纸门外边探出个头，是一个侍女，还端着一个托盘，一边走进来一边说："少爷，夫人担心您读书太闷，就让奴婢给您送点小酒小菜来了。"

平三郎往她手上的盘子一瞧，发现是酒和一些小菜。那侍女走到平三郎旁边，接着一个个地把酒和小菜放到旁边的桌子上。

"母亲怎么会给我送酒呢？她知道我不喜欢喝酒的。"平三郎望着侍女问道。他母亲确实偶尔会让侍女送些小东西过来，不过都是一些糕点点心之类的，这还是第一次送酒呢。

"这酒是别人送来的，据说是陈年佳酿，夫人觉得应该给您带点，偶尔喝点小酒也可以解解乏的。"侍女边说着边就给平三郎倒酒，然后把酒杯放到平三郎面前，"少爷，这可是夫人的一番心意呀。"

平三郎想想也有道理，而他确实也有点困乏，便拿起酒杯，一饮而尽。

然而，这酒却一点都不像侍女所说的是好酒，实在是苦得很。

"再来一杯吧，少爷。"侍女拿了一个新的杯子，给他倒满了。

"够了够了，一杯就够了，这酒不好，我也已经解乏了。"

"夫人亲自为您热的酒，这才喝到一半呢，这要我回去怎么交代呀……您再喝一杯吧。"侍女恳切地说道。

平三郎一听这话，有点心软，只得拿过酒杯，又一饮而尽了。

"再来一杯吧，少爷。"侍女又拿了一个新的杯子，给他倒满了，放到他的面前。

"不喝了，不喝了，你回去吧，有什么事怪罪下来，你就说是我不喝。"平三郎摆摆手说道。

"再喝一杯吧，少爷。"侍女拿着刚才倒好的酒，往平三郎嘴边送。

平三郎有些恼了，一挥手把侍女手上的酒打翻了，说："我都说了不喝了，你赶快出去吧，别打扰我看书。"

侍女也不生气，拾起地上的酒杯放回托盘，拿起另一个杯子，又倒满了一杯，像什么事都没发生过一样，把酒举到平三郎面前，道："再喝一杯吧，少爷。"

"你有完没完啊，趁我还没发火，赶快出去！"平三郎厉声呵斥道。

那侍女像没听到似的，说："少爷，再喝一杯吧。"说着她就走近平三郎，试图强行给他灌酒。

平三郎一下子就火了，大喝一声：“大胆贱婢！”说着他拔出腰间的小刀，就向侍女刺去，刀子从侍女的脖子上划过，血溅到旁边的纸灯上。

那侍女见势不妙，夺门而逃。平三郎正在气头上，怎会就此作罢，连忙追了上去。

那侍女一路跑向主屋，接着咻的一声跳上套廊，消失在了尽头，平三郎赶紧冲上去，急促的脚步声把木地板踩得吱吱响。

这时，只听主屋里传来了母亲的呵斥声：“来者何人？休得无礼！”

平三郎连忙应声道：“母亲莫怪，是孩儿。”说着他就走进了主屋里，令他大吃一惊的是，刚才在追的侍女，此时竟安安稳稳地坐在母亲身边做着针线活。母亲看着他手里的小刀，一副杀气腾腾的样子，连忙问道：“你这是怎么了？”

平三郎回答道：“母亲，刚才你旁边的侍女拿酒去我屋里，硬是逼着我喝下去，一点礼数都没有，孩儿要教训教训她才行！”

母亲笑道：“我看你是睡糊涂了吧，她这一整晚都在我这里做针线活呢，哪有工夫上你那儿去，更别说逼你喝酒了。”

平三郎心有不甘，仔细地打量母亲身边的侍女，那侍女一脸茫然地看着他，不知所措。

此时坐在这里做着针线活的侍女，确实和刚才那个咄咄逼人的侍女长得一模一样，然而她脸上却没有任何伤痕。

平三郎嘟囔道：“这怎么可能呢……刚才明明就是她……”

母亲转向旁边的屋子喊道：“孩儿他爹，你刚才听到这孩子都在胡说些什么了吧？”

里边传来平兵卫的声音：“平三郎是不是让什么狐妖给迷惑了呀？”

说着，夫妻俩就笑了起来。平三郎见父母只当他在胡闹，只好悻悻地回屋了。

回到别院后，平三郎左思右想，怎么都觉得不是自己的幻觉。于是他到侍从们的房间去，叫了两个正在下将棋的侍从出来，对他们说：“我刚才那会儿砍伤了一个女子，你们随我来找找有没有线索。”

于是，两个侍从随着平三郎回到他的房间，仔细查看了一番，没发现什么可疑之处。平三郎围着刚才洒上血的纸灯左看右看，也找不到任何血迹。后来，他突然想到腰间的小刀，赶紧拿到灯下仔细一瞧，发现刀身上粘着蓝黑色的黏稠物质，他小心翼翼地用手抹了一点，靠近纸灯研究了一番，可以确定这绝对不是血。

“这是什么啊……”平三郎喃喃自语道，两个侍从也是一脸的不解。

“不过可以确定的是，我绝对是碰上什么奇怪的东西了！你们快帮我查查是怎么回事。”说罢，他就带着两个侍从，举着火把在院子里仔仔细细地查找了一番，然而什么都没找着。

这天夜里，突然狂风大作，接着下起了倾盆大雨，而且雨势越来越大，高冈町旁的仁淀川的水线越来越高，眼看着就要冲过两岸的河堤了。平兵卫作为郡官，在收到警报后，立马就换上战服，前往仁淀川旁去指挥前线的加固河堤工作。

平兵卫指挥手下的人燃起篝火，然而雨势太大，再旺的篝火也抵挡不住滂沱的大雨。在残余的火光中，人们还能看到，在风雨肆虐的河面上不时地出现船只，还有那站在船头的壮工们……

直到第二天天亮，雨才终于停了下来，平三郎也随同父亲一起到堤坝上帮忙来了。他先和其他壮工一起搬运用来加固河堤的沙包，又接着跟着父亲一起搭巡视河堤的船去视察情况。平兵卫搭乘的船驶在河的中间，而平三郎在的小船则在河流的右边，他们的船快到上游附近时，平三郎突然瞥见船的左边浮出了一具女尸，他仔细一瞧那女尸的脸，惊恐地发现那女尸竟是昨晚的侍女！

“父亲你快看！你快看那具女尸！那就是昨晚的侍女！”平三郎指着女尸对着另一艘船上的平兵卫喊道。

平兵卫顺着平三郎指的方向看去，果然看到了一具浮在水面上的女尸，这女尸生着一张鹅蛋脸，还睁着双眼，眼珠是那么乌黑，那么似曾相识……

就在这时，那具女尸突然又沉进河里，十分诡异。平兵卫心里也咯噔一下，他看了看身边的两个壮丁，发现他们也是一脸的惊恐。

“就是那个侍女！父亲你不认得了吗？”平三郎还在喊着，声音竟有些发抖了。

“是吗……我昨晚也没瞧见她的样子……”平兵卫自语道。

接着，他又笑着大声对平三郎说：“没什么好大惊小怪的，水线突然涨了这么高，有人失足落河了也是难免的。”

他刚说完这话，突然平三郎的小船好像撞到了什么似的，船头一下就被抬了起来，平三郎和同一条船上的四个壮丁都滑到了船尾，接着，船又突然侧翻，平三郎一行人还没来得及抓住什么，就被翻到河里去了。

平兵卫船上的人立刻惊呼道：“不好啦！少爷的船翻啦！”

平兵卫赶紧命令船夫把船往平三郎那边靠去，不一会儿，和平三郎一起落到河里的四个壮丁先后都浮出了水面，游到了平兵卫的船边。

平兵卫赶紧让人帮忙把他们拉上来。然而，他看来看去，他的儿子平三郎迟迟都没有出现。

“少爷怎么还没浮上来？”

“少爷必然是被船给扣住了！”

那翻掉的小船被湍急的河水冲得越来越远，平兵卫赶紧让人追上去。

最终，平兵卫等人依旧没有找到平三郎，生不见人，死不见尸。平兵卫感到十分悔恨，他跟相熟的人说道：“平三郎的事，定是我前妻所为……对不起她的是我，然而送命的却是平三郎……我早应该发现端倪的……那个强迫平三郎喝酒的侍女……那个浮在水面上的女尸，分明就是我的前妻啊！”

亡灵客栈

1

经过了一番舟车劳顿之后，小八终于到达了这段旅程的终点——立山的亡灵客栈。他一踏入客栈大门，老板和女佣就马上笑容满面地迎了上来。女佣看他脚上穿的草鞋都已经磨破了，便马上到后院去打来干净的泉水，把他疲劳的双脚洗净。

这个时节的树叶颜色虽是愈来愈深了，不过在白天有阳光的时候，气温还是略高的。然而这家亡灵客栈却没有这样的感觉，即使是在炎热的大白天，屋里还是有着一股凉意。洗净双脚之后，女佣又告诉小八，洗澡水已经为他准备好了。于是，小八就先到澡堂去泡了个舒服的热水澡，这才把一身的尘土和疲劳消除了。

洗完澡后，小八便回到了房间。他还没坐一会儿，客栈的老板就来敲了他房间的门。小八应声之后，老板便进门来了。

“您是打哪儿来的呀？”

“我是从江户来的。”

“您此行的目的是什么呢？”

“我想要上山见一位逝者，”小八直言不讳道，“据说你们有办法可以实现，是否属实？”

“此话不假。立山这里，既有极乐世界，也有阴曹地府，自然是逝者云集之处。只要您真心来寻求，必然不会落空的。”

“那请问我要做什么才能见到已逝之人呢？”

“此世与彼世的人若要相见，必然是要通过特殊的途径才行。但您大可以放心，这些我都会给您安排好的。不过有件事我必须告诫您，即便您与彼世之人相见了，也千万记得不能与之交谈。倘若您与彼世之人交谈了，很有可能会永远都没有机会再与之相见了。”

“好的，我记得了。”

“嗯，那就请您把逝者的岁数和忌日写在这张纸上，我马上就给您安排念经诵佛。明日寅时之时，就会有一位引路者来找您，到时候他会领您上山，您就能见到想见之人了。”

“知道了，那我要做些什么呢？”

“引路者会告诉你的。他把你带到指定的地方后，你只要在那里等着就好了。只要等个一会儿，你想见的那位逝者就会出现了。待逝者出现后，您可以为之念经诵佛进行超度，但就是不能与逝者对话。因为这会让逝者魂飞魄散，那样逝者就不能投胎转世，永世不得超生了。”

“嗯，好的，我也不打算做什么，只要默默看着就好了。”

“那就好。请问您想见的逝者是什么人呢？”

其实小八此番前来，主要是为了见他去世一个月的妻子。小八的亡妻原本在新吉原以做妓女为生，后来遇到小八之后，两人渐生情愫，正好也快到了她该退休的时候，于是小八就给她赎了身。小八的妻子虽说长得人高马大，但样子长得还算俊俏，尤其是那一双水灵灵的大眼睛。不过也可能因为她是妓女出身，所以性情也不可避免有些轻浮。小八的职业是消防员，家住在下谷长者町的长屋。两人婚后相当恩爱，有时候妻子到无花果树下的井口旁去磨米时，小八就负责给妻子打水，两人总有说不完的话，其他在井口旁做事的乡亲们见他俩这样如胶似漆，总喜欢拿他们开玩笑。岂料天公不作美，妻子竟突然得了重病，不久后就去世了。这对小八来说犹如晴天霹雳，妻子过世后，他就跟丢了魂似的，亲朋好友怎么劝解都无济于事。后来，有个乡亲对小八说，立山的山脚下有一家亡灵客栈，里边的人知晓通灵之术，可以让他见到死去的妻子。小八听完这事，立马找亲戚朋友们凑了一笔钱，便启程到立山的亡灵客栈去了。

“是我过世的妻子。”小八回答老板的问题道。

“节哀。请问夫人芳龄几许？”

“今年刚到二十五。”

“噢，想必夫人定是一位身材姣好的大美人吧？”

“哪能呢，”小八摇摇头，接着说道，“我只不过是一个没多大出息的消防员，内人她也只是长得还算不错而已。至于身材姣好也说不上，她就是高高瘦瘦的身材，脸也和身材一样又长又瘦。”

“我看您是谦虚了，江户毕竟盛产美女呢。”老板说完了这句话，突然想起自己还没问另一个重要的问题，“还有一个问题，您的夫人是几时走的呢？”

“上个月的七号。”

“那就还好，可以帮您见到她的。我们这儿的价钱都是一次付清的，而且不管什么人上门来都是一个价。今晚上的念经诵佛费用是两百，明天的引导费用是四百，另外还有您住店的费用是三百，这些就是这次通灵的全部费用。但如果您之后还需要我们为夫人继续祈祷，还需要另外再付费。”

“好的。”小八一边说着，一边从行李里拿出装钱的纸包，从里边拿出钱，接着递给了老板。

“还得拜托您继续给内人祈祷了。”小八诚恳地说道。

“这不成问题。我就这派人安排您用膳，您吃过饭之后，就要马上去歇息，避免会产生额外的邪念。我安排了人到点来叫醒您，不用担心。”说罢，老板就拍了拍手，示意女佣将菜肴端了上来。

2

小八吃过饭之后，就听从老板的嘱咐马上躺下休息了。但他一想到马上就能见到爱妻，心中难以平静下来，总感觉妻子就躺在他的旁边，他脑海里不禁又浮现出妻子的音容笑貌，这让他久久都不能平息下来。

“客官，客官……”不知过了多久，小八就听到了女佣叫他的声音，“时间到了，请您先起身来更衣沐浴吧。”

小八听了这话，马上起身，在女佣的带领下走到了浴池边。这会儿天才刚蒙蒙亮，天空中还挂着几颗星星，寥寥可数，显得更加寂寞清冷。几声鸡鸣在安静的空气中回响着。小八在女佣的指导下，走进浴池洗净身子之后，又跟着女佣回到了房间。

小八一回到房间，女佣马上就把早饭端了上来，是一些清粥小菜，还有椒盐河鱼。眼看着快要见到妻子了，小八不免感到一阵紧张。他开始坐下来吃早饭，用完早膳后，女佣就把餐具撤了下去。接着，老板就走了进来。

“引路人已经到了，您做好准备就可以走了。”

“好的。”小八说完后，就从行李里拿出一套干净的单衣换上，其他行李物品都放在了原地，然后准备起身的时候，原本站在一旁默默看他做着这一切的老板突然开口道：“您可千万记住我的嘱咐，千万千万不能和逝者对话，否则后果不堪设想。”

小八点头表示自己记得的。然后，他跟着老板走到客栈的门口，看到有一个人提着灯笼站在那里，老板告诉他，那就是引路人。

和老板告别之后，小八就和引路人上路了。这会儿外边没有一点声音，周围如同死一般沉静，小八愈发紧张了。引路人也不和他交谈，只是默默地带着路。小八跟着引路人穿过了小溪流上的土桥，潺潺的泉水哗哗作响，他们踩过的夏草也不停地发出声响，时不时还有几声鸟鸣传来。但这些声音都没有进到小八的耳朵里，他整个心都已经被要与妻子见面的喜悦和好奇占满了。

上山的路相当曲折。走到一个长着大树的弯道的时候，天色也亮了不少，小八已经能看出立山的模糊轮廓了。

终于，当他们走到一个有十多坪的池塘处时，引路人说：

“沿着这个池塘一直走，到了洼地边缘就是立山地狱了。”

说罢，他们就沿着池塘一直走，到了目的地之后，引路人又接着说道：“这里就是了。您只需要在这里静静地等着，不消多时，想见之人自然就会出现了。”

接着，引路人指示小八在一处地方铺上草席，然后盘腿坐在上边。

“等到太阳出来后，我就会回来接您了。”说完这话，引路人转头就走了，留下小八一人在原地坐着。

引路人走了之后，小八就静静地待在原地，一动不动，默默地等待着。引路人是提着灯笼走的，随着他的离去，周围也变得越来越暗，最后小八和周围的夜色融为了一体，这让他顿时感到了一股凉意，不过他仍旧一动不动地坐着，两眼直盯着引路人说逝者会出现的方向。

小八现在所在之处比起外边来说还要更暗一些，不过随着天色越来越亮，他所能看到的范围也远了一些。突然，一个身影出现在了小八的视野里，是一个高高瘦瘦的女人，穿着一身白衣裳，披着一头散发，她正朝着远离小八的方向走着。这时候的天色虽说已经亮了不少，但还是有些昏暗的，但小八还是一眼就看出来这女人和他死去的妻子身形简直一个模子里刻出来的。此时的小八万种思绪涌上心头，一下就忘记了老板的再三叮嘱，一下就站了起来，朝着女人的方向跑去，一边还不停地叫着妻子的名字。

听到小八的喊声后，那名女子的步伐却突然加快了，甚至跑了起来。不过她怎么比得上身为消防员却思妻心切的小八，不一会儿小八就追上了女子，一下子就抱住了她，女子开始拼了命地挣扎，但都没能解脱来。

小八感觉妻子就好像从未离开过他一样，因为这触感实在太真实了。

突然，小八听到女子开口说话："请您行行好，放过奴婢吧！"说着，她还在不停地挣扎。

这声音和妻子的一点都不像，而这话也不是妻子的语气。小八吓了一跳，赶紧松开手，跳到女子前面一看，发现这并不是妻子，而且女子头上的白色三角形竟然是纸糊的。

看到小八目瞪口呆的样子，女子连忙说道："奴婢也是身不由己，还请大人放过奴婢……"

"你……你是活人？"

"是的……奴婢只是一名被卖到客栈的可怜人而已。"

"我的天……"小八好一会儿之后才接受了这个事实，他感到了无比的愤怒，"岂有此理，居然用这样的办法来招摇撞骗。"

"对不起，对不起……请您行行好，饶了奴婢吧。"女子恳求道。

小八这才开始仔细打量这名女子，发现她还是个美人。

"你是刚入行的吗？"小八笑着说道。

"嗯，今年初才被卖到这儿来的……"女子小声地回答道。

“还有其他人也在做同样的事情吗？”

“嗯，还有很多，男女老少各种各样的人都有，只要你想见的人，老板都能找到类似的……”

“怪逗的。”

“哪儿逗了，老板花了钱把我买来，我就得一辈子都要在这儿装神弄鬼骗人了……”

小八看着她，一副若有所思的样子。

“求求您千万不要把奴婢暴露的事告诉别人，那样客栈就完蛋了，奴婢也该完蛋了……”女子乞求道。

“不不，”小八摇头苦笑道，“我居然相信能见到亡妻，还大老远从江户跑来这儿，真是有够傻的，老板也只是顺水推舟而已，我又有什么脸面到处去嚷嚷这事呢……”说到这儿，小八看着女子，感觉她颇为可怜，便说，“不如你跟我回江户吧，留在这里扮鬼一辈子也不是个事。我虽然没有什么大本事，但至少能帮你找到正常的行当来做的。”

女子低头不语，不敢拒绝也不敢接受，毕竟她对小八丝毫不了解，不过她又转念一想，这男人大老远跑来，只是为了见妻子一面，应该是个性情中人，不会亏待她。

“你意下如何？”小八又继续追问道。

“这……这也不是我能决定的……”女子已经动了心，但还是有些犹豫不决。

“那也就是说你是想跟我走的了？那就我帮你决定了，跟我走吧，老板那边你也不要太害怕，他本来做的就是骗人的勾当，不会找上门来的。”

女子不说话，只是低着头。

小八见状，便抓住她的手，说道：“走吧！再不走，那引路人就来了，到那时你就只能永远留在这里扮鬼了！”

3

太阳出来不久，引路人就回到了刚才和小八分手的地方，结果并没有找到小八，连个人影都没有。引路人暗叫不好，连忙回到客栈去，跟老板通报了这事情。老板一听小八不见了，赶紧派了两个熟悉山中地形的人到小八消失的附近去搜寻，然而半点踪迹都没找着。老板总觉得不对劲儿，又派了人去假扮逝者的住处，一看，果然假扮小八妻子的女子也不见了踪影。老板这才认定事有蹊跷，又带着好些人把山里翻了个底朝天，到了快晚上的时候，他们才在山底下找到女子扮鬼穿的那件白衣，看起来他们应该是往邻村的方向去了。

老板感到事态愈发严重，马上跑到邻村去到处打听情况，终于在一个大树下，找到了一个见过小八二人的老婆婆，那老婆婆颤巍巍地说道："我今儿是看到了一对陌生男女路过了这里，那会儿还早着呢……"

老板顿时气得七窍生烟，要知道那女子买来的时候花了很多钱呢，这可是桩赔本生意啊。他又马上冲回了客栈，去检查了一遍小八的行李。除了他留在这儿的脏衣服，还有一顶草帽，上边写着小八家的地址和名字。

"哼，看我找到你了怎么收拾你！"老板狠狠地说道，马上叫人给他打点行李，准备到江户去。

4

小八回到家里的第二天，邻居们就凑到他这儿来聚餐喝酒了，因为他们都听说小八去立山的亡灵客栈，却捡了个活生生的大美女回来，这会儿都跑到他家里来看热闹了。

待大家坐定后，小八便不急不慢地把整个故事叙述了一遍，大家边听边啧啧称奇。

"我跟你们说呀，这女鬼我第一眼看到的时候就备感亲切！"一席话说得大家哄堂大笑，一旁的女子脸都红了。

突然，他听到院子里有人喊了一声"有人在家吗？"小八出门一看，嘿，居然就是客栈老板，他原本有些尴尬，不过一想到是老板在做坑蒙拐骗的勾当，他又马上挺直了腰板。

"是立山客栈的老板吗？"

“没错！”

“你到我家来做什么呢？”

“你还好意思问我？快把我的下人还回来！”老板嚣张地说道。

看老板这一副趾高气扬的样子，小八的朋友们早看不下去了，纷纷走了出来，没等老板求饶就把他胖揍了一顿丢了出去。

老板挨了这么一顿打，更加生气。马上去找来了小八的房东，声称小八拐跑了他的下人，要房东做主。

小八也不甘示弱，便把整个事情的来龙去脉和老板干的那些骗人勾当都说了出来，还让女子出来做证。哪知老板死不承认，大声嚷嚷道：“你们这对狗男女串通起来坑我钱财，我才不会这么容易让你们得逞！”

5

房东一看这僵局，感觉自己也是无能为力了，便找人去报了官。

官府一听这事，马上派人去调查了所有相关人员，了解了整个事情的经过。老板不管怎样都不承认他找人来扮鬼。

负责此事的官员看他这副做了亏心事还理直气壮的嘴脸，忍不住笑道：“本官老早就听人说那立山的山脚下，有家亡灵客栈可以让人见到死去的人。我也派人调查了一些去过的人，他们已经说看到的死人都是身形相似，从未近距离见过真实的样子。你还不赶快认错接受惩罚？”

老板一听官员已经调查过，脸色马上就变了，也顿时没了什么气势。

“怎样，你还要继续嘴硬吗？再下去罪可就更重了！”官员见他这副心虚的样子，心里马上有数了，又接着恐吓了老板一句，老板顿时吓得跪地求饶：“大人饶命，小的知道错了……”

“知错就好，你装神弄鬼来欺骗平民百姓，这本来是个大罪。我念在你没做什么伤天害理之事，而且此事实属特殊，我就暂且饶了你。我命你赶快回到立山去释放那些扮鬼之人，给他们自由，并且今后不许再继续做这骗人勾当，否则休怪本官不客气了！”

“谢大人，谢大人，小的再也不敢了……”老板边说边磕头认错。

“还有小八家的那名女子，你就现在还了人家自由身，另外，你骗小八的那些通灵钱也要悉数归还！”

“好好好……”老板边说边擦汗，一旁的小八忍不住笑了。

6

离开衙门之后，老板就把女子的卖身契和小八的那些通灵钱都还给了他，并且再也不做这见鬼的生意了。不久之后，小八就和女子成亲了，客栈老板还来出席了他们的婚礼，婚礼上，大家都拿这事打趣，还给小八取了一个新名头——幽灵小八。

喝不到水的鸟

有一个游历山区的青年俳人，在某天，他要到隔壁村去拜访一位富翁。时值初夏，许多树还只长出了嫩嫩的绿叶，在阳光下闪着耀眼的生机，树叶清新的香味迎来了鸟儿的驻足，清脆的鸟鸣声宛如一首歌。

青年俳人要去邻村，就要先过河，河水清冽，缓缓流淌。河道的两旁，有梯田，有茅屋，刚刚吐穗的麦子在正午的阳光下闪着金色的光芒，两三座茅草屋静静地躺在半山腰上。

青年俳人走到山脚的时候，就地选了一棵长势旺盛的胡桃木，悠然自得地在树下食用起玉米面团子。而在吃的同时，他的眼睛也没闲着，仰头瞧着面前的河水。河浅的缘故，小河清可见底，青年看到河底的河床上，有不少小石子亮光闪闪，如同耀眼的紫水晶一般。而就在他看着河底的石子入迷时，两只一红一白的小鸟从远处飞来，像燕子那样滑翔在河面上。

这一红一白的小鸟并肩飞翔、齐声鸣叫，其乐融融的样子引起了年轻人的注意。不一会儿，那只白色的小鸟紧贴河面掠过，而在滑翔的时候，它的灰色小嘴就浸到了水里去喝水。红鸟是随后才仿照着白鸟那样去喝水的。但不知道为什么，红鸟一低头看河水，就赶紧飞离了河面，像是被什么惊吓到了。而白鸟又一次用同样的动作去河面上喝水，还摆出一副惬意享受的模样来。于是，红鸟又一次振奋起来，再度照学，然而这一次，红鸟依旧以失败告终，逃离河面前还发出凄厉的一声尖叫。

坐在岸上的青年在一旁看了，便觉得这着实奇怪，他眼睛一眨不眨地观察着两只鸟的举动，专注得连团子都顾不上吃。

“你都看到了吗，年轻人？”就在青年专注观察红白二鸟的同时，一个老人突然出现在了他身后，并问了他这样一个问题，态度严肃。

青年当然是被吓了一跳，回头看到原来是个穿一身轻衫的瘦削老人，这才松了一口气。

“唉，那只红鸟之所以喝不到水，是因为它误以为自己在水中的倒影是一团火……”老人向青年解释道。

青年听到老人如此一讲，越发好奇，便问道：“老人家，这一红一白两只鸟，可有什么故事没有？”

于是，老人便在树根上坐下，向青年讲起了有关红鸟和白鸟的故事：

在很多年之前，村子里有个寡妇，寡妇家里还有两个女儿，都是她亲生的，然而寡妇却只对大女儿偏心疼爱，而对小女儿异常苛刻。例如小女儿替她捶个肩，她也要大骂：“你的两只手硬得像石头，捶得我生疼！”小女儿每天做饭，寡妇也挑三拣四，不是说“这饭都烧焦了”，就是说“这饭太硬了”。遇到极冷的天气，寡妇也要求小女儿跟着她去地里劳作。

对大女儿，寡妇却从来舍不得让她干重活，最多让她去离家不远的小河边打打水。而且大女儿身上穿的永远是新衣服，轮到小女儿，却只有些破衣烂衫可穿。

时光飞逝，很快寡妇的两个女儿都长大了，到了该成家的年龄。这时候，隔壁村就有人看上了寡妇家的小女儿，派人来说亲，然而小女儿不愿离开寡妇，怎么都不肯同意。寡妇便把小女儿狠狠骂了一通，一边又草草把那婚事答应了下来。就这样，小女儿就嫁了出去，离开的时候哭得很伤心。小女儿婚后，但凡有空，便会回娘家看寡妇，即便路途遥远，途隔大山。

在小女儿嫁出去不久后，大女儿也要出嫁了。对大女儿的出嫁，寡妇是怎么都舍不得，而大女儿自己，则早就巴望着能从家里嫁出去。大女儿出阁的那天，寡妇千叮咛万嘱咐：“有空了就回来看看你娘啊。”

但大女儿听了直摇头，满脸的不耐烦。

寡妇天天盼望着大女儿回来看她，结果，大女儿一直没回来。寡妇积攒了满腹的怨气，就在小女儿回来看望她的时候，把怨气都朝小女儿宣泄了出来，对此，小女儿却一点都没介怀过。

几年之后，寡妇生了病。小女儿知道后，便向婆家要了一封休书，因为她想只有这样，她才能专心回娘家好好照顾生病的母亲。

这往后，寡妇的病情一天天加重，而大女儿却还是一直不曾回过家。

某天晚上，寡妇用她干瘦干瘦的手抓住了小女儿的手，并将之紧贴在自己的脑门上，流着眼泪，对小女儿说："妈妈现在才看明白，你才是妈妈的好女儿，以前都是妈妈对不住你……"

第二天，寡妇就去世了。临终前，她紧紧抓住自己小女儿的手，说："你的姐姐会遭到惩罚的……"

之后，小女儿又嫁了一个好人家，幸福顺利地过完了余生，而寡妇的大女儿却得了咽喉病，连水都喝不了一滴，就这样被活活渴死了。

"那只红鸟，其实就是寡妇的大女儿，这是她应受的惩罚。"老人继续向青年解释道。

青年不由问起老人："当年寡妇的家在哪儿？"

老人伸手指向不远处的一块麻田，告诉青年："就在那里。"

青年看了看麻田，又回头看看水面。

水面上，一红一白两只鸟儿又飞了过去。

超灵感应

这是一个发生在 19 世纪的日本故事。

镰仓向来是一个避暑胜地。某日，自东京来到此地的田中先生从一家餐馆门前路过，店老板突然出来问道："请问您是田中先生吗？"

由于并不认识这个老板，田中备感好奇，疑惑地答道："没错，我是。"

接下来，老板神神秘秘地对他说："不好意思，不远处的富人区有一位山崎夫人，特意叮嘱我，让我见了您给您带个话，请您去她府上坐坐。"

听闻老板的话，田中有些茫然，因为他并不认得那人口中的山崎夫人。所以他一再跟老板确认，觉得是老板认错了人。

"小的不会认错的。山崎夫人料到您想不起此事了，她说您对她有恩，但那是很早前的事了。昨天她就看到了您，但没来得及打招呼，所以告知了我您的长相、穿着打扮，让我看见您就请您过去。请您一定要去一趟，这可是夫人多年的心愿啊。"店老板一脸的诚恳，看样子确实不是信口开河。

虽然心中狐疑，但田中还是应允了，根据老板告知的地址找到了夫人府上。果不其然，那里有一幢很是考究的别墅。经由仆人禀报后，田中终于见到了店老板口中的山崎夫人。

一见面，山崎夫人就激动地向田中表达自己的谢意，谢谢他曾经的帮助，然而田中依旧丈二和尚摸不着头脑，完全不知道眼前的这位夫人是谁。

带着心中的疑问，两人聊了起来，田中这才想起山崎夫人到底是谁。原来他曾于五六年前在横滨劝解过一位想要自杀的女子，而这女子后来成为当地一位富商的小妾，由于身体抱恙，才搬到环境宜人的镰仓来调理身体。

之后，两人渐渐熟络，经常往来。但天意弄人，没过多久，夫人和田中就各自回到了横滨与东京。

某一天，镰仓那家餐馆突然同时收到田中和山崎夫人家的来信。田中在信中称自己于前夜梦见了山崎夫人，询问她是否安好。打开夫人家的来信，店老板才得知山崎夫人竟于前夜病发身亡……

神官的故事

从前有个叫堪作的年轻渔夫，自小就住在湖边，以打鱼为生。然而，最近接连很多天，他都毫无收获。

这天，他出门忙碌了一天，晚上的时候，又空手而归。他非常沮丧，只喝了一碗稀稀的麦粥当作晚饭。

本来，每天晚上他都要喝两杯酒，但因为收获惨淡，今晚他连收拾碗筷的心情都没有，更别提什么喝酒了。所以，吃完晚饭后，他只是呆呆地坐在地炉边，闷闷地抽着烟。

一般来说，山阴那里多少总应该有几条鱼的，为什么最近连一条都抓不到呢？堪作烦恼地想着，我只需要两条大鲤鱼就好啊……

原来，最近，同村的大户人家急需两条两尺长的鲤鱼。为此，他们甚至扬言，能做到的人，可以随意开价。

可是，这么长时间过去了，别说鲤鱼了，堪作连一条小杂鱼都没有抓到过。

破旧的小屋被火光照得亮堂堂的，天气有些热。堪作皱着眉想，既然用网抓不到，明天就用钓竿试试……如果再不行的话，可真是一点办法都没有了……

就在这时，突然有人叫门。本来，堪作还以为是村里的同行来和自己商量对策，开了门才知道，原来是一个白净的矮个子男人。

堪作从来没有见过他，就问他从哪里来。矮个子说，自己来自东国，向来四海为家，不久前，刚刚来到这里，觉得还不错，便在村子里住了下来。

矮个子问起了这里捕鱼的情况。堪作把情况和他说了，还说自己非常想捉到两条鲤鱼。矮个子听说他急需用鱼，就夸下了海口，说待会儿就去为堪作捉鱼。

堪作半信半疑地把渔网借给了矮个子。矮个子拿着渔网，朝湖岸的方向走去。没过多大一会儿，他就驾着一叶小船，漂向了湖心。

堪作送走矮个子，淡然一笑，躺下来继续抽烟。他根本不相信矮个子可以捉到鱼——自己从小打鱼，现在都打不到一条鱼，矮个子怎么可能捉到鱼呢?

但是，才过去半个多时辰，堪作就听到了脚步声。原来是矮个子带着鱼篓回来了。他果然没有食言——鱼篓里不光装着四条两尺多长的鲤鱼，还有不少鲫鱼和海鞘。堪作看着满满的鱼篓，简直无法相信自己的眼睛。

矮个子放下鱼篓，坐下来，笑着让堪作赶紧把鲤鱼送到大户人家那里去。堪作非常高兴，当下把鲤鱼送了过去，又把另外两条带到旅馆卖掉了，把所有的钱都换了酒菜，请矮个子吃喝。

推杯换盏间，堪作问起矮个子的姓名。矮个子遮遮掩掩，并未作答，只说交朋友又不是交名字，合得来就好，还说以后会经常来和堪作喝几杯。

两个人一直喝到天亮，矮个子才告辞离开。出于好奇，堪作曾经打听过关于矮个子的消息，但是，村子里没有任何人知道他。

好在矮个子非常讲信用，从那以后，真的经常来找堪作喝酒。而且，每次堪作束手无策、毫无收获的时候，他总能抓到满篓子的鱼送给堪作。

就这样，堪作和矮个子往来了三年。

一天晚上，矮个子像往常一样来找堪作喝酒聊天。不过，这次，矮个子主动和堪作聊起了他的身世，原来，矮个子并不是人，而是一个“水男”，也就是水里的一种妖怪。不过，堪作听了之后，倒是一副不以为然的样子。就像矮个子之前说的，交朋友不是交名字，也不是交身份。他并不在乎矮个子的身份，只是重视他们之间的感情。

但是，矮个子却觉得自己现在的身体很不方便。他想变成一个人，不过，他需要一个替身。他告诉堪作，明日正午，会有一个戴着草帽的人经过堪作家门口，他会把那人的草帽吹落湖中，再趁那人捡帽子的时候，把那人拉下水，并借他的身体变成人。堪作听后，感叹不已，觉得他们维持现在的关系就挺好，根本没有必要变成人。水男听了，笑了笑，没说什么。

后来，堪作喝得大醉，睡了过去，水男安置了堪作，便悄悄离开了。

天亮后，粗枝大叶的堪作虽然还记得昨晚的事情，但是没一会儿，也就不那么在意了，只是拿着东西去湖上打鱼。

中午，堪作回家，吃完午饭，晾好渔网，正给渔网补洞。忽然，门口出现了一个路人。堪作想起了水男的话，赶紧放下渔网，跑出门去。恰在此时，路人的草帽被风掀起，吹到了湖岸边。堪作见路人要去捡草帽，赶紧提醒路人不要下去。

幸亏堪作的提醒，路人没有去捡草帽，也就没有被水男拉下水。但是，这下，堪作可把水男的计划搅乱了，当天晚上，水男来到堪作家里，非常不开心地指责堪作——我们平日如此交好，你为什么要坏我好事。

堪作笑了笑，辩解道："为了要成为人，将另外一个活生生的人拽入水中淹死，是一种罪恶的事情。我作为你的好友，怎么能看着你滥杀无辜呢？"

水男无言以对，只说自己是不得已为之。堪作哪会觉得这是正理，劝说水男还是算了，倒不如和自己喝酒聊天，还说当人也没什么好的。水男听了之后，闷闷不乐，只能坐下来喝酒。

又过了三年，堪作和水男还是像从前那样交往着，但是，水男一直没有忘记要变成人的想法。

某天晚上，水男对堪作说了另外一个计划：明天晚上亥时，会有一对夫妻吵架，妻子一气之下，会离家出走，去附近的湖岸边。水男要把那女子拉下水，用她的身体做人。堪作听了之后，倒是没说什么。但是，第二天亥时，他早早来到了湖边。

正是盛夏，繁星满天。忽然，堪作听到了一阵急切的脚步声，一个衣着单薄的白净女子奔到了湖边。堪作为避免事情的发生，赶紧过去，从背后一把抱住那女子。

女子死命想从堪作的手臂中挣脱，就在这个时候，女子的丈夫和他们的邻居追到了这里。于是，堪作顺势把女子交还给她的丈夫。

处理完了这一切，堪作回了家。一进家门，就看到水男已经坐在那里了。水男再次埋怨堪作，但是，堪作还是微笑着劝说水男："不要总想着靠滥杀无辜来变成人，也要为别人多想想。"

水男禁不住堪作几次三番的劝说，只好作罢。

之后的三年，两个人依然保持着来往。

一年春天，堪作正在熟睡，水男突然来访，告诉堪作，因为自己没有为非作歹，得到了上天的赏识，马上要被封神了。水男还说，他觉得堪作现在的生活非常辛苦，而且，往后湖里的鱼也只有越来越少，倒不如投奔到水男封神的神社，做个神官，并给堪作指了一条去神社的路。

第二天，堪作没怎么把水男的话当真，还是自顾自地做着渔民，但是，过了一段时间，湖里的鱼确实没有以前多了，水男也再也没有来找他喝过酒，堪作这才决定放下手头的活儿，去找那座神社。

堪作一直向西走，大概十天后，找到了水男说的那条河，但是，河水已经干涸了。堪作觉得自己也许找错了，便往河边的小树林走去。没想到走了没多久，就在森林里发现了一座新建造的神社，还有丝柏木建造的簇新的鸟居。

堪作料定这一定就是水男说的那座神社，就沿着鸟居后的石阶拾级而上。丝柏木的香气扑面而来，几只蜻蜓在夕阳的映衬下飞舞着。

堪作来到大殿前，向大殿中央行了个礼。

“你可终于来了，堪作。”

声音是从栅栏后面传过来的，但是栅栏后并没有任何人的身影。堪作非常熟悉那声音，那一定就是水男。

“堪作，请你先在大殿内安顿下来，过几天，我就为你准备其他的住处。”

堪作应承下来，将行李放在了套廊上。

水男又请堪作去附近的村子里找一位牵牛的老者，告诉他今晚要涨水，让村子里的人赶紧把河滩上晒着的稻谷全收回家。堪作遵照水男的吩咐来到村子里，找到了那位牵牛的老者，把预言告诉了他。

老者起先有点怀疑，但又觉得既然是水神大人的预言，还是回去告诉了村子里其他人，让他们赶紧收走稻谷。堪作做完这件事后，就回了神社。

大殿里竟然出现一个摆满酒菜的托盘。

“请用餐，堪作。”水男说。

堪作坐下，一边吃菜喝酒，一边和水男聊天，但是全程水男都没有现出身形。

当天晚上，河道里果然涨水了。那些听从劝告的村民成功地保住了一年的收成，而那些不听劝说的村民只能将苦水往肚子里咽了。

第二天，村民去神社找堪作，将他奉为“水神的使者”，让他做了神社的神官，还为他在神社边上建了住所。

首领传说

在辽阔的平原之上，有一座巍峨的山峰，猎户家的两兄弟正在这座山中，哥哥长得很是丑陋，脸上只有一只眼睛，而弟弟则非常强壮。

此时他们刚登上一座险要的峭壁，哥哥喘了一口气，往峭壁下望了一眼，峭壁的下面是一片低洼地，大片的车百合正自由自在地盛放着。一些牧民部落在那里安营扎寨，搭了许多帐篷，一辆马车正从帐篷附近驶过，车里端坐着一个美丽的少女。

“哎！快看，下面那个车里有个美女呢！要是她还没结婚，我们就把她抢过来吧！”哥哥对弟弟说道，“抢过来给你当媳妇！”

哥哥催促着弟弟爬下山去，这马车里坐着的正是这个牧民部落中的大美人，马车在美女住的帐篷边上停了下来，兄弟俩立刻冲了进去把美女抢走了。回到家后，弟弟与美女成了亲，把她留在了自己的家中。

不久之后，弟弟和妻子生育了两个儿子，哥哥也养育了几个孩子，没过多久，哥哥便生病去世了。弟弟原本想抚养哥哥的那几个孩子，但是他们都不愿意投奔他，都独自出去闯荡了。

为了照顾家中的妻儿，弟弟每天起早贪黑地在山中打猎。某个秋天，弟弟打完猎正往家中走，弟弟收获不多，回家的路上正好遇上了一个老相识。老相识点了一堆篝火，正在烤着一只野鹿。

“分我点肉行吗？”

“好啊，分一半给你吧。”

老相识爽快地把鹿分了一半给弟弟，弟弟谢过他，把半只鹿扛到了马背上，然后牵着马往家走。

走了没多久，迎面走来一个老人，身边跟着一个男孩子，老人穿得十分破烂，弟弟看了有些于心不忍，开口问道：“这是带着孩子去哪里啊？”

老人一眼就看见了弟弟马背上的半只鹿，立刻垂涎三尺。

“我有好几天没有吃东西了，实在饿得没办法了……请你给我一些肉好吗？我把这个孩子送你……”

弟弟点点头，割了一条鹿腿下来，老人千恩万谢地把男孩子交给了弟弟。就这样，弟弟带着鹿肉和男孩儿回了家，男孩儿就成了家里的小僮。

几年之后，弟弟也死去了。但是他那个抢来的妻子却在他死后又生了三个男孩子。

两个大一些的孩子对之后的三个弟弟有些怀疑：“咱们父亲都死了，母亲竟然还生了三个孩子！家里的那个小僮很可疑啊！”

开春的一天，母亲把五个儿子都喊到了自己的身边，端出了一大锅煮好的腊肉，然后对老大还有老二说：“你们心里一直有疑问，虽然你们没有当面说过，但是我都知道。我也不想瞒你们，其实在我生下弟弟们之前，总会有一个金人，浑身发光地穿过我的卧房，他的光芒照在我的身上，我就会怀孕。这就是弟弟们的由来。这个金人定然不是普通人，你们的弟弟以后也一定不会是普通人。他们也许将来会成为大国的国王，你们五个一定要彼此照顾，同心协力。”

说完，她从一边的箭筒里，取出了五支箭羽，一支一支地交到五个孩子的手中。

“来，你们来把手中的箭羽折断。”

五个儿子轻轻松松地把手中的箭羽折断了。母亲不说话，又拿出了一大把箭羽交到每个孩子手中，每人手中五支。

“来，你们再试试。”

五个孩子又试了一次，这次他们都没办法把手中的五支箭羽一起折断。

“现在知道了吗？你们五个人，就好比是这五支箭羽。单独一个人，都是很容易被打败的，但是当你们凝聚在一起的时候啊，就没有人能轻易地击败你们了。你们一定要兄弟齐心啊。”

母亲讲述了这个道理，希望自己的孩子们能彼此照顾。没过多久，母亲也去世了。

哥哥们将家中的草场、粮食全部都分了，但是最小的那个弟弟却一无所有。

五弟十分生气，心想哥哥们都不照顾自己，那么自己也不必再把他们当作亲人了。

五弟骑走了一匹青色的马儿，沿着河岸往下游的地方一直走，寻找一处肥沃的土壤。五弟找到了理想的草场后安顿下来，给自己盖了一间小小的草屋。

冬天很快到了，五弟没有粮食，每天只能忍饥挨饿地四处觅食。幸好草原上的狼群同样需要觅食，五弟便跟踪着狼群，当狼群把猎物逼到悬崖峭壁的时候，五弟就埋伏在悬崖下，用弓箭射死猎物占些便宜。实在打不着猎的时候便去草原上找狼群吃剩的肉食。

一天，五弟在寻找猎物的时候见到了一只小苍鹰，这苍鹰刚抓到了一只野鸡，啄得正开心。五弟顿时高兴了起来，苍鹰是草原上的捕猎能手，要是能抓住这只苍鹰，那么以后自己的伙食就不用愁啦。

五弟用自己的马尾毛做了一个不起眼的陷阱，将陷阱藏在草丛中将小苍鹰抓回了家。

很快冬天就过去了，春天来临的时候各种动物也都出来活动，五弟把养在家中的苍鹰饿得透透的，然后放它出去捕食。苍鹰一出去就追踪到了一群鸟儿，狠狠地啄了起来，各种鸟儿的羽毛纷纷扬扬好似下雪，五弟开心地跟在苍鹰的身后，将地上啄伤的猎物捡回家，做成干肉贮存起来。

在五弟草屋的溪边是一座不高的山，有一天，一群以放牧为生的牧民翻山而来，在山下搭了帐篷，他们把水边的草场当成自己的牧场了。五弟见到牧民的到来，便过去打招呼，牧民热情好客，将马奶分给了五弟。

不久，牧民发现五弟的苍鹰是捕猎的好手，便要五弟将苍鹰割爱给他们，五弟坚决不同意。

虽然没有要到五弟的苍鹰，牧民依旧对五弟十分友好，五弟也每天过去喝些马奶。

这时候，三哥发现五弟失踪了。他赶紧骑上马沿着大河走，在两岸寻找五弟的踪影。走啊走啊，就刚好到了牧民搭帐篷的地方。

“你们好啊，请问有没有见过一个年轻人啊？”

“年轻人？嗯……”正在汲水的牧民似乎想到了谁。

“他大概是有一匹青马！”三哥连忙说道。

“哦哦，应该是那个带着苍鹰的年轻人吧！他啊，每天都放鹰，还常常来喝马奶呢！他的苍鹰可厉害了，在天上把鸟儿的羽毛啄得跟下雪一样啊！你就在这里等着吧，他啊，差不多要来了！”

三哥谢过牧民，拴好了马，在河畔等着五弟来。没过多久，一个骑着青马的年轻人出现在了对面的河滩上，肩上站着一只苍鹰。三哥定睛一看，正是寻找已久的五弟，他激动地在岸边大喊着五弟。

五弟听见有人在喊自己的名字，简直不敢相信自己的眼睛，是自己的三哥来了！他顿时热泪盈眶地冲了上去。

“我发觉你失踪了，就赶紧出发来找你了。哎，你是怨恨我们分家不公吧，但是你也别忘记了母亲跟我们说的话啊。”

兄弟两人分别骑着马，沿着河走着。

“三哥啊，我的确不该忘了母亲以前说的话，但是还有一件事，你记不记得？”

“记得啊，是五支箭羽的故事吧？”

“不不，我是说母亲说过的另外一件事呢。”

“还有什么事？”

“三哥不记得了吗？我还记得呢，母亲以前说，我们几兄弟不是普通人，会成为大国的国王。”

“嗯……这么一提我倒是想起来了，母亲的确这么告诉我们的。”

“所以，三哥，我有个大胆的想法。”

“什么想法？”

“我想啊，或许我们当不了国王，但是当个首领什么的应该不难。”

“咦？怎么当？”

“你还记得刚才那个牧民部落吗？那个部落还没有首领呢，只要我们召集人马攻打过去，就能把他们攻下。”

“嗯，有道理，我们快回家把其他兄弟都叫上吧！”

两个人快马加鞭地回到了家中，兄弟五人一起商议了办法，然后去攻打那个牧民部落，果然成功了。

那个部落的人都被俘虏，成了奴隶，而他们的马匹粮草也都归五兄弟所有。

久兵卫和渔夫

这个故事收录在一本江户时期的随笔集《想山著闻奇集》里。书作者说这个故事真实存在，而且非常巧合，不是自己编造的，故事就发生在伊势。

神户宿旁边村子里有个叫久兵卫的农民。今年田里没有收成，颗粒无收，现在穷得连田租都给不起了。实在是走投无路，他想到了卖女儿。于是他把自己十六岁的女儿带到了“一身田”旅店，让旅店把她卖到“四日市屋”做妓女。卖掉她三年可以得六两二分钱。卖了之后，久兵卫揣着钱往家里赶。

一身田旅店距离他家有三里路程。太阳渐渐下山了，田里没有稻谷，只有光秃秃的秸秆。久兵卫落寞地走在田间的小路上。他看到一个青面金刚墓，正要在墓边的路口往右走，他瞧见墓后面有棵被包着秸秆的朴树。有只乌鸦也应景地从树上飞了起来，嘎嘎叫了几声。

出了一身田，久兵卫就到达了中野村。村中的小径右边有很多杉树，杉树前面是菜地，地里种了一些大白萝卜，还有一些冬天能生长的菜。这是旱地，刚刚的菜地旁边有块刚刚翻新过的土地，看上去像种了大麦。为了不被鸟类偷吃，菜田里立了竹竿，拉了网。但是总有一些缝隙可以进去，这不，现在就飞进去了几只大雁，在偷吃呢。看到有人过来，大雁就慌乱地往外飞。但是有一只笨笨的，怎么飞也飞不出去，好像它的爪子挂住了什么东西，哦，挂住了绳子。好久没开荤了，这么一只肥鸟，怎么能错过！久兵卫心里痒痒的，但是这里又不准捕猎，他不敢去抓。但是大雁很笨，一直没挣脱，久兵卫真的是顾不了那么多了，便走上前去。他环顾四周，怕有人看到。看到没有人过来，他便快步走向大雁。

久兵卫上前迅速抓住了鸟的脖子，然后去解绳子。本来他想先捏死大雁，但是他还是做贼心虚地看了看周围，好死不死，正好有人从刚刚他走过的路上过来了，而且还是两个人。这下他可吓死了，慌乱之下，他把鸟往怀里塞，飞快地跑出了菜地。大雁的头露在了衣服外面。被人塞进衣服，岂有不挣扎的，差点就让它逃走了。

久兵卫刚刚卖女儿的钱正挂在自己的脖子上，钱被装在了钱包里。他想用钱包的绳子勒死这只鸟。于是他取下钱包，用绳子缠绕着大雁的长脖子。但是呢，很巧的是，他的鞋带散了，走路差点左脚踩右脚鞋带摔倒了。唉，只能停下来先系鞋带。大雁好像也找到了空当，一溜烟地就这么飞走了，飞走了，飞走了！久兵卫的怀里和地上都掉了几根大雁毛……挂在大雁脖子上的钱包也一起飞了……

久兵卫欲哭无泪，刚刚大雁起飞的时候，他去扑都没扑到。当然，挂着钱包的大雁也飞不了太高，于是久兵卫跟着追，又用石头扔它，还顺手捡了根树枝，使劲挥，想把大雁吓下来。

追了没多久，大雁便飞过了小山丘上的松树林，消失在晚霞里……久兵卫真的是不知道该怎么办了，傻傻地站在那里，现在使劲怪自己，想什么肥鸟，想捡芝麻却把自己的西瓜给丢了，卖女儿的钱都丢了，这个蠢人急得嗷嗷大哭。

太阳下山后，天冷得不像话。久兵卫生无可恋地往家里走，他感觉脚特别重，重得都要抬不起来，走不动了。他老婆是个多嘴的人，要是知道了今天发生的事，肯定要把他骂死的。更可怕的是，还过三天就要交租金了。要不是要交租金，他怎么可能把自己唯一的孩子卖去做妓女，无能的他还有什么办法这么快筹到钱……久兵卫边想边想起地主可怕的脸以及他说的话："三天后你要是还不交租金，你就去坐大牢吧，坐到死！"就是因为地主跟他说这句话，他才想到卖女儿的。呵呵，到了最后，卖掉了女儿，为了吃大雁，结果人财两空……

天色很暗时，久兵卫终于回到了家里。

"终于回来了，怎么这么久，我还以为出了什么事呢。中间没出什么事吧？"地炉旁的老婆看着他问。

久兵卫哀怨地点了点头。他老婆感觉到了不对劲，追问道："到底发生了什么事？"

久兵卫不敢说，但是又不得不说。于是他脱了鞋子，走到地炉旁，瘫软在老婆面前。

“你说，到底发生了什么事？”

他老婆很是疑惑。

“嗯，出大事了……”他叹了口气。

“什么？出什么大事了？”他老婆的心一下子揪了起来。

久兵卫紧锁眉头，把在路上发生的事告诉了老婆，还说钱包跟着大雁飞走了。

“你这个没用的东西！要你何用！你告诉我，该怎么办！”他老婆恨铁不成钢地骂道。

“怎么办，我怎么知道怎么办？反正我不知道该怎么办了，生无可恋……”

“怎么生无可恋？”

“反正现在我要么死，要么去坐一辈子牢。”

妻子也没得办法。

久兵卫坐在那儿发呆，也不知道他抱着胳膊想些什么。

翌日早晨，四日市一个捕鱼人正要去伊势那边捕鱼。他整理好捕鱼的工具，整装待发。正要到海边的时候，他突然想起，搞不好路边的草丛的湿地里有些大雁或者野鸭子在里面。要是随便打中一只，就可以有美味享受了。

想到这儿，捕鱼人在路上捡了几块石头往湿地走。哈哈，真的有大雁在湿地里找小鱼吃。他放下手中的渔具，重重地扔了一块石头。受到惊吓的大雁群突然腾空而起，居然还有一只没飞走的。看来搞不好打中了，又或者那只鸟受伤了。他很开心，于是把手中剩下的几块石头也一股脑儿地朝大雁扔过去。石头并没有击中鸟，但是它还是没有飞走，只是在那扑腾扑腾地躲着石头。

渔夫认定这只鸟肯定是飞不了了。说时迟那时快，他迅速冲向了湿地，走进了草丛。果不其然，大雁虽然能走动，但是根本跑不了。渔夫很快就追上了大雁。大雁使劲地扑着自己的翅膀，在芦苇荡里乱窜。他瞅准机会，一把抓住了大雁的脖子，原来这只鸟飞不起来是因为脖子上的钱包的绳子挂住了旁边的芦苇，根本飞不动。

渔夫把大雁勒死了，然后往回走。大雁脖子上的钱包里有点银子，还有一张字条。

他这下可高兴坏了，出门捕鱼，不但打了只大雁，还捡了个钱包，钱包里还有点银子，直接回家算了。于是他回到家，叫醒了家里睡觉的老婆，然后把钱和大雁给老婆看。老婆看了看钱包里的字条——上面写着：四日市屋的旅店的老板让久兵卫带走。

“这个钱一看就是卖孩子换来的钱，哪有人这么不小心挂大雁脖子上啊？”他老婆很是不解。

“我才不管这个钱是哪里来的呢，这是从天而降赏给我的！”渔夫手舞足蹈地说。

“好好好，这是上天赏赐给你的，但是谁家要是有钱，怎么可能会卖女儿呢？肯定是生活所迫啊！你要是用了这个钱，肯定会遭到报应啊。”

“你这么说也对哦……丢了钱的人肯定很急。”

“是啊，这是卖掉自己女儿的钱啊。”

“你说，我们要怎么做啊？”

“还回去啊！”

“我怎么还啊，人都找不到，这是在大雁身上的钱包啊！”

“字条上不是写了四日市屋？你去那边打听一下，肯定能问到的。”

于是渔夫带上钱包，到了自己相熟的旅社问了下，很快就知道四日市屋是在一身田。于是他又去一身田打听，很快就找到了久兵卫。

下午两点，渔夫终于到达了久兵卫家。这边久兵卫两口子还一筹莫展，不知道该怎么办好，连午饭都没吃。

“请问这是久兵卫的家吗？久兵卫是哪位？是不是钱包丢了？”渔夫看着久兵卫问。

“是是是，我是，我丢了钱包，里面有六贯二钱！”久兵卫连忙回答。

“嘿嘿，我正好捡到了，给你！”渔夫把钱包递给了久兵卫，“里面正好有你说的那么多，另外里面还有一张字条呢。”

久兵卫两口子真的是太高兴了，感觉都要跳起来了。渔夫将他看到大雁、抓到大雁的经过告诉了久兵卫。久兵卫也把大雁带着钱包飞走的事讲给渔夫听。为了表示感谢，久兵卫决定分一半钱给渔夫。但是渔夫怎么也不肯要，最后没办法，只好要了两铢钱。最后，渔夫拿了两铢钱走了。

这件事传到了藩厅的耳朵里，藩厅召见了他俩，并赏赐了渔夫五袋大米和五贯青钱，久兵卫也被赏赐一样的钱。渔夫被赏赐是因为他拾金不昧。久兵卫得到赏赐是因为在那种困窘的情况下，他仍然能拿自己卖女儿的一半的钱感谢渔夫，实属不易。因为这事，藩厅没有追究他俩捕杀鸟类的罪。

技高一筹

一天，一个小酒馆里来了一位云游和尚，和尚点了酒菜坐下。但是和尚吃得并不安稳，好像在等什么人。吃饭的时候他老是起身向门外观望，反复了好几次。

酒馆老板很是好奇，便热心地上前问道：“大师您在等人？”

“实话告诉你，老衲其实刚刚在路上捡到钱，我想等丢钱的人过来。”说罢，和尚从胸前拿出一包东西，搁在了桌上。老板定睛一看，只见纸包上还写有某某人的名字。

“这里面有足足二百贯呢。”

听见和尚这么一说，老板眼前一亮，心里就开始琢磨着，打着这二百贯的主意。他连忙走到后面的里屋，喊来打工的小二，跟小二耳语了几句。小二顿时就明白了老板的意思，朝老板点头，并悄悄地从后门溜走了。

过了一小会儿，小二一副急切的样子出现在了酒馆。他心急如焚地寻来寻去，像是丢了什么重要的东西。看到此景，云游和尚立马迎了上去，问：“这位施主，您这是发生了什么事吗？”

小二一副欲哭无泪、毫无头绪的样子，回道：“大师，我丢了好多钱，好大一笔呢，怎么办，我怎么找都找不到……”

“施主您丢了多大一笔钱呢？”和尚又问。

“二百贯啊！二百贯！”

“施主您包这二百贯用的是钱包还是纸包呢？”

“我用的纸包，我把名字写纸包上了。”

“什么名字？”

“中村三郎。”

“老衲正好捡到了一个纸包，上面也是这几个字，应该是施主的。施主等等，老衲这就去取来。”

和尚拿来纸包，给到小二。小二装得喜出望外的样子，说：“真的是太感谢您了，大师，大师真的是慈悲心怀！若不是您捡到，我估计都找不到了！”

小二说完把纸包塞到怀里，并掏出钱要感谢和尚：“大师，谢谢您替我找到这个，我一定要谢谢您，这个您就收下吧！”

“老衲实在不能收，老衲只是做了自己应该做的，不能收不能收！”和尚推托着，实在不肯收小二的钱。

老板也开始劝和尚收下谢礼，劝了半天，好说歹说终于把这个钱塞给了云游和尚。和尚收下了钱就离开了。

老板和小二真的是乐不可支。

“哈哈哈哈，成功！”老板高兴地说道。

小二得意地附和道：“嘿嘿，老板，您看我演技怎么样？”

“哎呀，真的不错啊，你演得跟真的一样！眼神特别到位，不知道的还真以为你丢了钱呢！哈哈哈哈，那个云游和尚肯定不知道你是演的！哈哈哈哈哈，老板高兴！今天我俩就分了这个钱，五五分！不亏待你……”

小二拿出纸包递给老板，老板一拆开……哦，我的天，根本不是钱啊，没有闪闪发光啊，这是铅块啊！一文不值啊！

“啊！啊！啊！”

“我的天！”

老板和小二很吃惊，相对无言。

新阎王

一个赌鬼死了，死后他下了地狱。他死的这天，地狱没有什么公事，特别空闲，牛头马面都出去遛弯了，只剩下阎王在那儿办公。阎王审问赌鬼的时候也是无聊，随口一问："这几年来，人间有什么变化吗？"

赌鬼说："哦，米涨价了。"

"难道除了这个变化就没有别的了吗？没有什么有意思的吗？"

阎王对人间好奇心特别重。赌鬼看到了这点，心生诡计："哦，您要听有意思的事啊……道顿堀的戏特别有意思。"

"哦？什么戏？我们地狱实在太闭塞无聊了，本王每天都要处理堆积如山的政务，根本没空去人间走走、看看有意思的戏，本王老早就听说过了人间的戏好看……这样吧，你今天就演给本王看看，反正今天也是闲得无聊。"

"好嘞，等下阎王殿下别觉得我出丑哦。殿下能不能借你的王冠和袍子用用，这样演得更有趣？"

阎王同意了，于是脱下了自己的衣服，把王冠摘给了赌鬼。赌鬼穿上他的衣服，戴上王冠，对着阎王说："阎王殿下，我们人间看戏的都是坐台下的，请殿下移步台下观戏。"

阎王觉得有道理，便走下了宝座。赌鬼走到高台，开始演净琉璃的剧目《国姓爷合战》中的一段。

正演着，还没演完，牛头马面就遛弯回来了。看到他俩，赌鬼立马坐到了阎王的宝座上，色厉内荏地指着阎王大喝：“你这赌徒！在世时嗜赌如命，做尽坏事，坑蒙拐骗，来人！拔掉这个赌徒的舌头，丢到锅里去，让他永世别想超生！真的是十恶不赦！来人！赶紧拖走！”

牛头马面听到命令立马执行，绑起阎王拖走了，然后这个赌鬼就成了新阎王。

强盗的行囊

与三郎正担着自己的行李准备赶回家，但是路上碰到了一个云游和尚，他穿着灰色的袍子，一直跟与三郎走着同一条路，而且不远不近地跟着，与三郎很是担忧。

“该不会是想拦路抢劫的人吧，专门抢我这种过路的人……”

与三郎又回头瞧了瞧和尚。只见云游和尚长得高高大大的，头戴丝柏帽子，像沙和尚一样，担着担子，两头各挑着一个盒子。乍一看，就是个很正常的赶路的挑夫。

“要不我快点走……如果他还跟着我，肯定是想抢劫！”

与三郎不由得紧握了肩上的扁担，深深地吸了一口气，快步地走着。现在是春天，风吹过来还是会有凉意，路边的松树仿佛很怕冷的样子，在风中发抖。太阳眼看就要下山了，与三郎超过了一个又一个旅客，有牵着马的马夫，有本来隔他很远的行人。不知不觉就走了十町，他不自觉地向后确认和尚到底有没有跟着他——呼，幸好，没有看到和尚的影子。

“没有跟过来……他应该不是盗贼呢……”

与三郎终于能够放下心来。要是平常他也不会这么在意，主要是他身上还带着攒了好久的二十贯，这是他在江户任劳任怨地干了整整五年才攒的啊，不宝贝这个宝贝啥。这回他要带着这二十贯赶回家乡草津。

“离家不远了，赶了这么久，千万不要让盗贼惦记上抢走了……”

家里上有耄耋之年的父亲，下有三个小妹，全家人都盼着他回家呢。

“其实钱被抢了也无所谓，实在不行再去江户挣……但是要是被盗贼杀人劫财，那真的是没得办法了……”

前方再赶三里就到家了！

“三里三里，只有三里……这个样子看来，八点前定能赶回家……”

想到这里，与三郎又不放心地看了看身后——我的妈呀，怎么那个和尚又在后面！而且那和尚跟之前一样，刻意地保持着不远不近的距离。与三郎真的是越想越害怕，越怕就越迈步子，就越走越快。

“我的天，咋办啊，咋办啊，谁来帮帮我啊……不如去找一家靠谱的客栈，找到老板说明清楚情况，让老板来帮忙出谋划策？咋办啊，咋办啊……”

与三郎真的是急得团团转。日落西山，天也渐渐暗了下来，湖里的水也开始发暗。哈哈哈哈，与三郎终于看到了一个休息的驿站。

“真好真好！有个驿站！我先进去躲躲……唔，要是老板不帮我咋整呢……要是那强盗和尚要了我的小命咋办……那我还不如赶紧赶回家，让邻里乡亲的帮我抓强盗。”

就这样，与三郎还是没有进驿站寻找帮助，就这么路过了。驿站里点着灯，和尚的身影在灯光闪烁下时而清晰时而灰暗……

“如果谁能陪我一起回去就太好了，不过，唉……”

其实这个休息的驿站离他家也就一里远。不过这一里路中有一条小路是必经之地。

“等下要到小路了，咋整啊，咋整啊……我要怎样才能甩了他……”

走进小路，与三郎已经离驿站和房子很远很远了。林子里也起了雾，朦朦胧胧的，与三郎害怕得使劲跑。可是身后的和尚也好像跟着跑了起来。吓死他了！

小路的左手边有个竹林。与三郎实在太害怕了，于是偷偷钻了进去，蹲着躲在一个草堆旁边。脚步声越靠越近，很明显，后面的人也跟着钻进来了。这绝对是云游和尚把他跟丢了，在找他。这就更加吓人了。与三郎真的担心自己的小命啊。过了一会儿，与三郎偷偷瞧见，和尚拿着刀子在他前面走过，走进了竹林的深处。

“我得在他找到我之前赶紧跑，不然等下他倒回来就找到我了！”

与三郎轻手轻脚地从草堆中爬出来，出了竹林。但是他没走好，突然被扁担绊倒了。

“哎哟！幸亏绊了下，不然我就忘记我的担子了！还有我的钱，攒了五年的钱！”

于是与三郎迅速拿上扁担，用扁担提着行李，飞也似的跑了，连扛到肩上的工夫都没有！一路跑啊一路跑，跑了一个小时，他终于跑到家了——等到家一看，他不但拿了自己的行李，还另外有两个行李！搞了半天，他把和尚的行李也提走了！

后来，与三郎用带回来的钱给家里建了一座大房子，然后买了几块地，变成了他们当地的富农！

人鱼的故事

“嘿！嘿！嘿……”

如果你路过海边，一定能听到渔夫们的号子声。

皎洁的月光将六个渔夫的脸庞照亮，这天的天气很温和，温柔的风吹在他们的身上。因为太过用力，他们的额头正向下流着汗水。

他们手中的渔网已经被拉了三四轮，这已经是最后一轮了。

渔网中的鱼在水里翻滚着、挣扎着，时而将脊背露出来，时而将白色的肚皮露出来。渔网的周围散发着海虫的光亮，看上去漂亮极了。

渔夫们光着膀子，肩并着肩，共同拉着绳索，使着劲，嘴里不停地喊着有节奏的号子。

“这大家伙可真重啊！”其中一个渔夫叫喊着。

这时，渔夫们已经在海边忙活很长时间了，每个人都已经筋疲力尽，他们想赶快把这条鱼拉回岸上，好早一点回去休息。

那袋子里的家伙，明显要比渔夫们平时捕捉的鱼大好几圈，渔夫们都非常开心，心想着，今天的收获可真不小，这么大的鱼，一定能卖好多钱，到时候大家分一分，又可以贴补家用了。

然而，这条大鱼在渔网中苦苦挣扎，不愿意被渔夫们拉上海岸。

那渔网是渔夫们用精心挑选的藤蔓编的，他们将网眼编得特别小，几乎要看不见了。所以，那大鱼根本就逃不掉。

几个渔夫花了好大的力气，才将那渔网和鱼一起拉到岸边。

他们迫不及待地将袋子打开。就在那一瞬间，“大鱼”露出了银白色的身体，渔夫们惊奇地发现，这条鱼竟然有着人的样子。它和人类一样拥有头发、五官，还有两条胳膊，和人一样的两只手，但是，它的腰以下却是鱼的形状。而且，它的鱼尾还在不停地拍打着海岸。

渔夫们从未看到过这样的“鱼”，都吓得向后退了一步。

“大鱼”扭动着身体，鱼形的尾巴打在海岸上，不断地啪啪作响。

“把它打死！快把它打死！”其中一个渔夫惊恐地喊叫着，好似看到了什么不干净的东西一样。

另一个渔夫听到了这话，反应过来，赶紧从身后抄起用来挑鱼篓的扁担，朝“大鱼”抡去。

那鱼见状，缓慢地转了个身，趴在海滩上，双手合十，摆在胸前，可怜地看着渔夫们，好像在哀求他们一样。

温柔的月光照射在那条鱼的脸庞上，将它脸庞的轮廓勾勒出来，其他的渔夫看到它眼中就要掉落的泪，就要去拦住同伴，可是，已经来不及了。

“砰砰砰！”只听得几声巨响，鱼倒在了岸边，没有了生气。

正在这时，一个老人远远地看到了地上躺着的鱼，赶忙走过来，仔细看了看。

“我的天哪，你们知道这是什么吗？这是人鱼呀！你们怎么可以打死人鱼啊？真是造孽啊，造孽！”老人摇摇头，闭上了眼睛。

渔夫们面面相觑，不知如何是好。

“唉……如果它没死，我肯定是要将它买下来然后放生它的，造孽啊……”老人还是摇着头，不敢去看那人鱼。

打死人鱼的那个渔夫愣在了那里，手中的扁担滑到了地上，其他的渔夫也都面色凝重。

“不过，死都死了，那也没办法了。我听人说，人鱼的肉吃下去可以长生不老。我女儿如今生了很重的病，你们要是打算吃它，那请将肉分我一片吧，我想这也许能够治好我的女儿。”

渔夫们听到这话，才松了口气。

那天晚上，渔夫在海边将人鱼分成了好多块，将其中的一小块分给了老人，老人高兴地捧着人鱼的肉，回家煮了让女儿吃下。

没过几天，老人女儿的病就完全好了。

这消息传遍了全城，后来，连国王也听说了这件事情。

国王觉得这六个渔夫打死了人鱼，会给国家带来不祥，就命令侍卫立即抓到那六个渔夫，处死他们。

侍卫满城搜索那六个渔夫，老人听说了以后，慌忙让女儿扮成男人的样子，赶紧出城。

六个渔夫死后，老人为了祭奠他们，和老妻一起遁入空门。两人居住的地方名为“海底庵”，至今还保存着。他们的女儿独自游历各地，至今还流传着她因吃了人鱼的肉所以长生不老的传说。过了很久之后，她才又回到自己的故乡，去了人鱼曾经死去的那片海滩。

她在供奉土地神的神社中，造了一座石塔，纪念那条人鱼。

从此，渔夫们都不会六个人一起结网打鱼了。

宇贺之火

1

故事发生在土佐国的浦户。

在浦户，有一个姓宇贺的大富翁。他拥有一座豪华的府邸，他的田地广阔得望不到边际，每到丰收的季节，他家粮食脱下来的壳都能够堆起一座山来，没有人知道他到底有多少财富，但大家都叫他“糠冢富翁”。

富翁的家产不仅包括数不尽的粮食，还包括数不尽的海鲜和海盐。光是家中伺候他的家奴，就多到两百个。

不过，他对仆人的工作总是很挑剔的，他手里的那根红木拐杖就是惩罚仆人的最好工具，因此，仆人总是非常害怕他扬起手臂来，更害怕他手中那根长长的红木拐杖。

那个时候，正处于王朝交替，武家当权的时候。

现在的港口可比不上那时候的港口，那时候的港口非常深入海岸的，那时候的五台山、田边岛、葛岛、比岛等还是海上的孤岛。

晚春时节的风总是温柔的，甚至略带一些热情，阳光照在金色的沙滩上，人们踩在上面暖暖的。

中午的太阳升到了天空的最顶端，这时候的海面波浪翻滚。

宇贺富翁家里的两个家仆在海滩上休息，其中一个是一位老人，他坐在海岸边上一棵松树脚下的一节树根上，另一个是一位年轻人，他直接坐在了沙滩上，将腿伸得直直的。他们都穿着短的蓑衣，眺望着远处起伏的海面。

“海滩夜色谁人道……”年轻人突然开口唱起了歌谣，“贵人道，贵人开口笑……”

老人听着听着，就入了神，过了好大一会儿，才想起来问年轻人是什么地方的人，年轻人告诉他，他家在海滩的西边。老人似乎觉得那地方一定是个好地方，便问起了年轻人。

“是啊，那地方真的好得不得了，如果你去过，一定不会惊讶于我这样的称赞。我家海岸边上的树都是非常宝贵的，因为它们能够结出珍贵的宝石来，沙滩上的每一个贝壳里都有亮晶晶的珍珠。你说这地方是不是很好呢？”年轻人说着，歪着头看着老人。

他被人贩子卖到富翁家做仆人已经很多年了，说起他的家乡，他总是很激动的。

老人点点头，脑海中想象着那地方的样子。

“那你怎么会从那样的一个天堂，来到这个地狱呢？”

“因为我是被人贩子卖到这里来的。”年轻人回过头来，依旧望着远处起伏的海面。

“原来你和我是一样的，我也是被人贩子卖到这里来的。我记得我被拐走那年还很小，连我家的具体位置都记不清，我只能记得是在这里的东北方向。有一天晚上，我一个人到海滩上玩，看到了一条眼生的船，我想过去看看那眼生的船到底是做什么的，但是，我一走近，船上就跳下来一个面色潮红的男人，他坏笑着让我跟他走，还说要给我看个好玩的东西，我一边蹦跳着一边和他上了船，于是我就被关在了仓库，一直到这里。”

年轻人听到这里，也摇了摇低下的头。

“年轻人，你是怎么被拐到这里来的呢？”

“我记得我被拐来之前，正在海边找人鱼呢。”年轻人说到这儿，摇着头笑了一声。

“人鱼？”老人惊讶地反问。

“是啊，我被带到这里，说起来，也都是拜那人鱼所赐啊。本来，我在家乡那边有相好的女人，她长得很漂亮，大大的眼睛，浓浓的眼睫毛，还有双纤纤玉手，都让我对她欲罢不能。她每天晚上都会在她家的门口等我，她总是很着急的，每次等我的时候，都会将路边的野花摘下来，巧妙地别在头发上，于是我闻着花香就能够找到她。

“有一天，我还是像往常一样，向她家的地方走去，走到岸边的时候，我远远地看见海里的一块礁石上趴着一位美女。她露着雪白的皮肤，长长的头发被海水拍湿，贴在了背上，她的胸部以下穿着一身蓝颜色的衣服，我至今仍然记得，那衣服好像闪着蓝莹莹的光，她好像看到了我，抬起头来，对我笑了笑，又好像对我说了些什么，但是我听不清楚。我看到她的第一眼，就仿佛被她勾去了魂魄，那一抹笑容，我想我永远都不会忘记。当我反应过来的时候，我发现我已经走到了海边，还有不到半米的距离，我的脚就要踏进海里了。我吓了一跳，赶紧往后退，这时候，那美女已经不见了。我回到沙滩上，继续朝相好家走去。

“那晚，我和我的相好碰面以后，满脑子里都是那美女的身影，我那相好跟我说的每一句话，我都没有听进去。第二天晚上，我依旧向着相好家的方向走去，走过海边的时候，我特意在那块礁石旁等了一个时辰，却再没发现那美女的身影，我本来想直接回家，后来想起相好的还在等我，我便去往了相好的家。

“从相好的嘴里，我才得知那美女原来是人鱼，因为她说，男人们要是见到了人鱼，魂魄就会被那人鱼勾走，从此便不再看身边的女人，她问我是不是看到了人鱼，我敷衍着对她说，没有。又过了一晚，我又到了那海边，我依旧等着人鱼的出现，还在那块礁石上坐着等了一会儿，可是我却不知道，那时候，那几个人贩子就在我的身后。”

年轻人一口气将自己的故事都告诉了老人，满脸的悲伤。

“听了你的故事，我觉得我们都是可怜的人啊，你肯定非常想念你那位相好，想要和她再度相聚吧？”老人同情地看着年轻人。

年轻人的眼睛只是望着海面。

“我当然是这样想的啊，我早就想回家乡去，回到她身旁去了，可是，我要怎么回去呢？”老人的话让年轻人非常激动。

“你刚才不是说你的家在这片海滩的西面吗？我想，你一直朝着海岸的西面的方向走，就会回到家了吧。可是，你现在最大的问题是，这海岸边上都有人把守，如果你逃走时被发现的话，老爷一定会重重地惩罚你的。”

老人和年轻人正说着话，远处走来三个他们的同伴，其中一个是看起来只有十三四岁的孩子。他们走着走着，突然惊恐地喊着：“恶魔来了，恶魔来了！”他的眼睛瞪得大大的。

老人和年轻人听到了这话立即站了起来，他们回过头去，发现了走在大路上的宇贺富翁，他手里拿着那根红木拐杖，正大摇大摆地朝着他的房子走去。

2

过了几天，年轻人在一个夜里，从富翁的家里逃了出来。

他望了望头顶的月亮，他清楚地记得，那天晚上的月光柔和得像一摊湖水。

他从富翁的家逃出来之后，就一直朝着西边的路跑着。一路上，他看到了许多野蔷薇，它们在夜里散发着香气，年轻人来不及仔细看它们，只是瞥了一眼，就摸着黑朝前方走去。

他隐隐约约听到草丛中有奇怪的声音，他感到有些害怕，于是他加快了脚步。

不知走了多久，他的眼前出现了一条小河，小河的旁边有一座茅草屋，他站在河边，思忖着怎么过河，但他不知道，茅草屋里正有两双眼睛盯着他。

原来这座茅草屋就是富翁家的哨岗，每天都会有人轮流看守，以防有仆人逃走。

接下来，年轻人被看守五花大绑，送回富翁的家。

这时，太阳已经高高地挂起来了，两个卫兵推搡着年轻人走进别墅的大厅。富翁刚刚起床，走进大厅，伸了个懒腰。

“老爷，我们又捉住一个。”其中一个卫兵将年轻人往前一推，年轻人顺势摔在一旁的地上。

富翁蹲下来，看了看地上的年轻人，又站起来，将手背到腰部。

“他是新来的吧，看起来还很年轻，他一定是没有尝过那‘红饼’的滋味。”富翁的嘴角向上扬了扬，随后命令身边的人去拿“红饼”。

年轻人不知道“红饼”是什么东西，但他莫名地害怕，他不知道接下来自己会受到怎样的惩罚。

两个卫兵在年轻人的身后相互看了一眼，笑了笑。

没有一会儿，有人从大厅外拿钳子夹了一块烧得通红的铁片，那铁片闪着红光，年轻人吓得向后退了退，缩成了一团。

富翁接过仆人手中的钳子，一步步走近年轻人，眼看着就要贴到年轻人的额头上，年轻人的眼睛瞪得大大的，惊恐万分，他能够清晰地感受到那铁片散发出来的热气。

就在这时，传来了一个声音："爹爹……爹爹……"

从大厅的后面跑出来一个女孩，她过来拉住富翁的胳膊，"爹，你不要再做这种事了，你忘记了吗？你马上就该去往伊势神宫了，可不能再作这种孽。"

这女孩原来是富翁的女儿，年轻人抬起头看了她一眼，发现她穿了一身紫色的裙子。

富翁突然想起来，他过几天确实要去往伊势神宫，于是，他的手停下了，女儿说的话提醒了他，现在他可不能做这样的事。

但是富翁不肯罢休，他想要以年轻人来警告其他的家仆，于是他告诉年轻人："那你就不必吃'红饼'了，可是你做错了事情，你必须受到惩罚，那就罚你去做十天活灯台。"

说着，富翁将手中夹着铁片的钳子丢在了一旁。年轻人轻轻地松了一口气，可是他依旧害怕，他颤抖着身体，像是秋风中的枫叶一样。

女孩看到了他额头上渗出的汗珠。

3

从那天起，年轻人就被当作"活灯台"。白天，他被关在黑黑的屋子里，一整天都看不到阳光，也不知道外面都发生了些什么事情。到了晚上，几个家仆就把他从小屋子里拽了出来，然后将他的头发从中间分开，分成两个小辫子，绕在两边的耳朵上，然后将灯盘放在年轻人的头顶上，上面倒满了灯油。

"你听着，只要那灯盘里的蜡油掉下来一滴，你就死定了。"富翁挥舞着他手中的拐杖，得意地指着年轻人的鼻子说道。

接着，他接过仆人手中的刀叉，继续品尝着他眼前的美味佳肴。

在餐桌的一旁，坐着两个还算漂亮的女仆，还坐着一个年龄很大的人，他和富翁同姓宇贺，家里的仆人们都管他叫“宇贺老爷子”。

别看这老爷子长得不怎么像好人，却是出了名地好结交朋友，这一地带，没有人不认识他，也没有他不认识的人。他曾经在国司家住了很长的时间，国司非常尊敬他。他与这位宇贺富翁交情也不浅，富翁准备过几天带他一起去伊势神宫。

富翁问他行李准备得怎么样了，他笑着说没有行李，随时准备跟着富翁上路。富翁听到这话以后，笑得更开心了。他一边举着红酒杯，一边称赞着老爷子。老爷子笑呵呵地哼唱着歌谣，富翁的身子随着音乐摆动着，不一会儿，就用手拄着脑袋睡着了。

富翁睡着了以后，老爷子搂着两个女仆进入了房间。

这一幕幕都被年轻人看在眼里。

4

过了几天，富翁一行人准备走海路去往伊势神宫，但是，出发那天，海面的情况不太好，天气也不太适合坐船前往。于是他们沿着海岸一直朝东走，走到了波罗国。

那个地方的天气非常好，他们决定从那个地方坐船。

他们走的那天，家里请来了修验师，祈祷他们一路顺风。

修验师的脸长长的，梳着一头短发，身着褐色长袍，手拿着一串佛珠，闭着眼睛在佛堂里念着经。

几位同族的长老和富翁的女儿坐在一旁。

这个僧人经常到富翁的家里来念经，与这家的长老和仆人都非常熟悉。诵经完毕后，小姐自己回到了房间里，僧人和几位长老谈着闲话，迟迟不肯回去。

他总是望着小姐房间的方向，和长老们有一句没一句地搭着话。

过了一会儿，长老们都回去了，留下了僧人自己在佛堂里，他目送着长老们走远了以后，便去了小姐的房间。

“你怎么进来了？你快出去吧。”小姐看到了进来的僧人，转过头命令着他。

“我不能来吗？”

“你当然不能来了，这是我的房间。”

“可是当初……”

“没有当初，现在父亲不在，你可不能出现在这个地方，你快回去吧。”

“你别生气啊，你怕你父亲知道吗？可你父亲早晚都会知道的啊。”

“我的父亲不能知道这件事，你赶紧走吧！”小姐一边呵斥着僧人，一边推着他向门外走去。

僧人满脸落寞地转身走出房间，曾经他们两个可不是这样的，小姐对他一片深情，他不知道为何现在变成了这个样子。

富翁不在家，小姐想着这僧人一定还会回来找她，她在想该如何解决了这个僧人。就在这时，家仆从小黑屋里将那个年轻人拉了出来，他又该到餐厅做“活灯台”了。

小姐看着这个年轻人，突然想到了一个好主意——她想要那位年轻人每天来自己的房间里，这样，僧人就不敢进来了。

这天晚上，她把年轻人叫到她的房间里。

5

年轻人蹑手蹑脚地走进去，隔着草绿色的纱幔，呆呆地看着小姐的脸庞，但是，年轻人的心头好似柳条拂过平静的湖面一样。

僧人果然又来了，他徘徊在小姐的房门前，想进去，却又不敢进去，于是生气地走了。

第二天晚上，年轻人照常到小姐的房间里来，小姐叫仆人拿来一个盘子，他告诉年轻人，可以将头上的灯台放下来，年轻人乖乖听了话。僧人又来了，他又在小姐的门口徘徊了好久，还是不敢进去。

就这样，年轻人每天晚上都到小姐的房间里来，而在这段时间里，僧人始终都没有进入过小姐的房间。

过了几天，富翁给年轻人设定的期限到了，他可以不用做“活灯台”了，白天他也可以自由活动了，但是小姐告诉他，让他晚上依旧到她的房间里来，可以不用顶着灯台。

年轻人便答应了。

一天晚上，小姐入睡了，年轻人蹲在一旁的墙角打着瞌睡，这一幕被窗外的僧人看到了，他立即冲进小姐的房间，给了年轻人一巴掌。年轻人突然醒过来，不知道发生了什么事。

小姐醒过来询问发生了什么事情，并训斥僧人，让他离开。

“这个小子，不好好地接受惩罚，偷偷地将头上的灯盘取下来，我要好好替小姐收拾一下他。”

“在我的房间里，我的仆人还轮不到你来管教！”小姐从纱幔中走出来。

“你好狠心！”

“对，我是狠心，我已经把你忘记了。”

僧人听了这话，眉头紧紧地皱在一起，他瞪了一眼小姐和年轻人，转身扬长而去。

小姐回到床上，感到一丝空虚，她的心里翻滚着，轻轻地叫了一声年轻人。

这一夜里，小姐和年轻人的心里都种下了爱情的种子。

6

富翁等人到了伊势神宫后，先在外宫游览了一番。但是，富翁没有觉得有多么气派，他告诉身边的人，这里还不如他的房子。宇贺老爷子听到了这话，连忙将自己的耳朵捂住了，没想到富翁还回过头来问他，他非常惊恐，回答不上来。

走进内宫之后，富翁用不屑的眼神看着周围的一切。宇贺老爷子看到富翁这副样子，摇了摇头。

一天夜里，僧人又偷偷地跑到了富翁的家里。小姐正伏在年轻人的耳畔说着些什么，屋子里充满了甜蜜的味道。

僧人从窗外看到了这副场景，立即冲进了房间。

衣冠不整的小姐和年轻人惊惶失措，慌乱中，他们碰倒了床边的烛台，火苗扑到了床上的幔帐上，一点点蔓延到房间里的各个角落。

年轻人拉着小姐冲出了房间，僧人也跟在他们的身后冲了出去。

火光蔓延到富翁别墅里的每一个角落，小姐来不及管那么多了，紧紧地握着年轻人的手向远处跑去。

他们一直沿着海岸跑着，过了一段时间，他们发现眼前有一个小木屋，他们便敲打着门，希望能够进去躲避一下。

开门的是一个他们熟悉的人，他姓北村，与富翁的交情不是一日两日。多亏了他的收留，两人才在木屋里躲避了一个晚上。

第二日，天晴的时候，僧人来敲木屋的门，北村先生让两个人从后门走了，僧人看到了，依旧追着他们，直到他们无路可走，身后就是一座水池。

僧人步步逼近他们，于是，他们选择一起跳入水池当中。

僧人跑到了这里，看到了他们跳下去的身影，也纵身一跃，跳入了水中。

这天，富翁一行人开始返航了，他们为了能够快一点回到家里，选择翻过手结山到达浦户。当他们站在手结山的山顶的时候，看到了天边的火光，他们断定浦户一定是有人家着火了。

“看这架势，一定是我家喽，浦户除了我家还有谁家着火会烧成这样？就算我此刻赶回去，也肯定来不及救火了，那我不如就在这里烤烤火吧。”说完，他就转身过去，将他的屁股对准了远处他家烧着了的房子。

宇贺老爷子在一旁连连念着消灾经，他认为，一定是富翁对伊势神宫不敬，才会遭到如此报应的。他可不希望这些报应到自己的身上。

年轻人和小姐跳入的那座水池，就是白水池，水池的旁边建造了两座神社，一座被人称作“结缘”，一座被人称作“断缘”。住在这周围的人们，对这两座神社极为信奉，如果有人决心要断了自己与某人的缘分，他们就会去“断缘”神社，拿起那里摆着的剪刀，将自己的头发剪下一绺，挂在绳子上，他心中所想便能够实现。

浦户的南面有一片小树林，小树林里有一座“宇贺神社”，听说，那里就是宇贺家族房屋的遗址，在这座神社的后面，人们发现了一座小土丘，人们都把它称作“糠冢丘”。

当地的人们的方言中有一句“手结山之火”，这句话在他们方言中的意思是：要烤的东西离火太远。

山灵

从前有个武士，想去江户的纪州藩邸办点事，不过，他并不急着赶路，于是，在路过箱根的时候，他就找了家旅店，住了下来，打算好好歇一歇。

店主人很会下棋，正愁遇不着对手，武士向来很喜欢炫耀自己，听说了店主人的事，刚住下，就大摇大摆地找店主人下棋。

他们下了几局，各有胜负。店主人觉得再这样下下去，没什么意思，就收了棋，提议和武士一起出去走走。

他们去了后院。院子里有一片洼地，长得像钵子一样。洼地的前方，弯弯曲曲地流着一条小溪。正值傍晚，夕阳西下，一片灿烂的红霞盖过花丛，照得四处红艳艳的。山上绿树遍野，就像被一块绒毯覆盖着一样。

武士站在院子里，一会儿低头看花，一会儿抬头望山，心情非常愉悦。

“这里的景色真不错。不过，我想那边山上的应该更好。不如我们一起游玩一番吧！”忽然，武士对店主人说。

“哎呀，那可不行，听说那里有山灵，不能随便上去。我们，我们还是算了吧……”店主人面露难色，吞吞吐吐地说。

“什么山灵？还不是骗人的玩意儿！”武士不以为意，哈哈大笑，“而且，你这么一说，我倒是更想去了。”

“不不不，您想得太过简单了。我家的长辈曾经说过，不知者无罪，如果根本不知道有山灵，无意间闯了上去，倒还没有多大的罪过，如果明知道有山灵，还要坚持上山，一定会受到惩罚的。之前就曾经有人不信邪，非要上去，结果一去就再也没有回来过，还有人晚上迷了路，遇到山灵，得了重病，一直到现在也不见好转。所以，您还是三思而后行吧！”

武士听了，还是一脸的无所谓。他挥了挥手，大声说：“不用担心，我是武士出身，还是将军大人的亲眷，那些妖魔鬼怪怎么近得了我的身？更何况我堂堂七尺男儿，说出去的话，就像泼出去的水，既然我已经说了要上去，就一定要上去！别说还不知道上面到底有没有妖魔鬼怪，就算是真有，我也不怕！”

“可是，它们不是妖魔鬼怪，而是自古以来就有的山灵啊……”店主人拉着武士，苦苦劝说。

武士不耐烦地瞥了店主人一眼，挣开了袖子，几步蹿到院子右边的竹门前，完全不顾店主人的阻拦，一把推开门，走到一片荒地上。

店主人见状，只好摇摇头，自己回去了。

武士找到一处捷径，过了桥，走向河对岸。

没过多久，前方就出现了一棵似乎是栗树的植物，上面明晃晃地挂了一条有着灰色条纹的巨蛇。它的身子非常长，连着弯成了好几道，嘴里不住地吐着信子。武士看见有蛇，吓了一跳，赶紧停住了脚步，不敢再往前走了。但是，就在这时，巨蛇迅速地从树上爬了下来，钻进了竹丛里。

武士往前望了望，看见草木长得很茂密，觉得前面应该不会有什么美景了，而且，再往前走，也许还真的会遇到危险。他这样想着，不禁有些丧气，转过身，想要原路返回。就在此时，武士脚下一软，他赶紧低头去看，只见一条足有三尺长的蛇正懒洋洋地躺在地上。

武士有些害怕，马上从刀鞘里拔出刀，摆好动作，准备防御。但是，那巨蛇似乎不为所动，就像没有看见武士一样，依旧悠闲地缓慢爬行。武士见状，胆子大了不少，甚至举起了刀，手起刀落，砍下了那蛇的尾巴。巨蛇受到攻击，依然没什么反应，自顾自地向前爬着，没过多久，就拖着流血的断尾，消失在了草丛里。

武士看着巨蛇离开，非常得意，他微微地冷笑着，继续向前进发。

前面的路越来越难走，偶尔还传来忽近忽远的“轰……轰……轰……”声。武士听见了，一颗刚刚放下的心又不由自主地吊了起来。

越往前走，树林越茂盛，武士费力地扒开植物，艰难地走着。他有点害怕，但他一边走一边安慰自己，权当这是在壮胆。

不久之后，他终于登上了半山腰。

武士欣喜地站住脚，低头向下望去。从那个角度看，山下的景色美不胜收——野花漫山遍野地开着，在夕阳橘红色的光芒下，显得异常柔和而温暖，虽然隔着一段距离，却能清晰地闻到清新的香气，花林后面是不断的重峦叠嶂和蜿蜒曲折的小路。天空中，鸟儿们欢快地飞动，时而俯冲，时而低飞，叽叽喳喳地叫着。

武士一边贪婪地沉浸在美景之中，一边感叹店主人的懦弱胆小。与此同时，他加快了脚步，想尽快赶到山顶。

不久，前面出现了一条小溪，溪水上盖着几块简单的石板。武士踩着石板，跨过狭窄的小溪，走进了对岸的花林。

花林比想象中的更长，武士走了好久，一直不见尽头。

终于，他看到了一座古老的小门，看样子像是寺院的山门。武士走进去，发现里面是一座小庙。

小庙里十分破败，院子里尽是杂草，看样子像是很久都没有人打理过了。武士信步走进大殿，看到佛坛上供着一尊表面已经发黑了的金佛。

但是，佛像是没有左眼的。

武士盯着佛像，有点发怵。他从来没有见过这么奇怪的佛像，觉得非常不可思议。

就在这时，他发现大殿的左侧有一老一小两个和尚，他们正在下棋。但是，身体朝向左侧的老和尚没有左眼，朝向右边的小和尚则没有右眼。武士见此场景，觉得奇异极了。他又向四周望去——罗汉、天女、凤凰、仙鹤、狮子、麒麟……通通都只有一只眼睛。

武士看到这里，越发害怕，他转头问老和尚："这里是什么地方？"

老和尚突然露出了悲伤的神色："此庙名为'独眼山一目寺'，一般人不来这儿，施主您这是为何……"

武士听罢，顿时心生凉意，但因着从小崇尚的武士道精神和强大的自尊心，他没有逃避，而是脱下了鞋子，走到佛像前，拿出一枚金币，供到佛坛上，喃喃自语道："请看在金币的分上，睁开您紧闭的另一只眼睛吧。"

仿佛就在一瞬间，方才只有一只眼睛的东西，那些天女、凤凰、麒麟，包括佛像在内，突然都张开了黑漆漆的大嘴，放声大笑起来。

那笑声中满满的都是对无知者恶意的嘲笑。

武士听到笑声，吓得连滚带爬地冲出寺院。

“老爷，请上轿子吧。”就在这时，武士的身后传来一声诡异的呼唤。

他喘着粗气，回头看去，发现是几个轿夫，正抬着一顶轿子。武士顾不上太多，只想快点离开这里，就长长地松了一口气，回应道：“好，我要到汤本的旅馆。”

但是，就在他准备上轿的时候，无意中瞥了轿夫一眼。

这一眼，让他倒吸了一大口凉气——那轿夫，竟然也只有一只眼睛！

武士吓得差点叫出声来。他强作镇定，想要确定自己的猜测并不是真的，于是，他慢慢地转过头，偷眼看向另一个轿夫。

那个轿夫，竟然也没有左眼！

所有的轿夫，都只有一只眼睛！

可是，武士也知道，此时逃离，为时已晚，于是，他决定将计就计，若无其事地上了轿子。

武士刚上轿子，身后就传来了一个轿夫的声音：“老爷，为免您路途难受，请闭眼休息一段时间吧。汤本不久便到。”

武士害怕遇到什么危险，本来不想闭眼，后来又觉得自己武艺高强，有刀在手，不怕轿夫们做出什么，也就安心地闭上了眼睛。

轿夫们在确定武士确实闭眼之后，抬上轿子出发了。

也许因为道路平坦，也许因为轿子根本就没动，武士坐在轿子里，竟然感受不到丝毫的晃动。武士非常好奇，他想睁开眼睛，却又想到之前的承诺，觉得不能食言，就只好继续闭着眼睛。

不过，他的耳边一直能听到呼呼的风声。风声越来越大，轿子好像升上了天，在空中飞行一样。武士实在是太好奇了。渐渐地，他悄悄抬起眼皮，想把眼睛睁开一条缝，但是，还没等他的睫毛分开，轿夫们就像发现了他的举动似的，纷纷用严厉的语气叮嘱他：

“绝对不能睁眼！”

“您说过的，不能睁眼！”

武士觉得有点惭愧，只好打消了这个念头，老老实实地闭上了眼睛。所幸轿子走得很快，没过一会儿，轿夫们就喊他下轿。

武士睁开眼睛，出了轿子。

天色已经很晚了，街上的行人很少。他的眼前是一座宏伟的宅子，里面灯火通明。武士非常诧异，他知道这里根本不是汤本，而是江户。但是，正当他要责难轿夫们的时候，却发现轿夫和轿子已经消失得干干净净了。

武士明白，自己一定是被箱根的山灵捉弄了，他恨得咬牙切齿。不过，他毕竟是一介凡人，也不能把山灵怎么样。就算是告到官府，官府也不会相信这种诡异的事情。

算了，算了，反正我都要来江户办事，刚好顺路了。武士想了好一会儿，才这么无奈地安慰自己。

他在街上走了一会儿，又找了家旅店，住了下来，决定先休息一下。半夜，他从睡梦中突然惊醒，发现墙角处站了一个人影。

武士吓得一下子跳了起来，拔出了刀。

“算了吧，人生苦短，何必好勇斗狠，执迷不悟呢……”这时，那个人影开口了。

武士仔细一看，才发现是山顶遇到的那个老和尚。他非常生气，一刀砍了过去，但是，就在这时，老和尚化作一缕青烟消失了。

武士见状，收起刀，躺下继续睡觉。

没睡一会儿，只见老和尚又坐在他的枕头边，念叨着：“算了吧，人生苦短，何必好勇斗狠、执迷不悟呢……”

武士气坏了，当下爬起身，再次抽刀去砍老和尚，而老和尚又像上次一样消失了。

从那之后，不管武士走到哪里，都摆脱不了那个老和尚，老和尚也不做别的，总是说着那一句话。

没过多久，武士就病倒了。他的朋友们来探望他，也都见过那个诡异的老和尚。

后来，武士越来越瘦弱，终于病死了。

每当夜深人静的时候，他的屋子里总会传来老和尚的叹息声：“算了吧，人生苦短，何必好勇斗狠、执迷不悟呢……”

村中怪事

我的家乡是一个偏僻的小山村，这里流行着狸猫以及芝天狗的传说，总是会有村民谈论着狸猫或者芝天狗。

“哎呀，你有没有听说啊，昨天夜里某人被狸猫缠上啦，一直在外面转来转去找不到家了，整夜都没回去呢。”

“我也听说某某被狸猫给迷了眼，一个人自顾自地坐在地上坐到了天亮！”

“某某被狸猫缠着，千辛万苦到茶摊喝了热茶水才算是清醒过来呢！”

狸猫很喜欢骗人或是蒙人，许多村民就是因为被狸猫给骗了所以才不停地在原地转圈。狸猫让人以为自己是朝着家的方向走，等到清醒过来才会知道，自己其实都快走到隔壁村子去了。不过，这样的经历在我的老家是人人都习以为常的了。再说芝天狗，这东西非常奸诈阴险，时常把自己变成一个小孩子，然后跑到村民的面前去，喊着要一起玩相扑。

但是一个大人怎么会跟一个孩子玩相扑呢，村民一般都是无视他。但是小孩子可不愿意啊，使劲地缠着村民要一起玩相扑。村民看见小孩子这么缠人，只好顺手推他，想把小孩子推开。可是不管怎么推，小孩子都推不动，反倒是村民自己被推翻在地。这么一来，村民可就觉得很丢脸了，竟然连个小孩子都推不过，于是铆足了劲继续再来。不管他是想把小孩子举起来，还是想把小孩子推出去，灵巧的小孩子都能轻松躲开，或者纹丝不动。其实啊，他就是被芝天狗给骗了。在清醒的人眼里，这个村民就是在跟一块石碑玩着相扑。

在海边的松树丛里，这个村民一直在和这块“大石碑”玩着相扑，跌撞得浑身都是泥土。幸好清晨去海边打鱼的渔夫看见了他，把他弄清醒了，不然他永远也不知道自己到底在做什么。

据说还有人被骗到了荆棘树丛里，和荆棘条一起玩相扑，整整一个晚上，直到被路人发现才明白自己是被蒙骗了，可这时候，自己已经全身都是伤口，皮开肉绽了。

芝天狗一般在初夏时节最为猖獗，那时候田里的麦子即将成熟，许多在田野里玩耍游戏的少年都被芝天狗蒙骗过。因此每年的这个时候，家里人都不放孩子出去玩耍，那些贪玩的孩子原本都喜欢玩到天黑再回家，但心里都害怕芝天狗，所以总是早早回家，以免被妖怪折磨。

既然说到了芝天狗，那么也少不了河童。河童这种妖怪一般都住在池塘或者河里，他们最喜欢把小孩子拉进水中，许多孩子就这样被淹死了。

每当有这样的事情发生，人们都会说，是河童偷走了孩子的眼珠啊。为了防止河童害人，在伏天的土用丑日这天，村民都会把黄瓜扔进池塘或者河流之中。

再说，狸猫这种妖怪，它们不仅是骗人，还会附在人的身上祸害许多人。不过会附身的妖怪在我们村子里要数犬神最多了。家乡的犬神就跟关东一代狐妖的传说接近。但是犬神并不是狐狸也不是狸猫，它不仅会附身在人的身上，还会代代相传，一个犬神影响好几辈的人。在我的家乡，就有一家拥有犬神的人家。这家的犬神也许是心地太过善良，因此总是使出各种方法来满足自家人的心愿。

比如他们羡慕邻居家的蚕长势很好，犬神就立刻附身到了隔壁的蚕上，蚕很快就死光了。再或者它会附身到邻居的身上去，让他们生病。有时候只是稍微觉得隔壁的咸菜做得很好吃，犬神就立刻跑进他家的泡菜坛子里，把咸菜全都弄坏掉，或者又附身到别人身上把人弄病。

想要把附身的犬神从身上驱赶掉，就得拜托修验僧来作法，将病人身上的犬神移到依女的身上去。依女是专门替人承受病痛妖怪的人，如果谁家发生了什么事，就会花钱请依女过去帮助消灾。依女会端坐在病人的身侧，手持修验僧作过法的桐木枝条和系满白色小纸片的币帛，一动不动。

当所有的东西都准备好之后，修验僧就会开始诵读经文，把犬神从病人的身上转移到依女的身上去。依女在这个时候总是全身颤抖着，头上冒出一颗颗汗珠，尽管非常痛苦，她们依然要不断地舞动手中系满纸片的币帛。手中的铜树枝窸窸窣窣响个不停。等到币帛上的纸片全都断裂飞散之后，修验僧就不再诵经，而是一脸凶恶地对着依女大喊："来者何人！所来何处！"

"近处来……"依女的喉咙里发出极其难听的声音，慢慢地说话，修验僧也就知道犬神的出处了。

但是为了明确究竟来自哪里，修验僧总会继续大喝一声："从何处来！"

"从安右卫门家来……"

于是修验僧便知道这个犬神确实是来自安右卫门家，但是有的时候，犬神不愿说出自己的出处，修验僧往往凶恶地表示，如果不说就用法术将他消灭，或是诵经将他困住。这时候犬神就老实了，说出自己的出处。

当然，不仅是犬神，有时候附身的是狸猫或者死去的亡魂。

"为什么要缠着人？"

修验僧必须弄清楚附身的原因，才有办法彻底地将它赶走，但是妖怪附身的原因也是千奇百怪。有的妖怪只是为了吃东西，有的妖怪则是因为羡慕或者嫉妒，还有的会说自己只是刚好路过，却被家中的狗惊吓了所以才附身，再有的妖怪只是单纯想附身，没有什么原因。

"快快离开！"修验僧知道了妖怪附身的原因之后，必定会凶恶地警告妖怪，让它赶紧离开。

有的妖怪会十分顺从地离开，这时候依女便突然仰面倒下，或奋力地爬到门口然后倒下。再过一会儿依女便恢复正常，似乎什么都没有发生过一般。

但也有的时候妖怪不肯就这么轻易地离开。虽然很棘手，但是修验僧总有办法。有的妖怪会以此做要挟，要求完成一些心愿再离开。有的要饭团，有的要吃咸菜，生病的人家没有别的办法，只能按照妖怪的指示准备好其需要的东西，然后再把东西送到指定的地方去。因此常有人莫名地收到别人送来的礼物，当然他们不知道是怎么回事，但是收到东西总会很欣喜，不过病人家倒是十分无奈。

久而久之，在村子里如果有人平白收到了礼物，那么就会问："是我们家里的犬神要的东西吗？"

不过如今已经不再有这种事了。早些年，人们结亲的时候都会躲避家有犬神的人家，不过现在也都不再这么注意了。

“哎呀，某家的太太好像眼珠会发光呢。”

村里人始终觉得家有犬神的人，后代都会与众不同，尤其是眼神。我认识的一个老婆婆就是祖上曾经有犬神的，她的眼睛看起来十分诡异。

在我小时候，家乡还有一种神秘的“流行神”。有时候人们会在田间地头忽然发现一些原来不存在的小小祠堂，还有信徒会在这种小祠堂前插上红色白色相间的旗子。

有人说这种流行神十分灵验，腿瘸的人去诚心地参拜一下，立刻就变得腿脚灵活了。双目失明的人诚心去参拜一下，就可以看得见东西了。

这种传闻很快就传遍了。但是这流行神究竟是什么呢？也许是非常久远却没有记载下来的石碑，也有可能是地位不高的地藏菩萨之类，没准是狸猫也有可能。

据说某地就有一个祠堂，是供奉狸猫的。

这个狸猫的名字竟然都被供奉起来了，但是狸猫作恶多端怎么会变成了流行神呢？原来许久之前，这只狸猫时常附身到村民的身上，要求村民把它供奉起来，不然以后会不断地附身！村民没有办法，只好建了小祠堂把这只狸猫供奉起来。

在很久以前，我们这个村子里有一个力大无比的人，名字叫作甚内。与此同时，村里还有只邪恶的狸猫，总是附在村民的身上。于是只要狸猫附身，甚内就会用力搓揉病人，把这只狸猫给弄出来。狸猫没有办法对付甚内，非常无奈。有一天，甚内独自在林中行走，这只狸猫喊住了他。

“甚内啊！”

甚内听见狸猫的声音，心里有些吃惊，没想到这只狸猫竟然这么大胆。不过他也丝毫不惧怕狸猫，心里还盘算着把狸猫抓来宰了吃。于是他停下来，听狸猫怎么说。

狸猫见甚内停了下来，便继续说道：“我啊，斗不过你，所以决定和你和好啦。我来帮你好好赚上一票怎么样啊？”

“你怎么帮我赚？”

“是这样的啊，我有一个朋友也是狸猫，这会儿正附身在浅井家的那位小姐身上呢。不如我们一起假扮成那个名医，我来把我的伙伴弄出去，到时候浅井家一定会千恩万谢地感激你啦。放心，我不会拿一分钱的，都是你的。”

甚内一向胆大，觉得这个计划不错，于是问道：“什么时候出发？”

“你若是愿意跟我合作，我们现在就出发。”

浅井家住在城下，从这里过去也就三里地，不算远，甚内点了点头，但是看着狸猫的模样又觉得不靠谱。狸猫大概从他的眼神里看出了不信任，于是摘下了几片叶子，沾了一些口水，放在自己的身上，叶子立刻变成了衣服。它又跑去寻了一根藤蔓轻轻扎在腰间，腰带就这么变好了。甚内看得目不转睛，原来狸猫用树叶变成人形的传闻是真的呢。

就这样，狸猫很快就变成了医生的样子，一副仁医的模样，还拎着一个出诊的药箱。“来，你提着药箱，装作是我的徒弟。”狸猫把药箱扔给了甚内，甚内配合地把药箱挂在了自己的肩头，跟着狸猫快步朝城下走去。

此时天已经黑了，甚内觉得走了才一小会儿便看见了城下街道的灯火，他才发呆了一会儿，狸猫便说浅井家的大宅到了。甚内细细望去，果然有五六个仆人提着灯笼翘首盼着医生。

“是花冈大夫啊！您总算是来了啊！”仆人们把狸猫领进了屋中，甚内背着药箱跟在后面。在宅子里转了好几个弯之后，他们才到了一个金碧辉煌的大厅之中，一张大桌上摆着各式各样的山珍海味。仆人们给狸猫和甚内倒酒、夹菜，甚内看得两眼发直，从未见过这么多好酒好菜。

吃了一些东西，狸猫便去隔壁屋给浅井小姐诊治。甚内大快朵颐地吃喝着，但是又有些担心这个狸猫是不是靠谱，于是便眯着眼往隔壁屋看去。那边传来狸猫说话的声音。这时候，甚内发现纸门上有一个小小的洞，于是甚内趴在洞口往隔壁屋看。狸猫坐在一个肤白貌美的女子身侧，正在为她把脉。

没过多久甚内就得了病死掉了，原来他是遭到了狸猫的报复。甚内其实并没有到城下的浅井家，而是被狸猫带到了山上，那个纸门上的小洞不过是岩石上的孔，一切都是狸猫制造的幻想，迷住了他的神志。人们都说，甚内是因为经常帮助别人逼出狸猫，所以才会被报复。这个故事是我很小的时候听说的。

关于狸猫，我的家乡还有一个故事。据说一个村民某次走夜路撞上了狸猫，狸猫正举着树叶准备变化。村民灵机一动，对狸猫说：“用树叶变身太不好用了，明晚你来，我教你一个更简单的好办法！”

狸猫竟然相信了村民的话，第二天深夜，狸猫再次出现在村民的面前。村民把准备好的麻袋拿了出来，对狸猫说："只要钻进这个麻袋里，就可以随心地变化身体了！"狸猫一听十分欢喜，立刻钻进了麻袋中。村民趁机把麻袋扎了起来，狠狠地砸在地上，就这样，狸猫被砸死在了麻袋之中。

美人和酒

明治十七年的时候，早稻田还是很偏僻的郊区，到处都是杂乱的灌木丛，偶尔夹杂着农田，人烟稀少，十分荒芜。

一个夏日的下午，天气十分炎热，没有一点风，毒辣的阳光把植物的叶子晒得蔫蔫的。草丛里，虫子偶尔会叫两声，但也无精打采的。

改良派志士藤原登走在通往早稻田的路上，打算去党主席家中要点儿钱，好补贴家用。因为刚下过雨，路上有很多湿泥。没走多久，他的鞋上就沾满了泥，几乎连抬脚都困难。藤原登看了看四周，想找一条泥少一点的路。

他发现一边的草丛里开着几朵素色的小野花，就走了过去。

草丛后面，竟然是一条没有泥的小路，藤原登非常高兴，一口气拐到了小路上。

这条路上也有些树，树枝横七竖八地生长着，非常杂乱，差点把藤原登的草织帽子钩走。他一边捂住自己的帽子，小心地走着，一边想着应该怎样向那位主席开口。

如果他家有客人就好了，也不要太多，两三位便够。这样，事情就可以发展下去了：

“你有什么事吗？”主席会这样问他。

“说来实在惭愧，就是……”他不好意思地摸摸头。

“就知道你又没有钱了，前两天不是刚给过你吗？算了，你说，你需要多少？”

“真是不好意思，五日元吧……”

主席一边抱怨，一边去给他拿钱……

这当然再好不过了。不过，他也知道，如果没有旁人在场，主席一个子儿也不会给他。

也许，党派里面的干事岛田应该会在。如果今天他们正在研究如何进入内阁这样的重要机密，估计自己连门也进不去，更别提要钱了。但是，如果他们只是像平常那样聊天喝茶，他还是能进门，顺利地要到钱的，如果运气再好些，估计还能混到两杯好酒。

想到这里，藤原感觉整个人都轻飘飘的，十分兴奋。

对，要到了钱之后，还可以去找那个长相青涩的女孩子，那个叫“小樱”的，虽然她是个青楼女子，但是，人还是不错的。就这样一边想，一边走，很快，藤原就觉得有点累了。

这也正常，他一直在走路，从来没有歇过。

这时候，他才发现，原来因为急着赶路，他已经出了一身汗。于是，他摘下了别在裤带上的汗巾，擦了擦脑门上的汗水。

这时，他忽然注意到了前面一个像是茶水摊的小屋子。屋子前面的路有将近两米宽，看起来很敞亮。门口的走廊上，残留着一些深色的水渍，很明显，这里曾经摆放过用来纳凉的小桌子。

一个年轻的女孩子正坐在门口做女红，她的身材玲珑有致，相貌十分秀丽。藤原停了下来，打量着她。他觉得她很眼熟，也许他们在哪个地方见过。似乎觉察到了藤原的目光，女孩子猛然抬起头，对上了藤原的眼睛。

藤原更惊讶了，他更加确信，自己一定在某个地方见过她。他努力地想了好久，但又实在想不起来了……

最后，藤原的思索以失败告终。等他回过神来，再次看向这个女孩子的时候，这女孩子也在看他。

藤原干脆走了过去，对她说：“抱歉，打搅了，我能在这里歇一会儿吗？我从很远的地方走来，天气实在太热了。”

“没关系，您坐吧。”少女笑着回答，还微微地垂下了头。

藤原坐了下来，摘掉了草帽，看着外面的院子，拿出汗巾，随手擦了擦汗水。

“这附近有没有可以喝茶的地方？”藤原问。

“这里原来就是个茶馆。但是，因为最近我家里人都出去帮工了，没人打理，就暂时不卖茶水了。”

“原来如此……”

“要是您不嫌弃，我就沏一杯茶给您吧，不过，只有粗茶。”

“可以，可以，那就麻烦您了……”

“不用客气，您要是觉得外面太热，也可以去屋子里面，屋子里面照不到阳光，还是很凉快的。”

藤原当然想要去屋子里面，不过觉得孤男寡女，同处一室，好像有点不妥，就说：“不用这样麻烦，外面也不是太热。”

“您不用拘谨，里面确实很凉快的，您从那么远的地方一路走来，肯定难受坏了，还是去歇歇吧。”

“的确是的……我打算去前面不远的山木家里，他家离我家可不近。”

“呀，原来是去那个大宅子里。”

“对，我经常去那里和他们讨论一些大事，大多是政治方面的。不过，之前去那里，我都是走大路，从来没有走过这条路。”

“这很正常，毕竟这条路很偏僻。但是，之前，我们家的茶摊还没关的时候，经常会有读书人从这里路过，来这里喝茶饮酒。”

是啊，虽然这茶摊子现在不招呼客人了，总还会有些酒水吧？藤原期待地想着，赶紧摸摸自己身上的钱，恰好，前几天没有花完的钱还在身上。

“既然这个样子，那我就叨扰了。”藤原站起身，用汗巾拍了拍身上的尘土，捡起自己的草帽，重新戴在头上。

“没关系，您快进来吧。”女孩子说着，把藤原带进了屋子。

“实在是太乱了，还请您不要嫌弃。”女孩子带藤原穿过长廊，打开门。门里面是一个只有十几平方米的房间，房间的另一边是一条走廊和一个厨房，用纸糊的门隔开了。

“请往这边来。”

“麻烦您了。”

藤原跟着女孩子进了另一个房间。房间的前面是一个院子，院子的正中央有一棵很大的树，枝叶遮天蔽日，非常茂盛，刚好挡住了盛夏炎炎的日光。

“您请稍等，我去给您倒茶。”

女孩子说着，离开了房间，藤原坐了下来，好奇地打量着四周。

这个时候，他才猛然想到，原来，这个女孩子神似那晚与他共度春宵的女子。对，就是那个叫“小樱”的，原来如此，怪不得总是觉得在哪个地方见过她。藤原这样想着。

不一会儿，女孩子就端着茶水回来了。

“您不用这么拘束，躺下来歇息一下也无妨，毕竟家里面也没有其他的客人。”女孩子神态大方地劝着藤原，脸上丝毫不见羞涩。看样子，是因为经常招呼来往客人的缘故。

她一边说着，一边把茶水端给藤原，自己在桌子前面坐了下来。

“谢谢。”藤原端起杯子。

那是一杯凉了的大麦茶，看上去有点浑涩。

藤原喝了一口，顺着女孩子的话，把自己的腿盘起来，试图坐得舒服一点。

“是的，这样就对了，真的没有关系，您看起来也很累了。”少女继续劝道。

藤原一边纠结，一边躺到榻榻米上。

这时候，他又想起来另外一件事情。

“你说你们家以前开茶水摊子，那现在有没有什么剩下来的酒水？”

“啊，一般的酒水已经处理掉了，不过我家里人从有钱人家里带回来几瓶外国酒，还有一点，您要试试吗？”

“哎呀，这样不好，如果只是一般的本土酒水，喝一口也没有关系，高级的外国酒就不用了。”

“您不用这样不好意思，我家里也没有人会喝外国酒，您喝两口也没有关系，反正也只有那么多。您等等，我去拿给您。”

“既然如此，那我就喝一点吧，真是太不好意思了。”

“没有关系的，您稍微等一等。”

女孩子说着，殷勤地去给藤原拿酒水了。她身着紫色的单衣，显得整个人特别窈窕，特别是一双脚，仿佛玉石雕琢出来的一般，美不胜收，就像是那天的那个姑娘一样……藤原直直地看着她，不禁陷入了遐想。

直到女孩子的声音在他耳边重新响起，他才回过了神。

“您看，就是这种外国酒，您试试吧。”女孩子拿来了杯子，里面盛着半杯红色的酒。

“真是十分感谢您。”

“不用客气，据说这种酒水很浓烈。”

“哦？那我试试。”

藤原端起酒杯，闻了闻味道，用舌尖蘸上一点酒液。这酒果然醇香无比，浓郁刺激，就像麝香一样，让人欲罢不能。

“的确是热辣浓烈的好酒，很香，口感也很好。”藤原一边说，一边喝完了酒。

他看着女孩子美丽的眼睛，仿佛陷入了一场梦境之中。

过了一会儿，藤原才回过神来。不过，外面，天已经黑了，屋子里点了一盏昏暗的油灯，因此，房间里面的光线不太好，影影绰绰的。

不知道什么时候，他的手竟然和那个女孩子的手交握在了一起。他咽了两口唾沫，觉得一阵莫名口渴，就问女孩子：“我还能再要一杯酒吗？”

女孩子盯着他，回答说：“当然有，虽然不是很多，不过再喝几杯肯定没有问题，您还要吗？”

“要是还有的话，就给我再来一杯吧，这酒真是不错。”藤原回答道。

“我去帮您端过来，您等等。”

“麻烦你了。”

女孩子把手从藤原的手中拿出来，站起身，离开了。

藤原躺在榻榻米上，看着她离开。不过，没过多大一会儿，他忽然觉得一个人待着也没有意思，就想去找她。

厨房的门没有关，里面隐隐约约地透出了光芒。藤原知道女孩子一定在里面，毕竟她家里也没有别人了。

她一定是在给我倒酒吧，藤原想着，忍不住要去看看。

他走到厨房门口，却看见了这样一幕。

女孩子背对着他，站在一个水池的边上，举起右手，握着一个黑黑的、长长的东西。因为灯光太过于昏暗，藤原并没有立刻看清楚。过了一会儿，他才发现，原来，女孩子手里面握的是一条大黑蛇！

那条蛇已经被砍掉了脑袋，断口处，正汩汩地流着鲜红的血液。女孩子拿着杯子，接的就是那些血液！

藤原顿时倒抽了一口冷气，顾不得带上自己的帽子，就慌慌张张地往外跑。

他一直往前跑，也不知道跑了多久，简直像用尽了全身力气，才跑到了主席家。

他惊魂未定地在主席家里过了一晚，犹豫了好长时间，最后还是把这件奇事和大家说了。

第二天，天亮之后，大家准备好东西，一起去树林里寻找那个妖怪。他们仔细搜索了整片树林，最后在一堆杂草里面发现了藤原的帽子。

帽子旁边，躺着一个破烂陈旧的土人偶。土人偶的手里紧紧地抓着那条早就没有了脑袋的黑蛇。

饿鬼婆婆

山下的村里曾经流传着这样一个故事，那是在很早的时候，村北面的菩提山下住着一户人家，家里的男人很早就死去了，只剩下女人和她的三个孩子相依为命，日子过得清贫却也安稳。

故事就发生在这一年的春节。女人的远房姐姐住在山对面的村子里，捎信说家里过年蒸年糕需要人手，请她前去。女人不好意思推托，打算第二天一早就独自动身。远房姐姐家要翻过大山，路程遥远，所以她让三个孩子留在家里等她回来。

第二天一大早，女人临行前，拉过年纪最大的十五岁的女儿，仔细嘱咐道："妈妈去姨娘家帮忙，回来的时候会给你们带好吃的年糕，你是姐姐，要照顾好弟弟妹妹。"又转过身对十岁的儿子和只有六岁的小女儿说："你们一定要听姐姐的话，好好在家待着，不许乱跑！"

"妈妈，你放心去吧！我已经长大了，家里有我照看着，您不用太担心，我会照看好弟弟妹妹的。反倒是妈妈你自己要小心，我听说山上有个专门吃人的饿鬼婆婆，如果您干完活儿天色晚的话，就先不要急着赶路，在村子里住一宿，等到明天天亮了再回来吧！"大女儿说道。

听了女儿的话，女人点点头，说道："嗯，应该没什么事，听你这么一说，也挺吓人的！不过没关系，妈妈会快点干活，尽可能在天黑之前就回来。你们不用担心妈妈，妈妈是个大人了，会照顾好自己的。你们在家要好好看家，做什么都小心一点啊！"

又是一番叮咛过后，女人才匆匆走出了家门，向山那边的姐姐家走去。

女人忙忙碌碌做了很久的年糕，等到一切停当，才发现天边早已晚霞密布，夕阳西下，天色愈发黑了。女人的远房姐姐见天色已晚，不放心女人一个人走山路，便劝女人让她在家中住一宿，等明早天亮了再回去。可是这时候女人却归心似箭，她太担心家中的几个孩子了，而且她一想到孩子们马上能吃到热乎乎的年糕，就更坚定了回家的念头。

太阳的最后一丝光芒终于消失不见，只有清冷的月光若隐若现地照在山间的小路上，让本来就幽静凄清的山路显得更加冷清。菩提山虽然在村子的北面，却很少有人往这边走，所以，山上没有大路，只有数条错综复杂的小路，极易走错。

女人来的时候是白天，所以她并没有走岔路，只是记得自己走的那条小路上铺满了落叶。现在，天已经黑了，她只能凭借月光，摸索着走上了那条记忆中的来路。

不知道过了多久，女人发现自己走的这条路已经到了尽头，再往前就是一片杂草丛生的乱坟岗。女人心中一惊，吓得赶紧往回走。可是走着走着，就被一片杂树丛挡住了去路。女人更加害怕了，赶忙又回身往前跑，已经慌了神的她拐进了离她最近的一条小路。就这样，交错的小径越来越多，女人越走越迷糊，终于，她无法辨清身在何处。

女人的心扑通扑通地跳着，不知是因为走得太快还是太害怕，她心下暗叫不好：照这样下去，在山里过夜是小，万一碰上什么吃人的野兽可怎么办？实在不行，还是先回远方姐姐那里住一晚，等天亮了再回家吧！正在女人犹豫不决的时候，忽然，她看到远处有个人影正往她这边走来。她心里一惊，更害怕了。她瞪大眼睛，等人走近才看清原来是一位身材矮小的老妇人。老妇人佝偻着身子，脸上始终挂着一抹笑容。

“这是谁家的媳妇，这么晚了来山里干什么啊？”老妇人面带笑容，十分和蔼地问道。

“大娘，我本打算走山路回家去，可谁想在这山里走错了路，正辨不清方向呢。”女人如实回答道。

“哦，原来是迷路了啊！也不怪你，这山上小路太多，还都是一个样子，难怪你会走错。我就住这山里，对山路比较熟，我领着你走吧！你家在哪儿啊？”

“那真太谢谢您了，大娘，那就劳烦您带路，我家就在山脚下，应该不远了。”

“没事的，不过你可要跟紧了，别看我这老太婆又瘦又小，腿脚可利索着呢！而且这山路我走了一辈子，闭着眼睛都能找着，哈哈哈哈！走吧。”老妇人一边大笑一边说着，开朗健谈，女人却觉得周身一凉。

为了能尽快下山回家，女人也没有考虑太多，紧跟着老妇人往前走去。

走着走着，女人感觉身上越来越冷，禁不住打了几个寒战。

就在这时，老妇人开口说话了：“都这么晚了，你怎么才回家啦？”

“这不是要过年了吗，家里亲戚在村里头蒸年糕，人手少忙不过来，就求我来搭把手。本来天快黑了怕走山路不安全，让我在村里住一宿等天亮再回，可是我担心家里几个孩子，而且这年糕刚蒸出来，想趁热乎给他们带回去尝个新鲜。我呀……就趁着天还有点亮光往回走，可谁知道这天一黑……唉！”女人叹着气答道。

正说着，老妇人猛地转过身，吓了女人一跳。老妇人一看吓到女人了，赶紧缩回了身子，但双眼仍然直勾勾地瞅着她挎着的篮子，说：“年糕？说起来其实老太婆我已经一整天没吃东西了，你要是不介意，能给我吃一个年糕吗，实在是太饿了！”

女人摸了摸挎在肩上的篮子，心想：这老婆婆也怪可怜的，何况她还好心给我带路，也应该感谢一下她。虽然年糕不多，但是给这个老婆婆一个后，也够孩子们分的。

想完这些，她对老妇人说：“大娘，我这年糕不是很多，是要拿回去给几个孩子吃的，不过为了感谢您为我带路，我就分您一个吧！”说着，她就停了下来，拿下挎在肩上的篮子，将盖在篮子上的布一层层掀开，拿起一个还冒着热气的年糕，递给了老妇人。

“谢谢啦！”老妇人伸出枯树般的手一把抓过年糕，直接就塞进了嘴里。紧接着转过瘦小的身子，边咀嚼边往前走着。

过了不一会儿，老妇人停了下来。女人走上前去问道：“怎么了，大娘？怎么不走了？”

老妇人转过身子，仍然用直勾勾的眼神瞅着女人肩上的篮子说：“我一天没吃东西，实在是太饿了，一个年糕不够吃，你能再给我一个吗？”

“呀！这个老婆婆怎么这么厚脸皮啊！”女人心里暗暗说，她又摸了摸身上的篮子，心想，我要是不给她，她不会把我扔在这荒郊野外不管吧？

想到这儿，她赶紧又摸出一个年糕递给了老妇人，说道：“大娘，我这也没几块年糕了，再给你一个吧，剩下的还得给我的几个孩子留着……”

没等女人说完，老妇人一把拿过女人手里的年糕塞进了嘴里，转过身边嚼边走。

没走一会儿，老妇人又停下不走了，没等女人去问，她就转过身子来到女人身边，枯瘦的手摸上了女人肩上的篮子。女人赶紧侧过身子躲开，看到老妇人这么过分，她气得恨不得伸手打她，女人强忍住怒气说道：“大娘，你看这几个年糕是留给我的几个孩子的，我都已经给你两个了，不能再给你了，要不然孩子们可就没得吃了。”

老妇人好像根本没听见她说的话，枯瘦的手仍向女人伸去：“不行了，我饿得走不动了，给我吃个年糕吧！”

说话的时候，老妇人一直挂在脸上的笑意不见了，向上咧着的嘴耷拉下来，这样的脸反而比刚才那张笑脸还要瘆人。女人没有办法，只好又拿出一个年糕扔给了老妇人。

“大娘，只有这个了，再不能给你了。”女人愁眉苦脸地说道，心里细细地盘算着，不由得又皱紧了眉头，“哎呀，就剩三个了！这个老太婆怎么这么不要脸啊，吃点儿就完了，怎么还没完没了啊！”女人愤愤地跺着脚继续向前走去。

就在这时，老妇人再一次转过身来，“饿死啦，实在是走不动了，再给我一个年糕！”

说这话的时候，老妇人不再看着女人肩上的篮子，反而是直勾勾地瞅着她，那眼神好像是要把她吞掉一样。

女人这回真的生气了，她禁不住骂道：“你这个老太婆也太不要脸了吧！我的三个孩子最大的只有十五岁，最小的才六岁，他们在家等了我一天，就等着我给他们带点好吃的，你怎么还跟几个孩子抢吃的呢……”

刚说完，女人发现面前的这个老婆婆好像变了一个人，眼睛里布满了血丝，耷拉的嘴角又咧开了，不像是笑，也不像是生气，而是像要吃人一样，格外恐怖。

女人心中一惊，不由得想到了临行前女儿口中所说的吃人的饿鬼，全身禁不住哆嗦起来。还是保命要紧啊！她一把扯下肩上的篮子放到了老妇人面前，说道：“大……大……大娘，我就剩这三块年糕了，你要是饿了就都吃了吧！离山下也不远了，我自己走就可以了，您还是回去吧！”说着，她转身往山下跑去。

可是，刚跑出去没多远，她就感觉耳边飕飕冒着凉气，原来，老妇人早就吃光了年糕追了上来。

“饿啊，给我吃的，要饿死啦！”老妇人那双吓人的眼睛盯着她说道。

女人吓得跌坐在地上，她哆哆嗦嗦地说：“不……不是都……都给你了吗，我什么都没有了，拿什么给你啊？”

“拿你给我啊！”老妇人的脸已经完全变了模样，阴森而恐怖。嘴巴张大到常人无法做到的地步，口中的獠牙咬向了女人的脖子……

山脚下的家中，三个孩子蹲在门口四处张望着。太阳还没落山的时候，他们就在此等候了，直到天渐渐地黑了下来，远处的菩提山也渐渐变得模糊不清。傍晚，山中大雾顿起，在凄清的月光笼罩下，显得更加阴森，好像随时会有妖怪从大雾中跳出。孩子们害怕得不行，都回到了屋子里，插紧了门。

三个孩子挤在炕上都在猜想妈妈今天会不会回来。最大的姐姐说：“天都这么晚了，妈妈一定是在亲戚家住下了，我们不要等了，都睡觉吧，也许明天一觉醒来妈妈就回来了呢！”

弟弟妹妹也点头答应。于是，姐弟三人检查了门窗是否关好，铺好被，都钻进了被窝里。

不知过了多久，就在三姐弟刚刚睡着的时候，门外突然响起了一阵敲门声，最大的姐姐迷迷糊糊睁开眼冲着大门喊道：“谁啊？”

“还能是谁？是我啊！”门外传来一个声音。

姐姐心中一阵高兴，是妈妈回来了！她赶紧穿上衣服从炕上跳下来，可就在这时，她看到外面还是漆黑一片。她记得妈妈曾经答应过她，如果干完活天黑的话，她就不回来啦，在村子里住下等天亮了再回家。而现在正是大半夜的，妈妈应该不能冒着危险摸黑走山路回来啊！

“赶紧把门打开——开门！”门外的那个声音好像有些不耐烦。

姐姐越发觉得这声音听起来好像不是妈妈。她小心地问了一句：“你真的是我妈妈？”

“不是我还能是谁啊，赶紧开门吧，我走了一晚上的路，都快累死了，赶紧让我进去！”门外的声音更加不耐烦了。

姐姐的手搭在门闩上，可是她总觉得这声音好像不是妈妈发出的，妈妈平时说话都很温柔的，这个听起来好像不大对劲。

就在她犹豫着要不要开门的时候，门外的声音又说道：“快开门吧，妈妈现在又累又饿，让我进去歇歇。”

“你不是说天黑了就不回来了吗？”姐姐问道。

“我这不是担心你们就连夜赶回来吗？赶紧开门吧，怎么那么多废话！”

姐姐更加觉得这声音不像是妈妈的，心想，不会是山里的妖怪变成妈妈来吃我们吧？于是她对着大门喊道：“我怎么知道你是不是真的妈妈，要不你把你的手伸进来让我摸摸，我再让你进来。”

说着，姐姐打开门上的一个小洞，把手伸出去摸。

刚伸出去，姐姐就摸到了一只手，那只手干瘪又粗糙，手指头好像枯树枝一样，把姐姐吓了一跳，赶紧缩回了手，她大声地喊道：“你不是我妈妈，我妈妈的手不是这样的。”

“妈今天包了一天的年糕，满手都是干面粉，还没来得及洗呢，你等着，我去洗手，洗完了你再摸摸。”

过了一会儿，门外的声音又响起：“这回你再摸摸看，是不是妈妈？”

姐姐伸出手去又摸了摸，这回，她摸到的这只手光滑柔软。

“这回该相信了吧，快给我开门吧！”

姐姐赶忙把门打开。

“妈妈”进屋了，姐姐借着外面的月光仔细地看着进屋的这个人，和妈妈一模一样，真的是妈妈回来了！这时，弟弟妹妹也醒了，看见“妈妈”回来了，都高兴地扑到“妈妈”的怀里。

而这个“妈妈”呢？从进门开始，她的眼睛始终在弟弟妹妹身上扫来扫去，不像是在看自己的孩子，反而像是在看食物一般。

“我从村里带来了好多年糕，不过现在妈妈太累了，我们还是先睡觉吧，明天早上再给你们拿吃的。你们几个谁想跟妈妈一起睡啊？”

弟弟妹妹都高兴地争抢着要和“妈妈”一屋睡觉，只有姐姐还若有所思地看着“妈妈”。

“今天晚上让妹妹跟我睡吧！弟弟跟姐姐睡。”“妈妈”开口道，边说便抱着妹妹进了小屋。

姐姐躺在炕上怎么也睡不着，她总觉得现在的这个妈妈好像和从前不大一样，想着想着，不知不觉就要睡着了。正在迷迷糊糊的时候，小屋里突然响起一阵窸窸窣窣的声音，姐姐一下子惊醒坐了起来，她仔细地听着，像是啃骨头的声音，可是家里从来没养过什么动物啊。

想到“妈妈”不寻常的样子，她不禁心中一阵慌乱，她有些担心小屋中的妹妹。于是她悄悄地走到小屋门前。

里面的声音更清楚了，那分明是尖利的牙齿咬断东西时发出的声音，姐姐禁不住冲小屋喊道：“妈妈，这么晚了，你在吃什么呢？”

“妈妈走了一晚上了，实在是太饿了，就找了一个胡萝卜吃，你赶紧睡觉吧，妈妈吃完就睡了。”屋里的声音说道。

姐姐还是不放心，她屏住呼吸从门缝向里看去，借着淡淡的月光，她看到屋里的哪是什么妈妈，分明是一个满嘴獠牙的饿鬼在啃食着妹妹的胳膊！她吓得差点就叫出声来，双手捂着嘴尽量不让自己哭出声音，以免惊动了屋里的饿鬼。她悄悄地回到弟弟身边，摇醒了还在睡梦中的弟弟。

弟弟迷迷糊糊睁开眼睛刚要问，就被姐姐一把捂住了嘴，她对弟弟说：“妈妈是饿鬼变的，它已经把妹妹吃掉了，说不定一会儿还会来吃我们，我们得赶紧跑出去！一会儿我先装作去茅房，出去后会跑到前面的路口等你，你也想办法跑出来！”

说完，姐姐就一手捂着肚子叫了起来：“哎哟！肚子痛死了，我要去茅房！”说着就从屋里跑了出来。

不一会儿，弟弟穿好衣服正要出来，屋里的饿鬼喊道：“你要干什么去？”

“我——我也肚子疼，要去茅房！”弟弟吓得快哭出来了。

“等你姐姐回来你再去！”

“不行啊，我憋不住了！”

“那就在屋里拉。”

“那多脏啊！而且还好臭。”

“那就快去快回，把你姐姐也叫回来。”

一听饿鬼这么说，弟弟连滚带爬地跑出了门，头也不回地向路口跑去。

姐姐已经在路口等了半天了，看见弟弟过来了，她拉起弟弟的手拼了命往前跑。这时候，月光已经暗淡了很多，远处的天空中出现了一丝丝光亮，天就要亮了！

小屋中的饿鬼等半天不见姐弟俩回来，意识到他们可能是逃跑了，立刻追了出去。

姐弟俩跑了很久很久，不知不觉他们跑进了一片长满白色小花的地方，前面已经没有路了。

姐弟俩跌坐在地上，抱头痛哭起来。眼看着饿鬼就要追上来了，难道他们真的就这么被吃掉了吗?

正在姐弟俩不知道怎么办才好的时候，忽然看见前面不远处有一棵大树，这棵大树又粗又高，抬起头都看不到树顶，姐弟俩没多想就爬上了这棵参天大树。

刚爬上去，饿鬼就追了过来。

她看到姐弟俩爬上了树，紧跟着也开始往上爬，边爬还边咧着嘴说：“孩子们，快跟妈妈回家啊，妈妈给你们准备了好吃的，咯——咯——咯！”饿鬼发出瘆人的笑声。

姐弟俩看见饿鬼爬上了树，顿时慌了神，这下真的完了，眼前只有两条路，要么等着被饿鬼吃掉，要么从树上跳下去。他们相互抱着哭着说：“老天啊，如果你可怜我们的话，就救救我们吧！”

刚说完，只见从他们的头顶上垂下来一根绳子，姐弟俩顾不上高兴，赶紧拽着绳子爬了上去。

饿鬼爬上树，看见姐弟俩顺着绳子逃走了，也拽着绳子追了过去。

可是当饿鬼拽着绳子爬到一半的时候，绳子突然断开。饿鬼拉扯着半根绳子号叫着摔到地上，摔成了肉饼，鲜血喷涌出来，染红了周围这片白色小花的根茎。

令人惊奇的是，白色小花的花瓣却没有沾上一滴鲜血，仍然是那样洁白、美丽。人们都说，姐弟俩能够幸免于难，是因为死去的妈妈在保护他们，这一片片洁白如雪的花，就是母爱的证明。

山姑怪

甚九郎是个生意人，天气好的时候，就去外面做点小买卖。天气不好的时候，他便留在家里看店。

他独自住在麹町的一个出租屋里，至今未婚。

今天的天气不错，按理说，他是应该出去做生意的，但是，他最近实在是太累了，就没有出去，而是慵懒地坐在店里，抽抽烟，看看风景。

春日的夕阳从外面射进来，晒得人懒洋洋的。甚九郎坐在那里，舒服地晒着太阳，不知不觉就打起了盹儿。

忽然，外面传来了一声很大的声响，因为四周很安静，这声音显得异常响亮。甚九郎猛地惊醒，抬起了头。

不知什么时候，店外的门槛上多了一个年轻的女人。她垂下一头乌发，半弯着腰，一只手撑着额头，好像很难受的样子。也许，她正是突然觉得身体不舒服，才坐下来歇息，而那响声就是因为她无意间撞上了门。

甚九郎这样想着，没有去打扰她，因为他也曾有出门在外的时候，身体突然不适。他很清楚，这个时候，需要安静地休息一下。

但是，过去了小半个时辰，那女人还是一动不动。甚九郎担心起来，难道她是生病了吗？如果真的是病了，可不能就这样坐在外面呀。

“喂，你是怎么啦？需要帮助吗？”甚九郎走过去，蹲下来，询问她的情况。

女子抬起头，是一副十分和善的面孔，不过，她显得没什么力气，声音也小得厉害，好像刚干了什么重活似的：“我头晕得厉害，我——您能收留我一晚吗？”

甚九郎不忍心就这样弃女子于不顾，但他也不能就这样收留素不相识、来历不明的人啊。所以，他对女子说：“我是应该帮助你，收留你一晚也没什么，但是，这房子不是我的，我只是这里的租客，如果我收留你，房东不会同意的，所以，你住在哪里呢？我可以帮你找顶轿子，让他送你回去。”

“您有所不知，我家实在是远得很，轿子怕是到不了，我可以付您房钱，您还是可怜可怜我，收留我一晚吧！”说着，女子递给甚九郎一些钱。

甚九郎见状，只好同意了，他把女子带进了屋子，说：“我家破得很，希望你不会介意。”说着，他给女子找了点药，让她吃，还细心地给她熬了粥。

吃喝之后，女子好像舒服了不少，她盖上甚九郎给的被褥，在油灯旁躺下来，睡着了。

第二天早上，甚九郎早早起来煮热茶，没过多久，女子也起来了，她在甚九郎旁边坐下，脸色好看了不少。

“我好多了，真的很谢谢您。”

“没什么，好了就好。”甚九郎笑了笑，又问道，“你家在什么地方？”

“八王子。不过，我父母去世得早，家里也没有什么兄弟姐妹，我一直和姨母相依为命。可是，不久前，她也去世了。我便去了大户人家当差。后来，我想，如果来江户，说不定能嫁户人家，就来了这里。没想到刚来就犯了头晕的老毛病。我在这边没有熟人，无依无靠，如果不是您收留，真不知道要怎么样了……”

这女子举手投足之间，好像有种说不出的魔力，甚九郎听她讲着，无意间就被吸引住了。

“真是可怜，你在这边真的找不到可以投奔的人吗？”

“是的，真的没有了。”女子沉默了一阵，过了一会儿，好像下了很大的决心一样，重新鼓起勇气，对甚九郎说，“我——我想求您一件事。”

她脸红得厉害，甚九郎猜不到她想说什么，就开口问道：“是什么事？”

“我知道这是很无理的要求，可是，看您的样子，应该也没有成家吧？如果是的话，我可以做您的妻子吗？我会照顾您的饮食起居，还可以把父母留给我的三十贯给您做生意。”甚九郎听到女子这样对自己说，大大地动了心。三十贯可不是小数目，生意这东西，投得多才会赚得多，甚九郎这样想着，完全被钱套牢了……

他答应了女子，还去找了房东，说是老家来了表妹，要在这边住上几天。

甚九郎隔壁住的也是单身汉，叫源吉。他和甚九郎一样，也是个小贩，每天早出晚归，做些小生意，聊以糊口。

对甚九郎新娶的妻子，他十分好奇，正巧有一天晚上，他喝了点酒，想四处走走，没想到晃悠到了甚九郎的窗户下。

月色正好，源吉借着光亮，抬眼望去，只见一道青光在窗后一闪而过。源吉揉了揉眼，还以为自己眼花了。但是，那青光再也没有出现过。

一阵冷风吹来，源吉有点害怕了，不过，他还是想一探究竟。于是，他慢慢地凑到窗户边，借着上面的一个小洞，往里面看去。

这一看，他吓得简直叫出声来——屋子里的那个女人长得青面獠牙，正坐在油灯旁，用酒杯喝油壶里的油，她一杯接一杯地喝，连停都不停，就像喝水一样。源吉吓出了一身冷汗，躲在窗外瑟瑟发抖，不敢发出一点响动。过了好久，他才慢慢地缓过来，挪着脚往后退。还好，女人并没有发现他，径自吹灭了油灯，躺了下去。

那身形映在窗纸上，简直跟头小牛一样。

源吉一直想把自己的发现告诉甚九郎，但是，因为甚九郎出去做生意了，五六天之后，源吉才见到了甚九郎。他觉得直接对甚九郎说不太好，就叫甚九郎去他的房间，旁敲侧击地打听着甚九郎的新婚妻子。

其实，甚九郎对这位妻子也不是没有怀疑，她的脸蛋和身形总是来回变化，一会儿好看，一会儿难看。现在，源吉又这么一说，他就更疑惑了，最后，他和源吉商定，要休了这个来路不明的妻子。

甚九郎很清楚，他不能直接和妻子说，而要达到目的，必须借助源吉和房东的配合，于是，他向房东坦白了实情。房东也很吃惊，就找来源吉，好好商量了一番。

一天，源吉根据他们商定的计策，来找甚九郎，对甚九郎说："房东让你过去一趟，你快去吧。"

甚九郎假装跟着源吉去找房东，过了很久才回来。

回来以后，他就一直愁眉不展，妻子看他这样，非常疑惑，就追问是什么事，甚九郎一直遮遮掩掩，不说清楚。

第二天，源吉又来叫甚九郎，说房东要见他。这次，他在房东那里待的时间更长。

“房东究竟跟你讲些什么事？”等甚九郎回来之后，妻子又问他。

甚九郎哭丧着脸，装出难以启齿的样子，说道：“真是件棘手的麻烦事。房东对我说，奥州棚仓樱町发生了一件大案子，一个叫美坂屋助四郎的人娶了个来历不明的女人，过了不到一个月，就被那女的谋害了，家里所有家当也被顺走了，房子也被烧了。最可恨的是，那女人干完这一切后，跟着一个净土宗的和尚跑了。现在，和尚倒是落网了，但这女人一直下落不明。衙役正在到处搜查来历不明的女人，眼看就到这里了。房东怕有什么麻烦事，就对我说，既然我们的结合没有明媒正娶，你不妨回娘家避避风头，你知道的，我们人微言轻，哪能和那些当官的硬碰硬，万一查到，人家连辩解都不会听的。”

女人听了，立刻变了脸色，面容难看得吓人：“就算是通缉，也得看着画像来，是不是我，一目了然。你这么说，无非是寻个借口，要赶走我罢了。”

甚九郎被看穿了心思，吓白了脸，再也不敢提这个事了。

算了，惹不起躲得起吧。一次，甚九郎借口出去行商，在一个叫二日町的小镇上重新租了个屋子，住了下来。

转眼就过了二十多天，这天，甚九郎吃了晚饭，回到家中，因为累得厉害，在油灯旁躺下没多久就犯了困，他强撑起身子，爬出被窝，将灯吹灭，躺了下来。

但是，不知道为什么，却又没了睡意。甚九郎只好两眼大睁，看着房顶。

忽然，窗外的缝隙间闪过一缕青光，他还没回过神，就又听到咚咚咚的声音，窗外有人叫道：“开门，是我呀！”

甚九郎又惊又怕，这分明是他妻子的声音，他赶忙钻进被窝，躲在被子里，不住地发抖，一句话都不敢说。但是，窗外的声音还在耳边不住回响，“快开门呀！快开门！”

紧接着，响起嘎吱两声，窗户被顶开了。妻子从窗户那里爬了进来，凑到了甚九郎的枕头边。

“你真的讨厌我？你为什么这么讨厌我？就算你再怎么不喜欢我，我也不会离开你。”

甚九郎抬起头，他想，自己要命丧于此了。

这时，油灯亮了，那女人半躺着，楚楚可怜地看着他。甚九郎见摆脱不了她，只好一不做二不休，于是，他平静地起身，告诉妻子说，这里已经没什么生意可做了，他要收拾东西，带她一起去会津谋生活。

妻子听了，高兴地帮他收拾了东西，和他上了路。

当天中午，他们来到了一座小佛堂前。甚九郎和妻子坐在佛堂的套廊上休息，他拿出一直放在腰间的便当盒，打开，递给了妻子，然后，趁妻子不备，取出一把刀，一下子插进了她的身体。

妻子拼命挣扎，还试图抓住他，可是，甚九郎早就侧身一闪躲开了。

不一会儿，妻子就倒在了地上。甚九郎连忙扔下匕首，拔腿跑开。不知不觉，他跑到了一处寺院门口。他赶紧冲进寺里，正遇上赶过来的住持。

住持是一个极为年迈的老者，他一看甚九郎，就关心地说道："是遇上山姑了吧！山姑可是极为厉害的东西啊！你要是想活下去，得赶紧想个方法啊！"

听住持这么一说，甚九郎吓得连站都站不住了，赶紧把事情始末告诉了住持。

住持说："你虽然杀死了她，但恶灵不散，依然会扰你生活，还会害你性命。倘若任事态发展下去，不出今晚，恐怕你就性命不保了，你现在赶紧回去，把那山姑的尸首带过来，我来为你消了这场劫难。"

甚九郎非常不想回去，但看住持说得像真的似的，只好又回到佛堂，用席子裹上尸首，带到了寺院。住持见到了尸首，用笔墨在尸首的额上写上"鬼畜也能修成佛"几个字，又给尸首挂上了佛珠和一个装着佛家谱系图的袋子。

然后，他让甚九郎把尸首放进棺材里，供在佛坛上，嘱咐甚九郎，今晚一定要坐在旁边，不断诵念经文。如果一切顺利，明日一早，就能破灾解难。但是，在这段时间内，不管见到什么可怕的事情，都不能弄出声，不然依然性命不保。

甚九郎赶紧照他说的做了。

那天晚上，天特别黑，到了半夜，还突然下起大雨来，电闪雷鸣，十分可怕。

就在这时，佛坛剧烈地颤动起来，棺材缓缓开启了。甚九郎十分害怕，但还记着住持的嘱托，嘴里一直念着经文。

没过多久，那女尸就从棺材里爬了出来，见到甚九郎，还对他龇牙咧嘴，眼露恨意。甚九郎恐惧到了极点，还是不停地念文诵经。

渐渐地，女尸现了原形。只见她眼冒青光，额上长着一对牛角，样子十分吓人。她张牙舞爪，想要靠近甚九郎，好在住持有先见之明，用袋子和佛珠控制住了她，不管她怎么挣扎，也无法真正靠近甚九郎，更别提伤害他了。

甚九郎就这么坐在原地，提心吊胆地过了一晚。一直到天亮后，阳光透了进来，女尸才终于被重新封在了棺材里，再也无法动弹了。

甚九郎见状，长舒一口气，终于放下心来。他也知道，多亏了住持，他这一劫才算是躲过了。所以，他大大地感谢了住持一番，给了住持很多财物。

后来，甚九郎做完这单生意，就散尽家财，重回了这里，拜住持为师，出家为僧，自此之后，每日只是青灯黄卷，诵经礼佛，再也不问俗世中事。

大人偷了不动明王像

寒风凛冽，落叶纷纷，斗贺野里一行人正翻山越岭地走着，这一行人一共有七个，其中领头的人叫山内监物。他们来到这斗贺野是为了打猎，他们已经打了一整天的猎，累得实在走不动了，连带来的两只猎犬都呼呼地伸着舌头喘着气。

他们正想着有没有什么地方可以停下来好好休息一番的时候，路边远远地能看见一座寺庙的尖顶。

“这里怎么会有寺庙啊？”山内监物有些不敢相信似的问道。

“有啊，这儿有个积善寺，归那座清龙寺管的。”一个随从回答道，这个随从的肩上扛着一头刚打来的鹿。

“哦，那好啊，我们过去休息下吧。”

“嗯……休息倒是可以，不过我们今天杀生了呢……不太好吧……”

“这有什么关系，听说现在连僧人都开荤喝酒了呢！”

“好像是……”

“走吧走吧，都累坏了，快去休息去！”

走了不多远，积善寺的门便出现在了众人的眼前，山内监物径直朝门口走去，随从们先进了寺庙中。没过多久，随从们就把住持带了出来。住持领着山内监物一行人进了正殿，正殿中供着一些香烛，烛光中各色佛像栩栩如生。

“欢迎诸位大人驾临本寺……”住持弯着腰在前面开路往偏殿走，抬头看见了随从们手中肩上那些死去的动物。

偏殿的位置就在正殿的右侧靠前的地方，与正殿相比显得有些破败。山内毫不客气，直接往铺了席子的地方坐了下去。他的肩膀上扛着自己心爱的猎枪，此刻也随手一扔，跷着腿休息起来。

“来来来，都快休息休息。”

见山内这么说，随从们纷纷把肩扛手提的猎物全都放在边上的草地上，鹿、野鸡、兔子等等各式的野兽不计其数。

穿着深色僧衣的洒扫僧人为一行人端来了茶水，他先给内山奉了一杯茶。内山大摇大摆地接过茶，狠狠地灌了一口，一路走来，他的嗓子早就快冒烟了。

他边喝边打量了下寺庙内部，看到一个奇怪的建筑。

“那里是什么地方？”

山内最后盯着远处小山坡下的祠堂。

“那处是药师堂。药师神像旁是不动明王神像，不动明王神像身上没有刻铭文，但是看神像雕刻的手艺，绝对是运庆大师或者湛庆大师的作品，看起来很是精细。”旁边的方丈回答。

“哦，这么一说，我倒是很感兴趣……”

说完，山内立马饮完手中的茶。

“老身为大人带路吧。”方丈双手合十，恭敬地说道。

“请。”

山内立马起身，方丈便引了山内去药师堂。山内的随从们都很累，想好好坐下喝喝茶，但是没办法，山内大人要看，他们只得跟着去。

这个季节，芒草都开始抽穗了。方丈带着大家来到了祠堂，然后在祠堂前停了下来。等山内经过他身旁，方丈便拿起他的佛珠，边转动边念着经。念完，方丈慢条斯理地打开了木门，门是朝两边打开的。药师神像端坐在祠堂内，而身旁便是不动明王神像。不动明王神像拿着宝剑，身上满是火焰。虽然比药师神像小点，但是看起来特别威武精神。

“这是不动明王神像吧，我瞧瞧……”山内细细琢磨了下不动明王像。

“我觉得这肯定是大师级别的佳作。”

“嗯，我看也是。”山内想了想，“来人，给我把这个不动明王像拖回去！这是个好东西。”

方丈吓呆了，木木地看着山内。

“哈哈，实话告诉你，我家正好缺个摆件，摆这个最好了！”山内嚣张地看着方丈说道，方丈很是错愕。

“方丈，您看怎样啊？送我？”

“呃……送……其实我倒是没有什么意见，但是……”方丈很茫然。

“没事，我又不是搬走药师神像，一个装饰，不怕，这里面有那么多装饰，少一个也没事。”

方丈不好回答，也不知道怎么回答。

“唉，这样吧，你不要为难了，要是真有人问起，你就告诉别人，是我偷了。”

方丈叹了一口气。

“甚六！待在那儿干啥！搬东西！”山内对自己的随从说。

“好的，大人！”

一脸络腮胡、高大威猛的随从快步走到木像前，单手抓着不动明王像的颈部。

方丈没办法，只好默默地念经……

那天晚上，山内一行人在户波的一个官员家住下。官员家灯火通明，盛情款待了山内。

“哈哈哈哈哈，你不知道，我说要搬走不动明王像的时候，那个方丈的表情，太有趣了！哈哈哈哈哈！”

山内醉了，看了看壁龛里的木像。在忽明忽暗的烛光下，不动明王像端坐在那儿一动不动。

“虽然我也觉得这么做不好，但是这木像真的雕刻精致，特别像出自运庆大师或湛庆大师之手……”

说完，山内好像听到了奇怪的声音。于是，他认真地听了起来……

那是连续不断的咚咚声，像是有人在敲阵鼓。

“你们听听，是不是听到了一些声音？”

山内举手示意大家一起听。

“听到了吗？”

别人都没听到，听了半天只听到后山呼呼的风声。

“没有声音呢，没听到奇怪的声音，只有风声。”一个下属回答说。

“咦？奇怪了，我明明听到有人在敲阵鼓……”

山内又仔细地听了听，但是这次没有听到咚咚声，他也只听到了风声，其他什么也没有。

“应该是听错了，怎么可能是阵鼓呢，像我们这种平安的年代，怎么可能敲那个鼓……”

山内疑惑地皱了下眉，然后举起酒杯，一饮而尽。正当他又看回不动明王像时，他发现木像的中间有一团火，红红的火苗正欢快地烧着。

“我天！”

山内看到此景吓了一跳，大叫。但是当他叫完，火一下子就熄了。壁龛还是原来的样子。

山内以为是自己喝多了，又是幻听又是幻觉的。

翌日早晨，大家梳洗完毕后在一起吃早饭。吃饭的时候，一个下属对另一个下属说：“好奇怪，我昨天晚上做了个荒诞的梦……”

“梦到了什么？”

“怎么讲呢……简直难以置信……我梦见一个高大、肤色漆黑的男的，骑着马在半空中围着我飞来飞去的……而且还边飞边喷火，那红色的火焰，特别壮观、吓人……”

“你说啥！你也做了梦！梦到了火！我梦到自己在路上走，但是突然间就有火球向我扔过来，我躲躲闪闪了一晚上，累死我了。”

另外一个下属听到这两人的聊天，又补充道：“你们还别说，我也梦到了！哎呀，好奇怪啊！我做梦的时候梦到自己一个人在荒郊平原上走，但是一踩到地上，地就起火了。我好害怕，于是跑啊，躲啊，逃啊。跑啊跑啊，看到了一个祠堂，于是我就跑了进去。进去后看到了不动明王神像，然后我就醒了，以前我都没梦到过。”

山内听到了下属们的聊天，吓得脸色发白——他昨晚也梦到了火！他梦到一个身上冒着火的男人一整夜追着他，想要杀了他。

山内终于回到了自己的府邸，他把不动明王像安放在了大门口旁边，还特意做了个台子放木像。

山内在当地有权有势，因为他是皇亲国戚，跟藩王有亲戚关系。家里有三万石的土地，在家臣中数一数二。因为他平常胆大，性子强，所以之前做的梦他也没怎么放在心上，只是稍微注意了下这个巧合。

刚进入冬天，天气很好，温暖的阳光照耀着大地。晚上也是晴空万里的，漫天星斗，很是平静。山内小酌了几杯，快要吃完晚饭时，他突然听到了雷声，震得人头痛欲裂。闪电也跟着雷声劈了下来，吓得山内酒杯都掉了。电闪雷鸣还伴随着哗啦啦的大雨。天气极其恶劣糟糕！远看，好像是闪电砸向大地，一条接着一条，像在惩罚人一样，着实吓人。

暴雨雷电持续了两个小时。天空停息了之后，山内趁着上厕所的工夫看了看头顶，天气还是那么好，月明星稀。隔天，村民们就对晚上的电闪雷鸣议论纷纷。

“你们还别说，晚上打雷落雨的时候，我看到山内府的上空有个火团爆炸呢！”

“晚上的雷着实怪异……”

山内听到了这些传言，但是他依旧不放在心上。

三天过后，大家又听到了一下不一样的咚咚声。这个声音的来源特别奇怪，不像山里发出来的，不像地下发出来的，更不像天上发出来的。真要描述这个声音，它就像来自远方的海声，像从山后面刮过来的呼呼风声。这声音从早上持续到晚上还没见停，过了很久才消停。

“我的天，这是什么声音？”

“不知道什么声音，但是我就是觉得这几天奇怪的事都凑成堆了，想想前段时间的电闪雷鸣……”

“我活了这么久了，七十多年了，从来没看到过这种事，这难道是上天给的暗示？”

到了第二天正午，村子里又掀起了一股妖风，破坏了村民的仓库，把仓库挪到了春日川。妖风还把干活的老牛卷到了种着萝卜的田地里。

“这可怎么办，最近出现这么多怪象，肯定是有大灾难要来啊！”

“恐怖至极！恐怖至极！肯定是谁作孽了，老天要惩罚他！”

四五天过去了。暴雨下了一整天还没有要停下来的意思，狂风大作。这种灾害天气持续了一整晚都没停歇。村子里泥石流滑坡情况严重，埋了三幢房屋，不过没有人受伤。

“好邪门！好邪门！这到底是怎么了！”

“我们得赶紧找法子治治，再这样下去，后果不堪设想啊！”

“似乎，好像，这个怪事是从山内大人搬回不动明王像后开始发生的……”

“那就肯定是不动明王发火了！”

山内听到了这个传闻，他仍然觉得这是无稽之谈，一笑置之。

又是两天过去了。

山内这天被下属邀请去家里。下属盛情款待之后已是半夜，于是他在自己的随从引路下，准备回家。就快到了，他记起忘记拿下属送的礼了，于是他派随从倒回去拿来，自己就一个人往家里走。

晚上风吹得人有点寒意，当他到达自家门口时，他看到一个巨型火球朝他飞来，吓得他半死。火球行动灵活，山内差点没注意就被火喷到脸上。这个火是一个有着金色眼球的怪物喷的。山内也很勇敢，吓到之后立马拔出自己的刀，一把劈到怪物的头上。哐当一声，声音震得耳朵都要聋了，怪物也不见了。

“来人！快来人！点灯！”山内大喊。他的精神高度紧张，一刻不敢放松，佩刀还被他紧紧握着，他生怕怪物一下子又从哪儿飞出来。下人们立马赶了过来，甚六拿着蜡烛，推开了门喊：“大人？”

山内傻傻地看着蜡烛发出的微光，说：“原来是你啊，甚六……赶紧过来，我刚刚把怪物给砍死了。”

甚六一听，立马举起蜡烛，护身在山内旁边。山内手里还握着佩刀。甚六顺着他的手指的方向，看到放置不动明王像的架子倒了，木像却没倒，依旧端坐在那儿，架子上明显有山内劈过的印记。

“大人，发生了什么？”下属很是疑惑，看了看山内。

“啊……”

山内呆站在那儿一直盯着木像看。与此同时，他们听到了后山有奇怪的声音，噼里啪啦的……没过多久，他又听到了好多人的呼喊声。后山着火了。火势很猛，火光都照亮了天空，仿佛要把黑夜都烧了，而且火还在不断地向周边蔓延……

“大人，不好了！不好了！”

甚六吓呆了，握在手里的蜡烛都掉了。

山内扔掉了刀，对下属说：“甚六！赶紧带人，把不动明王像请回去，请回户波！”

“大人……后山都着火了……”

山内没有听下属说话，一直沉浸在自己的思考里，嘴里念着：“甚六啊，甚六啊……赶紧带人把神像请回去啊！”

火势还在不断扩大，照得村子里恍如白昼。

“甚六！赶紧去！”山内激动地喊着。

当天夜里，木像就被请回了户波，回到了药师祠堂。安放好了以后，原来的熊熊烈火就悄悄地熄灭了……

后话

很久以前八月的一天，下了一会儿阵雨。我和桂月老人被户波的人邀请到家俊。家俊有一座山长得特别像佛手山药，叫作虚空藏，在土佐都很出名。

邀请我们去的青年陪桂月老人爬了虚空藏山，花了两天时间。我却待在了旅社，懒于出门。桂月老人第一天回来后，吃饭的时候告诉我，他看到了一座有趣的药师祠堂。次日早晨，桂月老人在给当地的小学生做完讲学后，又去爬山了。我也对这个祠堂感兴趣了，于是让三名学生带我去，我们穿过稻田，穿过了积善寺村，祠堂就坐落在虚空藏山下。

山下有座豪宅存放了药师堂由来的牌子。当地官员说会将那块牌子展示给我看。我们在套廊上等着，聊了聊天，抽了抽烟。没过多久，官员就带来了牌子和一个牌位。这个牌子是用栎树做的。听说牌位是一个武士的，武士是隔壁一个村的城主的皇亲国戚，因为在长宗我部氏吃了败战，在祠堂自杀了。官员引路，带我们进了祠堂，还为我们展示了神龛的里面。

药师神像后面是太阳，左边有一个毗沙门，听说不动明王像应该守护在药师的右边，但是我们并没有看到不动明王像，现在只有雕刻得像火的板子和不动明王的剑。木像又被偷了。官员觉得桂月老人难得来一次，于是希望他能作曲一首，好祈祷木像早日回归原位。

看过木像，我研究了下栎木板，上面写了："药师神像旁边的不动明王像，在正德年被山内大人所偷。但村中发生了很多匪夷所思之事，这都是不动明王在发怒，所以山内大人归还木像，让其陪伴药师。"

看到"被山内大人所偷"，我真的是觉得好笑。

"呵呵，明明偷了东西，还自称大人，真的是少有。"

要离开的时候，桂月老人写了一首和歌送给了当地人："历史定将重演，犹如岸边白波。"要是让桂月老人写一首歌就能让被偷的东西回来，那还要警察干啥？

话说去祠堂的时候，官员曾经告诉我："这个祠堂原来香火挺旺的，有很多香客的。随着时间的推移，这里就有很多人定居下来，然后渐渐就有了小镇，还有人做起了生意，唱起了戏曲。"

他指着山中的一丛孟宗竹说："那边原来就是戏院。"然后他又给我们介绍了下药师镇的发展。听说明治初年，四国的一个瘸子靠着手推车来到了药师堂。听到传闻说药师堂特别灵，于是他就拜了下，神奇的是，没过几天，他的瘸腿就好了。住在附近的人听到这个就不得了了，都去拜。消息不胫而走，香客也就越来越多，然后附近就繁华起来了。

药师镇到明治二十年都很繁华，但是一个名叫"土居松次"的赌鬼害了这个镇子。他因为一些小事跟白木琢次交恶，但是白木不仅能说会道，武功还比他高，他根本赢不了白木。于是土居想到了使用旁门左道的阴损招害白木。一天早晨，土居经过田村旅店的时候，看到了白木在旅社二楼。

"我今天一定要报仇！"

土居看到有了可乘之机，于是回家拿了一把日本刀，跑到了旅社的二楼，一把砍了白木的头。

"终于报仇了！"

土居傻眼了，杀错了，这个头根本不是白木的。巧的是，白木从旅社起床后就回家去了。晚上，药师堂的守灵人看到了旅社有空房，于是进去休息了下，怎知……

"祠堂的守灵人被杀了！神仙都不保佑自己的守灵人吗，真靠不住……"

这下，大家对祠堂都失去了信心，再也不来参拜了。从那之后，就更加没人来了，药师镇就衰落了。

“你们看，这里就是那个旅馆。我把这里的地利用了起来！”

官员边走边跟我讲着土居的事，他到死的时候，一共杀害了七人，之后剖腹自尽了。

放生津物语

1

越中有个地方叫放生津町，那里有一片辽阔的草原。草原上植被不是很多，只是稀稀疏疏地长着一些朴树和松树。附近村的孩子们都爱到草原上来耍。草原中间的老朴树下，有一座很小很小的祠堂。小成什么样呢？癞蛤蟆大小，人们叫它“诹访祠堂”。这座祠堂的屋顶是用茅草做的，经过长年的风吹日晒，这些茅草都腐烂了。除了屋顶破旧外，祠堂的瓦片和木板也都黑黑破破的，看起来特别残败。

那是一个初夏，天特别闷热，没有一丝风。黄昏，五六个小伙伴相约到草原，准备一起到放生湖的小河边捉一些躲在芦苇丛里的小河蟹。他们走着走着就到了草原中央的“诹访祠堂”前，然后玩着打仗游戏。没玩多久，他们就玩累玩腻了，于是大家都往地上一坐。为什么大家都坐在地上呢？因为啊，有个小伙伴准备讲故事啦！故事讲的就是大家比较害怕的鬼火。这个鬼火就出现在神通川的某个山脚下。到底是哪个山脚下呢——安然坊！

故事要从佐佐成政开始讲。佐佐成政有个非常疼爱的小妾叫小百合，但是成政怀疑小百合与自己的侍卫竹泽有奸情。一气之下，成政便把竹泽斩首了，小百合也没有被轻饶。她被佐佐一把拖住头发，一路拖到了神通川。忍受了拖行之后，成政又斩下了小百合的头颅，把头绑在河边的柳树枝上，把身子扔进了小河里。在那之后，人们听说小百合怨气冲天，阴魂不散地变成了鬼火，经常出没于安然坊。

成政带军经过神通川，爬过安然坊山后，就莫名其妙地失去了战斗力，一蹶不振。最后，佐佐成政因为一些原因被赐死了。然后这附近就一直流传着“小百合的怨灵杀死佐佐成政”的故事。

“我爷爷曾经在鬼火那儿附近瞧见了一个女人头呢，头发被吊起来了！”

“太可怕了吧！”

“真的是吓人！”

“那里现在还会有鬼火吗？”

“肯定有啊！而且能看到头发竖起来的人头呢，像这样！”

边说，这个讲鬼故事的十四岁左右的少年边作势边把头发竖起来，各种比画，还将脏脏的塌鼻子耸了耸，鼻子里面还有鼻屎呢！

“阿松，你听过关于放生龟的传说吗？”在塌鼻子小朋友右边的小伙伴问。这个小伙伴正调皮地坐在老松树根上。

“你讲的是住在放生湖的那只吧？河道不宽，怎么游都没游出河道的那只。”塌鼻子很是得意地回答道，一副“我什么都晓得”的姿态。

“不是你说的那个！”

坐在老树根上的小伙伴不屑一顾。塌鼻子听后不是很开心。

“你说是哪只放生龟的故事？”

“那是很久远很久远之前的一个夏天，一个人把自己的船荡到了放生湖中。打了个小盹儿之后，这个人醒来就发现自己在湖里游水，而且变成了鱼。他在心里嘀咕着：‘咋就成了鱼呢？’这个时候，身边的其他鱼过来跟他说：‘海神驾到，你也赶紧跟着我们过去！’这个人边跟着别的鱼游，一边打量自己，‘哦哟，我这是变成了一条大黄鲫鱼哦。’他觉得特别纳闷，想知道究竟发生了什么，为什么会这样。但是他不能说话，没办法，他只能乖乖地跟着游。不一会儿，他们就到了一个巨大宏伟的水中龙宫。海神正端坐在殿中央，两旁整齐划一地站列着一排鱼儿。这个男人跟着大家找了个地方坐下。这时，只见一条大鱼着黑色素袍恭敬地站到了海神的面前。男人问隔壁的鱼：‘那只大鱼叫什么？’隔壁的鱼说：‘赤兄公！’这时，赤兄公对海神报告道：‘亲爱的海神，我想到外面找您，但是我的身体太大，实在从湖口出不来啊！’海神淡然回答道：‘我知晓你出不来，才把你委派到这儿的。但是我最近听说，附近有个村民想要挖泥改湖为田，而你竟然想要派乌龟咬死那个村民，是不是有这样的事？真是岂有此理，无法无天了！我要让毒蛇变一堆虱子在你的鳞片下，让你求生不得、求死不能。’

“赤兄公急了，急急忙忙回答道：‘亲爱的海神明鉴啊！那个村人挖泥会让湖里的甲鱼兄弟们绝种啊，这是置他们于死地啊。这种情况下，我也没想很多，只有去吓吓那个村民，好让他知难而退。可是谁知那个人一吓就掉水里了，而且还不怎么会游泳，然后就被淹死了！’

“听完赤兄公的话，海神立马问话甲鱼：‘赤兄公所说是否真实，可有虚假之言？’

“甲鱼诚恳地回答道：‘海神陛下，赤兄公所言句句属实！而且村里人都说乌龟精害人，说要杀绝乌龟啊！我们要是都逃了，乌龟要怎么办？根本没法活下来，而且栖在城址边的桑树的蛇兄弟也要遭殃啊！村民们还嚷嚷着要烧死蛇呢！吓死我了！听说了这件事后，蛇每天担惊受怕，哭成了泪人啊！亲爱的海神，您一定要为我们做主啊！只有陛下您才能保我族和蛇的平安啊！’

“海神思索了下，答复道：‘那就传话村民，让他们建一座宫殿在湖中央，供乌龟和它的子子孙孙住在里面。今天不正好有个村民变成了鱼吗？让他恢复成人，去告诉村民们。’说罢，海神摆驾回宫了。

“听罢，这个变成了鱼的男人急忙问：‘请问我要怎么做才能恢复成人？’

“一条鱼回答道：‘如果你被人钓上钩或者被渔网捞到，然后被做成菜，你就能变回去。’

“了解到这些后，他就游来游去寻找鱼钩，可是并没有人来湖里钓鱼。于是他就改变策略，去找渔网，可是湖里又没有人打鱼。一段时间后，村里有人想，如果我们好好祭拜乌龟，乌龟会不会就不吃人了！

“不多久，为了祭拜乌龟，人们就在湖中间建起了一座宫殿。那个变成鱼的人每天都盼望着被人捉住。很久很久很久以后，两个金泽的游客终于来撒网了。一个撒网撒得特别有技巧，网撒在了前面，鲫鱼没法儿进网。另一个笨拙点，把网撒在了小船的正下方，鲫鱼高兴地钻进了渔网，于是他就被网了上来，被人宰杀之后，烹饪成了菜。鱼被杀后，他就变回了人身。恢复之后，他发现，自己还是在当初的小船上。这时，湖中的宫殿已经建好，也没有让他传话的必要了，而且说了之后也没人相信他的经历。”

骑坐在树根上的小朋友讲完了放生龟的故事。塌鼻子听得入了迷。

“现在坐落在岛上的宫殿是不是你说的为乌龟建的那座？”

“对啊！”骑坐在树根上的小朋友得意地笑了。

“好有趣啊，人会变成大黄鲫鱼。”

“那个赤兄公是什么来历啊？”

“城址的那条蛇到底长什么样子？”

小伙伴们你一句我一句叽叽喳喳地讨论开了。看到这个状况，骑坐在树根上的小伙伴得意地大笑。

“你干吗笑啊？”塌鼻子孩子觉得莫名其妙。

“我笑那些故事都是编的啊！一个学者瞎编的！以前我伯父告诉我的。”

“啥？编的？那都是假的啊！”

塌鼻子小朋友和其他小伙伴都哈哈大笑。笑罢，突然有个人喊道：“快看快看，江户的那个小子过来了！”

塌鼻子回过头满脸诡计地说道：“嘿嘿，我们要他一下吧！你们谁过去叫他过来？”

骑坐在树根上的小伙伴说道：“我以前见过，认识他，你们喊他吧！”

草原边上搭了两三座茅草做的屋子， 一个十岁左右的小男孩站在茅草屋前。他长得白白的。一个小伙伴过去说了几句就把这个小男孩“拐”过来了。

其他小伙伴都好奇地站了起来。

骑坐在树根上的那个孩子也跳下来了，拦住他们。

“你叫啥？”

长得白皙的小孩子答道：“源吉。”

“源吉你好啊！以后你就加入我们，做我们的小伙伴。我告诉你个好玩的事情。”骑坐在树根上的小孩子指了指草原上的祠堂。“你到那边去，坐在地上，然后念：‘诹访神，诹访神，陪我玩吧。’诹访神他特别喜欢小朋友，他肯定会一起玩的。你们说对不对啊？”

其他孩子连忙应道："对啊对啊！"

"是的！"

"嗯嗯，没错！"

源吉很害羞，很腼腆，低头问道："那诹访神它长什么样子啊？"

"哦……大神它是条白蛇！"

"啊，白蛇？"

源吉觉得特别惊奇，看向说话的孩子。

"对啊，大神是条白蛇。不过大神是神仙，不要害怕。"

"哦哦。"

"你快去试试吧。"

源吉听后转了转眼珠，应了一声。看了那个孩子一眼，源吉就径直朝祠堂走去。阳光透过朴树洒了下来，照在了祠堂上。源吉虔诚地坐在了祠堂前。这边树根上的孩子和塌鼻子一脸奸计得逞的样子，越看越觉得有趣。

"快说话啊！"

骑坐在树根上的孩子一催，源吉只好唯唯诺诺地说了："诹访神大人，诹访神大人，陪我一块儿玩吧。"

源吉特别虔诚。其他小伙伴看到后乐不可支。骑坐在树根上的孩子于是摆手示意，暗示大家不要笑得太大声。

"诹访神大人，诹访神大人，陪我一块儿玩吧。"

源吉重复着一遍又一遍。骑坐在树根上的孩子看到源吉这么专心，便抬手给大家暗示，让孩子们跟他一起悄悄踮着脚偷偷跑掉。接到暗示，塌鼻子小童和其他小伙伴立即跟上，边跑还听到源吉虔诚的声音。

2

源吉全神贯注地喊着"诹访神"，没注意周围的情况。过了好一会儿，源吉终于发现周围特别安静。他回头一瞧，其他小孩子都不见了。于是，源吉就站了起来。

“源吉啊，搞了半天你在这儿玩啊！害爷爷都找不到你……”只见一个身着短裤衬衫的瘦削老人开心地喊着。这位老人家长得有点像“老翁面具”。这位老人不是别人，是源吉的爷爷为作。

“爷爷！爷爷！”

“你到处乱跑，爷爷都找不到。爷爷正要叫你回家吃饭呢。你妈妈还在外面帮人家做事，我要是不好好看着你，怎么向她交代呢？来来来，跟爷爷吃饭去。”

“爷爷，你说诹访神它喜欢我这种小孩子吗？”

“诹访神啊……我想啊，它应该很喜欢小孩子，特别是我们源吉这样的乖巧懂事的小孩子。”

“爷爷，那它会显灵吗，就算化成白蛇的样子。”

“这个爷爷也不是很清楚，我觉得只要虔诚，肯定能看到诹访神的。”

“有人告诉我，诹访神会化成白蛇和小孩子玩耍呢。”

“谁告诉你的啊？”

“就是刚刚在这边玩的小孩子说的。”

“哦，那样啊，搞不好真有这回事。爷爷觉得啊，你如果乖乖的，诹访神兴许会见你。现在啊，你就跟着爷爷一起回家去！”

“好的，爷爷！”

源吉在前头走着，爷爷为作跟着。源吉是爷爷的心肝宝贝。为作的儿子子承父业，也是木匠手艺人。之前他被召集到江户做工，为本藩江户改建宅子。工程完结后，他留在了江户，操练手艺。没多久，他就跟吉原的一个妓女成家了，之后两人还有了孩子。作为爷爷，为作一直想去江户看看他们一家子，但是总有一些原因去不了。不想到了去年的年底，为作的儿子因为感冒病情严重，最后恶化过世了。之后儿媳妇没了依靠，于是从未见过的儿媳妇，带着自己的儿子，拿着丈夫的灵位，忍着严寒冒着大雪来投靠为作。唉！谁又能料到自己的儿子忽然就出了状况，再也回不来了……白发人送黑发人，为作悲痛万分。但是让他感到欣慰的是，自己的儿媳妇特别懂事，孙子也十分乖巧可爱。

“爷爷，爷爷，您说我要怎样才能被诹访神召见呢？”

两人已经穿过了草原，正在麦田之间走着。

“源吉每天去祭拜下诹访神，或许它会显灵让你见到啦！”

“哦……”

穿过麦田旁的一片芦苇地就能看到为作的家了。为作的房子虽然小，但是不是随意搭建的，该讲究的地方都有讲究到。比如说房子的地板挺高，房子还有防雨窗。回到家后，源吉被爷爷安排坐在地炉边。地炉上钩挂着一口大锅，为作在锅里盛了饭给源吉，然后自己倒了一杯酒在旁边喝。风吹过来，地炉的火也跟着舞动，把为作爷爷的苍老脸庞照得清晰可见。

“小孩子要好好吃饭，饭吃得多就长得高、长得快。等你长大了，想做什么呢？”

“我想当武士，爷爷！”

“哇，我们源吉想当武士呀！要是你梦想成真，到时候你就有俸禄了，我们就能过上比现在好的生活了！但是，源吉你知道吗，武士要是犯了错，必须切腹自尽呢。你会不会害怕，还敢不敢？”

“切腹而已嘛，我不怕，敢！”

“呀，我们源吉真了不起。做人就应该这样，有决心！只要有决心，不管你想做什么，都能做成，比如武士、学者、神官还有和尚。说到神官……你娘的东家牧野老爷就是个神官。因为你娘做事勤快，人也机灵，牧野老爷挺关照她的。”

“我娘要几点回来啊？”

“快了快了，不要急。等她给牧野大人做完晚饭，收拾好就会回家了。牧野老爷可了不起了，不过爷爷现在跟你说你也听不明白。”

源吉刚吃完饭就听到屋外有脚步声。

“晚上好啊！”

“晚上好啊！”

为作端着酒杯，看着走廊。外面有两个男人，一个三十多岁，一个四十多岁。

为作冷漠地看着两人说道：“哟，阿秀和金次啊，有事吗？”

四十多的人叫作阿秀，他略显尴尬，笑了笑，说：“没什么事，就是有事找您商量。”

“哦，是吗？不影响我做别的事的话，我们就聊聊。”

两人交头接耳，偷偷说了几句就进了屋子坐下。这下金次说话了。

“大爷，最近忙吗，活儿多不多？”

“活儿？活儿还是有的，不做根本没饭吃。但是到了我这种年纪，别人只是让我打杂。”

“大爷，我家最近要建个仓库，您要不要来？”

“有闲钱当然可以。你为什么不去请喜六和善八？他俩手艺不错啊。”

“您是老师傅，我想请您。”

“可是可以哦，但是我一把年纪，谁能保证我能做到什么时候，万一哪天断气了怎么办？我不敢做这种重要的活儿了。”

“咦？嫂子怎么还没回来？就您和源吉在。”阿秀假装随意地问。

“她是去工作又不是玩，哪里自由到想回来就回来？”

“嗯嗯，对……”

两人实在谈不下去了，阿秀也找不到话说，于是他俩就回去了。“呸！”为作鄙夷地说道，“你们这些人，不要想着调戏我家儿媳妇！天天跟苍蝇一样来我家，太不像话了……”

源吉趴着，觉得特别困。

“你妈妈要回来了，等她回来你再睡。”

为作盛了饭正准备吃，听到一声女子的惨叫，就在不远处。于是为作立马扔下碗筷。

“嗯？”为作全神贯注地听着，忽然又听到了第二声，“我天，这是我儿媳妇的叫声！源吉！你在家好好待着，不要出来啊！”

交代完，为作立马拿起自己的拐杖，冲了出去。源吉吓到了，焦急地在屋里转来转去。

3

今夜月亮很大，照亮了小路。只见一个彪形大汉虎背熊腰，腰间还别着一把锐利的短刀，他一把揪住了为作儿媳妇阿胜的裤腰带。阿胜做完工出来，看今晚月色不错，就想着抄近路回家。不想，有如此歹人躲在松树后，并且突然跳出来。

虽然阿胜以前是待在吉原比较低等的妓院，但是她也是有社会经历的人。本来觉得自己应该有方法对付这种暴徒的，先安抚再逃跑嘛。可是这人完全不听使唤，满脸横肉，凶相毕露，使劲拽着她的裤腰带，不让她逃跑。

阿胜这下急得没有办法了。要是她被拉回去，本来女性力气小不占优势，只要那歹人死扣着她的肩膀，那就别想逃跑了。阿胜使劲挣扎，使劲挣扎，突然，腰带就被挣扎散了。歹人手里只抓到了一根黑软缎做的腰带。突然失力，阿胜没站稳，只见她在地上转了几圈，重心不稳地跪在了地上，正好离歹人两三尺远。为了防止歹人再次袭来，阿胜伸出靠近歹人的那只手拦住他，另一只手为了保持平衡撑在了地上。她气喘吁吁，白皙的鹅蛋脸急得通红。歹人暴躁地把腰带往地上一甩，又逼近她。

“畜生王八蛋，你在干什么！”

突然的大吓和一根拐杖吓了歹人一跳，他下意识地往后缩。

“你个地下浪人！你拦着我儿媳妇做什么鬼！”

原来这个虎背熊腰的大汉，是这村子里的书法先生林田与右卫门。

林田满脸凶相地瞪着半路杀出来的老人。没错，这个人就是为作，阿胜的公公，长得像老翁面具的那位老人。

“我要跟她商量事情，你别在这儿碍手碍脚的，否则别怪我不客气！”

“呵，你还有脸说！这是我该说的话！你这不要脸的别对我儿媳妇打鬼主意！太不像话了！”

为作对着林田又是一拐杖。林田躲闪了，不过他一把抓住了拐杖，并夺了过来。就在林田以为自己占上风的时候，他突然看到了一只紫色的大蟹钳，看上去非常锋利，像两把磨得发亮的柴刀，很是吓人。林田被吓到连忙扔了拐杖使劲往后退。可是蟹钳还是跟着他！

“嗷！”林田吃痛地叫了一声，双手捂住眼睛，一溜烟地逃跑了。

歹人终于跑了，惊魂未定的阿胜和为作终于能舒一口气了，安心回家了。

“对了，那歹人刚刚怎么突然就逃走了……”

“对啊，我看他捂住眼睛跑的，不知道发生了什么……”

“十有八九是被拐杖戳到了眼睛。”

“是这样吗？”

“那当然，这种人肯定是遭到报应了。”

4

翌日早晨，为作觉得儿媳妇晚上下班一个人回家太不安全了，他对儿媳妇说，等她下班，他会去接她。送完儿媳妇，为作就开始了一天的工作，边给别人造防雨窗，边照看源吉。

为作铺了一张席子在院中树荫处，在席子上做起了活儿。源吉在院子里跑来跑去的，自己玩自己的，有时候还跑过来瞧瞧爷爷在做什么。

不知不觉一天就要过完了，太阳下山，为作放下手边的活儿，给全家准备晚餐。“爷爷！爷爷！”为作听到院子里传来源吉的声音。“源吉你个小猴子，去哪儿玩了呀？爷爷还准备出去找你哩！”为作坐在地炉边回答说。

“我去找诹访神玩了。爷爷，您知道吗？今天诹访神现身了！”

“啊？啥？诹访神现身？”

“对啊，我今天过去祠堂，跪在那念了好几遍‘诹访神大人，诹访神大人，陪我一块儿玩吧’，然后大神就出现了。”

为作想，源吉怎么了，怎么净在说胡话？可是源吉稚嫩的脸庞上显出的是一脸的认真，为作于是停了下来，没有再搅拌汤水。

“那你告诉爷爷，出现了什么？”

“诹访大神呀！”

“那诹访大神长什么样？”

“白色的蛇啊！”

“那白蛇是从哪里出现的？”

“是这样，我念完‘诹访神大人，诹访神大人，陪我一块儿玩吧’，诹访神就从石头里钻出来了。”

“然后呢？”

“最开始我还很害怕呢，不敢靠近，可是它没有追我。我看它一下躺着，一下盘着盘成圈，我就觉得不害怕了。我说‘诹访神，盘成圈圈吧’，它就盘成圈圈了。然后我又对大神说‘诹访神，你快爬过来啊’，大神它就爬了过来。”

“源吉，你说的……说的……说的是真的？”为作被吓到了，急忙爬到了套廊，“真的？”

“嗯嗯，是真的呢，后面我跟大神说：‘诹访神，你叫些螃蟹过来跟我一起玩吧。’于是它就带了好多螃蟹来了。”

“我的天，真的啊，是真的的话，真的是造孽啊！会遭天谴的……走，我们快去赔礼道歉……”

为作此时已经忘了要做晚饭。他赶紧到了院子里，在木桶里把手洗干净，又带了两块木片，拿了盐和米。

“源吉，快过来，跟爷爷去给诹访神道歉！”

“我们又去啊？”

“我们必须去赔礼道歉，不然会遭天谴啊！”

“哦哦……”

为作带着源吉，匆匆忙忙地往草原中央赶。为作走在前头，源吉小步跟着。天渐渐暗了。麦子还没熟，但是已经抽穗了。爷孙俩一前一后地走着，穿过麦田就到了草原。草原上已经很暗了。

没过多久，爷孙俩摸黑就到了诹访神的祠堂前，站在了老朴树下。月亮终于爬上来了，照亮了草原。为作敬畏神明，不敢冒冒失失地走到祠堂前。他在离祠堂大概两间远的地上坐下，恭恭敬敬地将带过来的米和盐放在木片上摆好，一个大拜，整个身体趴在地上说道：“今天白天，小人的不懂事的孙子在此冒犯了您，小的真的不知道该如何做才能求得大神原谅……望大神您大人不计小人过，小的的孙子童言无忌，并无恶意。但是他终究是做错了，做错了就该道歉……请大神一定要看在他的父亲刚过世的分上，饶了他，求求您放过我孙子……小的在这儿给您赔不是，给您磕头……”

为作微微抬起头看了看源吉，说道：“源吉快，过来给大神赔罪！”

源吉不懂爷爷为什么一定要这样，回道：“爷爷，诹访神大人真的没有生气！您要是不相信，我叫大神出来，问问它不就知道了吗？”

“你这个……这个……傻孩子……”为作双手合十连忙打断了源吉说话，“我们不能触犯神灵，虽然你小，童言无忌，但是这是要遭天谴的啊，遭天谴的啊，大神要是生气了，你就遭难了……”

“但是诹访神大人听我的呢！”源吉才不信爷爷说的，双手合十念道，“诹访神大人，诹访神大人，快现身吧！”

“你这兔崽子，不听爷爷的，爷爷这样跟你说，怎么还是不听呢！”为作没办法，只能恭恭敬敬地趴在地上，连忙致歉：“诹访神大人在上，小孩子不懂事，请您一定要原谅他啊！”

但是，为作听到了源吉此刻正高兴地跳着喊着。

“爷爷你快看啊，诹访神大人出现了！诹访神大人出现了！”

“啥？”为作都顾不上赔礼道歉了，抬起头瞧了瞧……

“爷爷，你快看啊，诹访神大人到我这边来了。”

为作仔细瞧了瞧，可是就是没看到。

“爷爷，您看啊，诹访神大人就是那条特别漂亮的蛇！好漂亮！”源吉指着前面。

为作又环顾了四周看了看，除了朴树、祠堂、地上的青草，他看不见别的啊。

“爷爷没有看到，但是……看不到也不能乱来……”为作不知道该怎么办，没办法只能再次匍匐在地上，“小的万分感谢诹访神大人陪孙子玩，感谢您，大人……”

“爷爷您是不是没把眼睛擦干净，是不是有眼屎，快去擦把脸，这样您就能看到诹访神大人了！”

为作不敢抬起头看。

“造孽，造大孽啊！诹访神大人，您定要处罚的话就罚我吧，大神大神，你归位吧，请大神您归位……源吉！不要再叫大神了，快快让大神归天！罪过罪过……”

“爷爷，您看啊，诹访神大人盘成圈圈了！”

“罪过罪过，你别叫大神了，别冒犯它……”

“诹访神大人，我爷爷无法看见您，不如您再抓点螃蟹过来吧！”

“兔崽子，你胆子大了……爷爷告诉你你不听！你不要再要求大神了……大神大人！您千万不要听我孙子的……”

“爷爷，您看螃蟹来了，诹访神大人把它们都召唤过来了。”

“罪孽啊……兔崽子，叫你别说……”

“爷爷爷爷，螃蟹出来了，出来，快看，哇，好多螃蟹呀！”

“罪孽深重啊，罪孽深重啊……不要再说了，真的得罪神大人了啊……”

为作偷偷抬起头，用余光看到好多有着紫色钳子的螃蟹向他爬过来。为作真的是吓傻了，立马匍匐在地。

“罪过啊……大神，如果您要降罪，就惩罚我吧，别罚我那孙儿，罪孽深重啊……”

有个人突然出现了，打断了正在祈祷的为作。

“这糟老头子鬼鬼祟祟的，我早就觉得他有问题了，原来是跑到这破祠堂来拜洋神！这条老狗！”

为作抬起头，只见林田带着两个帮手过来了。对，就是昨天晚上拦着阿胜的林田。这阵仗，看来是来报仇的。

“洋神肯定是江户来的小婊子带过来的。昨天还整伤了我的眼睛，肯定是这破神仙的钳子！”

为作觉得处理林田的事是小，现在最紧要的是给诹访神大人道歉啊！他虔诚地匍匐在地上，继续道歉：“诹访神大人，您一定不要跟我们计较，归天吧……”

“呵，诹访神大人？在哪儿啊？你还说什么显灵，就是鬼扯！现在最神神道道的就算洋教了。我还以为信洋教的人很少了，也不会再出现这种鬼事了，嘿！这糟老头又拜起了洋神！”

“罪过罪过！我拜诹访神大人！你个邪魔歪道肯定看不见，我孙子瞧见大神了！你再敢对大神不敬，小心大神惩罚你！罪过罪过……”

林田身边的一个帮手不屑地说：“哈哈，这鸟窝一样的祠堂，还有什么鬼神仙！”

源吉一脸的童真，指了指前面的祠堂，说道：“诹访神大人就在那儿，它带了好多螃蟹过来了。”

“小鬼，你睡多了吧！大神在哪儿呢？”

林田大喝一声，往前跨了一步。

“在那边呢，盘着圈圈呢。”源吉抬起手指了指不远的地方说道。

“你是傻子吧，我都没看到，地上就几根草。”

“要是真有什么白蛇，老子一脚踩死它！”

林田往前走，还使劲踩了踩源吉指的地方。

“诹访神大人正在往你的脚上爬。”源吉说。

刚说完，林田便吃痛地一叫，他好像被一种无形的力量弄翻了，而且还从为作前面滚了过去……

5

阿胜将昨天晚上的经历告诉了她的东家牧野的老爷。牧野的老爷叫治左卫门，是一个不错的人。他陪着阿胜走着，听着阿胜说她的经历，并被告知她公公晚上要来接她。治左卫门见如此，还是执意要送她：“今晚月色怡人，我送送你吧。”阿胜没得办法，只好同意了。

两人走在人烟较少的一条小路上。治左卫门小心翼翼地试探性地说出了阿胜从没有想过的一句话。

“阿胜，其实我今天要送你，主要是因为我有话要同你讲……”

“啊？”

“我，我想照顾你和源吉……就如你所了解到的，我外子过世三年了。周围的亲戚朋友们都劝我再娶，但是我怕娶了之后，后妈对孩子不好，于是一直没做考虑……但是，自从认识你，我就考虑到了你……”

听后阿胜有点不知所措，有点发愁。

“我一定会好好对待你和你儿子的。为作老人我也会照顾好的，我会对你们负责的。”

“呃……”

“我是神官，平时都侍奉神明，我不打诳语。”

“额……妾身真的是受宠若惊，您的一番好意我心领了，不过这是大事，我一个人做不了主，而且我是个卑微出身低贱之人……”

“我才不管你的出身。我知道你的过去，我不在乎。一个人只要心思纯净，那他的灵魂肯定也是。让我好好照顾你和你的家人吧！”

“老爷，您的一番好意我心领了，但是妾身的丈夫去世不到一年，妾身真的还没想过这种问题……”

“我知晓你的想法，我也清楚现在可能还不是合适的时候，但是我怕，我怕你再有昨天类似的遭遇，我也怕你爱上别人，到时候我就一点希望都没了……”

“感谢老爷的不嫌弃……”

两人已经走到了分岔口，这小路的分岔口往右就是有诹访祠堂的草原。为了避免别人说闲话，不得不抄近路选择草原这条路。月影横斜，松树和朴树下都形成了一片阴影。

“阿胜，答应我吧，你能答应吗？”

“这……”

阿胜不知道如何面对这突如其来的表白，如何回答。她皱着眉，愁得不知怎么办。突然她听见不远处有人声，很是嘈杂。

“有事？”

治左卫门实在没办法继续问下去。本来为了避免说闲话，治左卫门就不敢跟她同时出现，但是这种时候他又不能抛下阿胜，于是他也跟上前去。

上去只看到为作老人和源吉都立在祠堂前。林田躺在了草地上，动都没动一下。这时的林田已经死了。林田找的两个帮忙的打手还想扶起林田……

6

林田这个地下浪人因为触犯了诹访神大人，被大人赐死了——这个传闻在周围村子都传开了。村民们也对诹访大神更加敬畏。村民们商量着决定，改造下诹访神的祠堂，给它建一座高大体面的宫殿。有个村人说，诹访神大人特别喜欢源吉小朋友，也特别关照他，这建宫殿的大事交给为作老人做最好。这样，为作老人就成了建造大殿的工头。

建宫殿的时候，源吉经常跑过去跟大神玩。

到了年底，宫殿竣工了。村民们商量着要办一场隆重的迁址盛典。由治左卫门担任主神官——因为他最开始就是这件事的参与者。

迁址盛典的当天，治左卫门走到宫殿正门，面对着祭坛端坐，为作老人和源吉被安排坐在这位神官身后。村里大部分人都来了，特别是那种有点小威望的人。

已到吉时，治左卫门开始唱着祝词。但是他断了祝词，没了声音。村民们不知道怎么回事。源吉喊着："诹访神大人跑到神官大人脖子上去了！"

大家被吓得不敢说话。这时，治左卫门回头转身对大家说道："诹访神大人对我不是很满意，因为我的内心和灵魂不够干净纯洁。我想，从今天起，诹访神社就由源吉担任神主吧，我会退位辅佐他。"

于是，治左卫门褪下神衣，给源吉穿上，让源吉端坐在祭坛前面。

自那以后，我们的源吉神官还是经常会去大殿找诹访神大人玩耍。村民们每次都能看到源吉周围出现一队队青蛙和小河蟹。

雀宫物语

如果乘坐火车走东北本线就会路过宇都宫，就会知晓宇都宫前一个车站，名叫“雀宫”。据说“雀宫”这个名字是因为附近有一座神社，供奉着麻雀，这只麻雀的名字叫作“雀大明神”。这个说法被记载在《东国旅行谈》中，不过本人没有在这里下过车，因此也没见到过这座神社。

在很久很久以前，传说这附近的村中有一个农民，农民又乐观又老实，除了喜欢玩相扑，还喜欢炫耀自己的喉咙。他总说自己的喉咙比一般人的粗大，不管多大的年糕或者馒头都可以一口吞进自己肚子里。不过如今已经没人记得这农民的名字了，只知道他是个善良而又质朴的人。

虽然这个农民善良又老实，可是他的妻子却是蛇蝎心肠。妻子对男女之事有着特别的爱好，她嫌弃农民，于是就在外面找了情夫。时间过得越久，她就越是看农民不顺眼，想要除掉他。

一天夜里，妻子和情夫偷情。妻子忽然又想到了自己的丈夫，于是自言自语道：“有没有什么好办法能弄死他呢？”

情夫看了看怀里的女人，回答说：“有办法……”

“你有什么好主意？快点告诉我！是要下毒毒死他吗？”

“下毒可不行，别人一眼就看出来了。让他吃几根针下去，他就会痛苦不堪地死去了。”

“可是他又不傻，怎么会吃针呢？”

“哎呀，他不是老是跟人说自己可以一口吞下一头牛吗？”

“什么一头牛啊，是年糕馒头啦！不过这个办法真不错！”

一对恶人细细商量了一番后，便由情夫回家做了青团，一共三个，其中的一个青团里藏了三根细细的针。做好青团的情夫假装送青团给农民吃，农民那天刚从地里回来，吃过了晚饭躺在床上休息着。妻子坐在火炉边上，若有所思的样子。

情夫在农民家坐着，开口道："有人送了青团过来给我，我拿了三个过来，不如你来个一口吞青团给我看？"边这么说着，情夫边把青团送到了农民身边。

农民已经吃过了晚饭，肚子一点都不饿，但是听到有人说想看他的拿手绝活，他还是爬起身来接过了青团，然后一口咽了下去。那神情就像是一口吞掉苍蝇的青蛙一样。

次日早上，农民觉得腹中疼痛难忍，只要稍微发出点声音或者是稍微动一下，就会觉得腹中刺痛，痛得不知如何是好，连起床都起不了了。

"咦，你怎么了？"妻子明知故问地问起农民来。

"哎呀，肚子疼啊……动一下就疼。"农民抱着肚子在床上呻吟着。

"哎呀，那你今天就别下地了，躺着休息吧。肯定是太累了，躺躺兴许就好了。"

到了第三天，农民还是觉得肚子疼，甚至比前一天还疼。农民因为肚子疼，什么都吃不下去，连水都喝不了，妻子也不理睬他。

这天，农民一个人躺在屋里，迷迷糊糊快要睡去，转头却看见有一只麻雀在院子里。不知道为什么，这只麻雀扑棱着翅膀飞不起来，还四处打着滚，似乎非常痛苦。农民有些好奇，便一直观察着。过了一会儿，飞来了另外一只麻雀，它的嘴里叼着一些青草一样的东西。那只打滚的麻雀像是看见救命稻草一般，狼吞虎咽地把青草样的东西吃了下去。

不多久，打滚的麻雀便一动不动地待着，又隔了一会儿，那只麻雀起身拉了一堆鸟粪，然后理了理自己的羽毛，快活地飞上天去了。

农民看得出神，忍住自己的腹痛挣扎着挪到门边。一眼看去，鸟粪中透着一丝银闪闪的东西，挪过去一看，原来是一根细细的绣花针！农民一下子明白了，这只麻雀是不小心吞了针，所以才痛苦万分，它的朋友找了草药给它，它排出了针便痊愈了。

"可是这小东西吃的是什么草药呢？"农民联想到自己的腹痛，也是针扎一般的疼痛，没准就是因为吞了针呢？哎，反正现在也没有救，不如像麻雀一样试试吧。农民这么想着，努力地挣扎到鸟粪的边上，趴在鸟粪边凑近闻了闻，隐约有一些韭菜的气味。

不如就找点韭菜吃吃看，没准能治好自己的肚子疼。农民忍着痛爬回了床上，喊着自己的妻子。

妻子听见他的声音，不耐烦地过来问怎么了。

“你去给我弄点韭菜来吧……也不用煮了……我想吃生的。”

妻子心想，这家伙肯定是痛得都不正常了，反正他也是没几天命的人了，这么一点心愿还是帮他完成吧。于是，妻子乖乖地去田里割来了韭菜，洗干净了放在农民身边。农民看见韭菜，疯了一样地放进嘴里咀嚼。这模样跟头蠢驴一样，妻子忍不住想要笑出声来。

过了两个多小时，农民觉得肚子疼得厉害，特别想上茅房。他忍着痛挨到了茅房，一顿腹泻之后，农民发现肚子一点都不疼了。

农民有些疑惑，便把自己的遭遇告诉了亲戚家某位见多识广的老人。老人听完了他的话，略一沉思，觉得一定是青团有问题。农民赶紧回到家中，粪坑里真的有三根银光闪闪的细针！

妻子一看农民没有死，还知道了青团里银针的事，吓得和情夫一起逃跑了。农民为了报答麻雀的大恩，便在家中建了一个小小的神社。这就是“雀大明神”的由来。

蛤蟆神社

半右卫门终于赶到了久礼，这时候，天已经黑透了。

早晨公鸡才打鸣的时候，他就从川原町的家中出发了。去久礼就得先到高知城，半右卫门走了整整十几里路才到高知，可是高知和久礼还隔着不短的路，而且全是山路，走起来很是费力，其中有一段路被叫作“门屋烧坂”，简直难以行走，但凡是走过这一段路的都恨不得以后不再走了。

半右卫门自小就喜欢打猎，这次他从家里出发到久礼其实是为了到高冈郡的山中去，那里物产丰富，据说还有鹿群，要打猎什么的简直太方便了。

这时候起了风，有些寒冷，天上稀稀疏疏没有几颗星星，草丛中传来各种虫子的鸣叫声。

半右卫门原来的计划是赶在天黑前到山脚，好在山脚的木屋里休息一番，第二天早上再养足精神打猎。可惜太阳落山比他预计得早，他赶到的时候已经黑得不能上山了。没有办法，半右卫门只好去八幡宫外躺着睡一晚了，等天亮再上山去。

久礼这个地方靠近海湾，只要穿过一小片树林就能看见海岸线，八幡宫就在这片树林的外边。半右卫门带着他打猎的东西走进了八幡宫的大殿里，长明灯的火光在海风中摇动着。走了一整天的路，半右卫门早就累得不行了，只想快点填饱肚子好好睡上一觉。他拿出包袱里的食物，埋头吃着，忽然想起了自己的妻子。她已经怀了好几个月的身孕，自己出来打猎，只有她一人独自在家。

从出门到现在，半右卫门已经好几次想起自己在家的妻子。妻子十分年轻，这又是第一胎，虽然家里有个乳娘把所有待产的东西都准备好了，但是妻子从昨天开始就有些不舒服，估计这两天里就该临盆了。今早出门的时候，妻子流着泪希望半右卫门不要出门打猎，连带大自己的乳娘也责令他不要出门，但是他还是出来了。

走在路上的时候，半右卫门开始不停地担心家里，担心妻子在家忽然临盆会有什么不测，甚至是有些担心妻子会难产……原本他兴高采烈想要去打猎，可是想来想去又觉得兴致不高。

“她现在身子还难受不？孩子是不是要出来了？乳娘这会儿在做什么呢？”半右卫门忍不住胡思乱想起来，伸手去摸自己腰间的竹筒，打开灌了一大口清水。

正在这时，长明灯的灯火忽然摇晃起来，照出了一个人影，人影由远及近快步走来。

“老爷啊！”

半右卫门听见喊声，抬头一看，竟然是乳娘。

“老爷啊！不好了，夫人难产啦！快回家去啊！夫人还在等你呢！”乳娘焦急地喊了起来。

“难产了？”

半右卫门心里有些怀疑，乳娘岁数大了，从家里到这里路途遥远不说，山路还极其难走，她到底是怎么走过那么远的路追赶上自己的？

这个人有问题！半右卫门第一时间想到。冷静下来的半右卫门上上下下地审视着乳娘，周遭一片昏暗，半右卫门细细看去，这人的模样从头发到脸颊怎么看都是自己的乳娘啊。

“老爷你别光顾着看我啊，夫人还在家里等你呢！你今天早上出门没多久，夫人就肚子疼了，到现在孩子都没下来呢！大夫说是难产了！我没有办法啊，只好一路追着你过来了，快跟我回家去吧！”

乳娘一边说着一边向半右卫门靠近。半右卫门不言语，依旧防备地看着这个乳娘。

“快快，快回家去！”

半右卫门没有看出这人有什么问题，但是他心里明白，年迈的乳娘无论如何也不可能在今晚出现在这八幡宫里。

“妖怪！吃我一刀！”半右卫门见乳娘靠近，立刻抽出了随身的刀砍了过去，乳娘完全没有料到半右卫门会突然发威，一声惨叫之后化作烟雾消失了。

“看来确实是妖怪。”半右卫门收回了刀，回想刚才这一刀结结实实地砍中了妖怪的左脸，刀口上依旧带着血。

发生了这么一件怪事，半右卫门一点打猎的心思都没有了，也不休息，直接出发回到高知，又走了一整夜的路回到了川原町的家里。

到家的时候，半右卫门发现家里的门竟然开着，正奇怪是怎么回事，低头看见院子的地上有一行血迹。难不成是八幡宫的那个妖怪到家里来了？半右卫门不由担心起来，立马穿过玄关跑进了屋里。

“哎呀，老爷你回来了啊！夫人难产了！等你等得好辛苦啊！”乳娘见半右卫门跑了进来，立刻迎上去。半右卫门却只是静静看着乳娘，生怕这还是妖怪变的。

“老爷您盯着我看什么啊，夫人从昨儿傍晚就肚子疼，孩子到现在都没有下来呢！我都快急死了，又实在没办法告诉您啊！您回来可太好了！”

乳娘回头对着屋内大喊：“夫人啊！老爷回来了啊！”

半右卫门吓得把打猎的东西全扔在了地上，赶忙冲进了屋里，屋里围着医生和产婆，见到半右卫门进来都很惊讶：“难道是有谁通知你了不成？”

“这……”半右卫门把自己在八幡宫的遭遇说给了医生听。

正在这时，屋外的乳娘忽然喊了起来，半右卫门赶紧出去看。乳娘手指着兰花丛中，高声喊着：“快看快看！”

半右卫门走到兰花丛边一看，是一只大大的蛤蟆，这蛤蟆的左脸受伤了，两只前爪捂住伤口。这蛤蟆半右卫门并不陌生，它一直住在他们家的院子里，大家都把它当作是宅子的守护神，时常喂它东西吃。

乳娘看它受伤，难过地说道：“真是可怜啊，这是被人砍了吗？太可怜了啊……”

半右卫门不由得害怕起来，自己砍伤的妖怪恐怕就是这只蛤蟆了。

原来，这只蛤蟆居住在半右卫门的家中，受到家人的照顾，为此心怀感恩，这一次家中突发急事，蛤蟆为了报恩，变成乳娘的模样翻山越岭去通知半右卫门。

半右卫门明白了事情的真相后，将蛤蟆的尸体葬在了院中，搭了一个小小的祠堂来供奉它，人们都称它为“蛤蟆神社”。

在明治维新之前，这里仍有香火，维新之后蛤蟆神社附近被改造成“致道馆”，传说中的蛤蟆神社也就再也没有人找得到了。

吉延之妖

“日本第三大河”吉野川流经一个叫作“本山”的小村庄，这个人烟稀少的村庄坐落在远山中，是由“乡”晋升为“町”的。在重峦叠嶂的山峰里，它显得格外细碎渺小。紧邻村庄，有一座被称为“吉延”的山谷，那里生活着不少体形较大的野兽。按理说，这正是个绝佳的打猎场所，但是，由于山谷中经常有怪事发生，所以，这里向来罕有人迹。

然而，有一天，这座静僻奇异的山谷引来了一位叫半兵卫的猎人。

半兵卫早早从家里出发，怀着紧张兴奋的心情，在黑幕中到达了目的地。

半兵卫是个经验老到的猎人，他到地方之后，很快取出打猎必备的工具，安好铁夹，布置了一番，然后从背包中取出烟草，点燃了火，藏在一旁的石头边，静静地抽着烟，等着猎物上钩。

等了一会儿，天边渐渐露出微光，寒风依旧萧瑟，露水滴落在皮肤上，引出了丝丝的凉意。

温度越来越低，吐出的烟圈也仿佛瞬间要结成霜，猎人点了点烟灰，也不忘放松警惕，四处观望了一下，看是否有野兽出没。

此时，天又亮了些，两颗不安分的小星星挂在云端，越来越低，渐渐隐没下去。光线透过安静的树林。经验丰富的猎人心想，是时候了，于是，他掐灭烟头，取出火枪，摆好姿势，冷静地端好枪，等待猎物的出现。

突然，只听啪的一声，猎人闻声看到，夹子上夹了一条硕大的蚯蚓。这虫子险些被带有锋利锯齿的夹子生生夹成两截，只是挣扎了两下，就不再动弹了。

猎人刚要上前收获猎物，旁边的枯草丛中就爬出了一只土黄色的青蛙，只见它谨慎地靠近夹子，歪着头思索了一番，突然张开嘴巴，将那条肥蚯蚓一口吞下，然后就静静地待在那里，一副悠闲懒散的样子，仿佛等着蚯蚓在自己的肚子里慢慢消化。

突然之间，一条身上带着红斑的小黑蛇不知从哪儿蹿了出来，以迅雷不及掩耳之势，咬住了青蛙的腿，任凭青蛙如何挣扎，就是不松口。最后，它终于把那只青蛙整个给吞进了肚里。

猎人透出难以置信的目光，心里说不上的凉飕飕，此时，一只浑身棕黑的生物突然从山谷上直冲下来。猎人定睛一看，原来是一只野猪。他兴奋起来，把刚才因为放松而放下的火枪重新举起来，调整好姿势。

但是，还没来得及做下一步动作，野猪就一口吞下了那条蛇！

这一幕被猎人看在眼里，冷在心上。真可谓是“螳螂捕蝉，黄雀在后”啊。然而，更令人意外的还在后头，猎人见野猪吃了蛇，立刻拉动火绳，开枪打野猪，可是，枪响之后，虽然子弹明明打在野猪身上，但那只健壮的野猪非但没有负伤倒下，反而大模大样地离去了。

猎人不甘示弱，又第二次拉动火绳，却已经寻不着野猪的任何踪迹了。猎人见一无所获，顿时丧了气，准备收拾东西回家。

他整理好装备，顺着来路，往山脚下走去。没走多一会儿，却被一棵铁杉树挡住了去路，光线瞬间齐齐地隐匿起来，周围变得异常昏暗。一个胡须苍白的老僧人突然从树荫下钻了出来，拦在了半兵卫身前。

“何方妖孽！”

半兵卫抽出腰间的佩刀，朝老僧狠劈下去。这时，令人胆战心惊的一幕发生了——那老僧没有被劈死，反而随即变成了两个，猎人又狠劈了一下，谁知妖僧变成了四个。

老僧大声咒骂几句，在猎人接下来的一顿狠劈中，非但没有被打得临阵脱逃，更是一下出现了十四五个一模一样的老僧。

猎人突然意识到，这妖僧越劈越多，显然这种方法无济于事。于是，他突然将猎刀向空中一划，杀出一个空，决定逃命要紧。

老僧毫不示弱，确切地说，此时，是无数个老僧都齐齐地向猎人扔石头，石头雨一阵大过一阵。猎人见逃跑无济于事，干脆连喊几声“可恶”，反身向妖僧们扑去。

猎人费力地挥舞着刀，愤怒的情绪高涨到了极点，但是，由于山谷崎岖，沿路石头遍布，猎人不时被绊倒，突然，他连手中的猎刀也没抓紧，由于惯性，刀一下子就脱手了。

猎人见状，决定破罐子破摔，他大吼一声，捡起一切可及的物体，没头没脑地砸向妖僧们。说来也奇怪，妖僧们见猎人这样，就像见到了克星一样，消失的消失，逃走的逃走。猎人有了信心，继续抓起更多的东西，快速地扔向妖僧们。

不一会儿，妖僧们竟奇迹般地消失了。

仿佛经历了一个冗长的噩梦一样，半兵卫大口地喘息着，已经没有半点力气了。但是，他依旧保持警惕，为了以防万一，他连续不断地朝外扔着小石子。哪知，那些小石子就像受到外力一般，又向他自己的方向弹回来。

他扔出的石子全都打在了他自己身上！

半兵卫停下手，定过神来，发现自己头上、脸上已经满是伤痕了。

他不可置信地环顾四周，发现自己正站在光线充足的石滩上。他的左手方向，则是水流潺潺的吉野川。

人参精

朝鲜盛产野生山参，在这里，以挖人参为业的人有一个专门的称谓——挖参人。

说起人参，这可是十分滋补的东西，人吃了它可以强身健体、延年益寿。而朝鲜的野山参，功效更加显著，所以野山参在市面上的售价也极高。至于二三十年的老山参，可算是千金难求的极品了。

故事就发生朝鲜一个靠挖野山参卖钱的年轻人身上。

有一天，一个年轻人为了挖野山参进了山林深处。然而他一大早就进了山，直到月升日落都没有找到一棵。虽然有些失望，不过他早就习惯了这样的日子，毕竟野山参十分难得，不会轻易就被找到。眼看着夜色越来越浓，年轻人决定先找个安全一些的地方吃点东西，再睡上一觉，等天亮继续再找。

年轻人边走边寻觅，发现一块大岩石的背后很适合休息，不仅能遮风挡雨，而且十分隐蔽，不用担心野兽来袭。他坐下来吃了一些干粮然后便躺下休息了，这一天走了太多的路，他实在是累坏了。

月亮又大又圆，累了一天的年轻人在巨石背后打着呼噜酣睡。睡梦中，他觉得自己身子一轻，似乎是飞了起来，又觉得身下似乎有什么东西。他心中大骇，赶忙睁开了眼睛一看，自己果然已经不在巨石背后了，而是被一个长毛大怪放在了手心里！

年轻人吓得屏住了呼吸，生怕怪物发现自己已经醒了。寻思了片刻，年轻人决定先观察一下情况。他眯着眼睛打量着怪物，只见它身子极高，约有六米，全身上下都是火红的毛发。年轻人大着胆子往怪物的脸上看去，没想到这个怪物长得奇丑无比，看起来不像人类，但是也不像老虎猛兽，一双眼睛是金色的，在黑夜中发着光。

挣扎？不合适。现在自己正被怪物放在手心里，挣扎只会让怪物一下子把自己捏死。

伺机逃跑？这怪物这么高大，就算是跑也很快就会被抓住。

思前想后，年轻人决定等一等，看一下情况再做打算。心里这么想着，年轻人不敢乱动，静静地坐在怪物的手心上。

说来也怪，那个怪物似乎把他当成乖巧的小婴儿，时不时用手抚摸年轻人的脑袋，小心翼翼地捧着他，怕他受伤一般小心呵护。如果怪物把自己放在地上，那该多好啊。年轻人不由得叹了一口气，这样被放在手里，哪里有逃命的机会。

年轻人想起了自己的老父亲。父亲与自己相依为命，如今一把年纪，就指望着自己能挖点值钱的野山参好换点钱。可惜自己命薄，竟然被怪物抓住，成了盘中餐。估计怪物是想把自己带回它的巢穴，然后再把自己吃掉……自己死了倒也无所谓，可怜自己的老父亲……

然而怪物似乎一点也没有要吃掉年轻人的打算，只是托着他一直不停地走，偶尔低下头摸一摸，看一看他。不知道走了多远，年轻人只觉得已经穿过了一整片的林子，眼前出现了一个巨大的洞穴，冰冷的月光正照在洞口。

年轻人不由得闭上了眼睛，心里大喊道："吾命休矣！"

怪物果然将他带进了洞穴，洞穴里腥臭无比，堆满了各种野兽的尸体、骨头，几乎熏得他喘不上气。年轻人不由自主地颤抖起来，看来自己今后也会和这些白骨一样，被丢弃在这暗无天日的地方。

怪物把年轻人放在了一张类似床的石板上，然后转身在堆满野兽尸体的地方拨动着什么。过了一会儿，它拿着一大片生肉过来，把肉放在了年轻人面前，还用手做出吃的动作。

年轻人看懂了怪物的意思，心里想：难不成是要把我养肥一点再吃？但是面前这块肉实在又腥又臭，吃下去简直是要命的事。

怪物见年轻人没有吃，以为他没有理解自己的意思，又焦急地做了好几遍吃的动作。

年轻人不知道该怎么办，只好低着头沉默。

怪物盯着肉看了几眼，又看了几眼年轻人，似乎恍然大悟一般走出了山洞，在洞口捡起了两块石头，用两块石头互相撞击着。

年轻人在洞里看得出神，不知道这怪物究竟有什么打算，便一直盯着。

不一会儿，洞口忽然点起火来，一个不大不小的火堆燃了起来。年轻人这才看明白原来怪物是在击石生火，据说人类的先祖就是这样生火的。

可是怪物不都是吃生肉的吗？为什么要生火？难道是要把自己烤了？

就在年轻人百思不得其解的时候，怪物转身回到洞里，把他面前的那一块生肉拿到了洞口的火堆上烤了起来，肉的香气慢慢飘进了洞穴中。年轻人心想，这怪物带我回来，还特意把生肉弄熟给我吃，看来不是要吃我啊。

怪物带着烤好的肉回到年轻人的面前，又做了一遍吃的动作示意他吃。年轻人看了看面前烤熟的肉，放心大胆地吃了起来。吃过肉，怪物把年轻人带到了石板边，做出了睡觉的动作。年轻人心知怪物不会加害自己，便按照它的意思，乖乖躺下睡了。

人是躺下了，年轻人却怎么也睡不着。自己大半夜被怪物抓走，可是怪物又不吃自己还弄东西给自己吃，到底是为什么呢？他实在想不通。

天才刚蒙蒙亮，怪物突然走到年轻人的身边，又把他放在了自己的手掌上。年轻人吓了一大跳，但也不敢反抗。怪物一手带着年轻人，一手拿着洞穴里的弓箭向外走。不一会儿，他们就到了一个悬崖边上，这里有一棵高大的树。怪物把年轻人放在了树上，似乎是怕他从树上掉下来，又弄了许多藤蔓把他固定在树上。

年轻人见到这样的阵仗，一下子慌了神：原来这个怪物是喜欢射箭？原来它是要把我射死啊！

年轻人闭上了眼睛，等着自己被箭射中。然而他等了好一会儿却没有动静，只听见似乎有虎啸声由远及近。年轻人睁开眼睛，吓了一大跳：竟然来了一大群老虎，此刻正在他所在的树下盘桓着，随时都准备扑上树来！

年轻人顿时绝望了，看来自己注定是要葬身虎口了！

正在这时，忽然嗖嗖嗖传来弓箭的声音，老虎们应声倒下，围着树的老虎们见状立刻四散逃命。年轻人仔细一看，怪物背着弓箭从一边的岩石背后走了出来，只见它小心翼翼地解开年轻人身上的藤蔓，再一次把他抱在自己手中，亲昵地拍了拍他的脑袋，然后把射杀的老虎捆成一捆，拎着往山洞走去。

回到洞中，天已经亮了，怪物又重新生起火堆，给年轻人烤了一大块老虎肉，自己待在一边吃起生的老虎肉来。年轻人和怪物一起吃着肉，心里算是明白了几分：怪物把自己抓来，应该是为了把我当成捕猎的诱饵，只要我乖乖听话，它应该不会杀我。

想到这里，年轻人舒了一口气，自己能活下去是最好的了，只要还活着，总有机会逃离这个怪物回家去的。

第二天，天还没有亮，怪物和前一天一样把年轻人抱了出去，猎杀了不少野兽回来吃。就这样，日复一日，年轻人完全找不到可以逃跑的机会。时间过得越久，他心里越是想家，成日惦记着自己的老父亲。

一个多月后，年轻人终于忍不住了，他主动走到怪物的身边，用手比画着下山，满脸泪水。

怪物盯着年轻人看了良久，微微点头，似乎是明白了他的心意，便又一次把年轻人抱了起来，恋恋不舍地摸了摸他的脑袋，然后大步向山下走去。走了差不多一整天，夕阳落山的时候，怪物带着年轻人终于走到了山下，他小心翼翼地把年轻人放在了地上，然后从自己的胸口拔下了几根红色的毛递给他，然后挥了挥手，转身回到了山里。

年轻人惦记着家里的父亲，头也不回地跑回家中。等到他回过神来，发现怪物送给自己的那些红毛，竟然都变成了又粗又壮的野山参。

狐狸精

1

在东京的本乡一带，有一座枳壳寺，商人新三郎就住在这里。他经商为生，去上州购置布料，然后再把购置的布料带回东京出售给小的裁缝店。

某年深秋，新三郎和往日一样前往上州采购，他的妻子阿泷与儿子新一留在家中，家中还有一个嬷嬷照顾他们的起居。

秋高气爽的日子，蚊虫渐渐消失，夜晚还有些微凉，这种天气最容易困乏。夜里，十三岁的新一在屋里躺下睡着之后，阿泷就去了前厅，平时她和丈夫就住在前厅。天气实在宜人，阿泷刚躺下就进入了梦乡，迷迷糊糊之中总觉得身旁好像多了个人。阿泷吓得醒了过来，睁开眼睛一看，只见一个年轻男人躺在自己的身侧，阿泷愤怒起来，伸手想要揪住这个无耻的青年。

“哪儿来的无赖！”

年轻男子原本挨着阿泷睡着，阿泷伸出手刚挨到他，他就醒了过来，笑着起身闪进了黑暗之中。

“到底是谁这么大胆！”

阿泷怒火中烧，朝着男子逃跑的方向追去，可是就这么一会儿的工夫，就连人影都看不到了。

阿泷仔细地在房中找了一圈，全然没有见到有什么人。

“奇怪啊……”

纸门没有任何响动，怎么一个大活人忽然就不见了？阿泷害怕起来了，站在房中喊着嬷嬷。

“嬷嬷！嬷嬷！快醒醒啊！”阿泷大声地呼喊着，她回到被褥边将纸灯高高地举起，想把房间的角落都照亮，可是光线微弱，完全看不到人影。确定前厅里没有闯入者后，阿泷又高喊了两声：“嬷嬷！快来啊！”

在后厨睡觉的嬷嬷听见了阿泷的呼喊，睡眼惺忪地应了一声：“夫人，怎么啦？”

“嬷嬷你快来！”阿泷着急地喊着。

嬷嬷听着阿泷的声音觉得有些不寻常，立马起身拉开了后厨与前厅的纸门，问道：“到底怎么了，夫人？”

“刚才有件怪事！我睡着睡着，发觉有人躺在我边上！我本来想抓住他，可是他一起来就不见了！这房门也没有开过，我怎么也找不见人。”

“哎呀，肯定是附近的什么流氓无赖！他们知道老爷出门去了，所以来调戏您了！真是太不要脸了！这会儿肯定还没跑多远，等我逮到就把他送官去！”嬷嬷一边说着一边就在前厅的各个角落里仔细地找了起来。

但是，不管她怎么找，都没有一点点蛛丝马迹。门窗都关着，屋里的东西也都没有一点移动。

“这到底是怎么回事？我前面才看见有个男人突然跑了呢，怎么就不见了？”

“这……”

阿泷也说不出个所以然，只能让嬷嬷今晚把被褥搬到前厅和自己一块儿睡。

下半夜倒是什么怪事也没有发生，阿泷战战兢兢地睡了一觉。

次日夜晚，阿泷安顿新一睡下之后回到前厅，她担心那个无赖再次出现，因此又把嬷嬷喊来一起睡，嬷嬷就睡在前厅隔壁的房间里。

嬷嬷岁数大了，晚上总是睡不安稳，到了三更的时候，嬷嬷就迷迷糊糊的，有些清醒了，忽然，她听见前厅里有些什么响动。

难道是昨晚那个无赖又来了？嬷嬷透过纸门的缝隙往前厅看去，果然有一个年轻男子躺在夫人的身侧。被褥前的纸灯，刚好照亮了他的脑袋。

“哪里来的流氓无赖！”嬷嬷立刻从被褥中爬了起来，一把将纸门拉开，冲着那个男人扑过去。那个男人一听见动静就飞快地站了起来，逃到左边的客厅里去了。

阿泷被屋里的动静给弄醒了，从被褥中坐起身来。

“夫人！快醒醒！别让那家伙跑了！”嬷嬷拉着阿泷就往客厅跑去，纸灯照亮了客厅。“哎呀，又被那家伙给溜了！夫人啊，您刚才有察觉到什么吗？”

“我一点都没发现，真不知道他是怎么进来的。”

“奴婢也不知道他是怎么来的，只看见是个男人。”

“是那个恶棍又来了吗？”新一的声音响起，他也到前厅来了。

2

到了第三个晚上，大家都如临大敌一般，新一也不睡了，和嬷嬷一起睡在前厅隔壁的房间里，把纸门打开，全神贯注地看着前厅，就等着那个男人出现，然后逮个正着。为了防止意外，新一还把自己的短刀放在了被褥下面。

前厅里一片安静，只有阿泷被褥前的一盏纸灯发出微弱的光芒。新一怕自己会睡着，于是和嬷嬷有一搭没一搭地说话。可是嬷嬷年纪大了，白天干了不少活儿，早就疲惫不堪，没多久就睡着了。新一揉了揉睡眼，死死地盯着前厅，但很快，他也抵挡不住睡意。

“快醒醒啊少爷！不好啦！”

嬷嬷的声音传入新一的耳中，新一立刻睁开了眼睛——一定是那个流氓又来了！

“是那个无赖来了吗？”

“不是不是！是夫人！夫人不见了！”

新一赶紧跑去前厅，被褥里不见人，新一举起了纸灯，前厅里里外外都不见人影。

“是不是去茅房了？”嬷嬷小声地问道。

“可能是……要不然，嬷嬷你去看一下吧？”

“这……夜这么深了，奴婢不敢出去……”

“母亲都不见了还说什么呢？”

“也许夫人就是去茅房了呢，马上就回来了，要不我们等一等？”

“那怎么行？万一出了什么事可怎么办？你要是不肯去的话我就自己去了！”

新一二话不说就冲了出去。

眼见新一冲了出去，嬷嬷也放心不下，便提着纸灯跟在新一的后面。

他们一路走到茅房，新一站在门口喊道："母亲？母亲？"

没有人应答。

"那母亲去哪里了？"新一没有办法，只得先回前厅去。打开纸门，新一一眼就看见母亲躺在客厅的地板上，衣衫凌乱，仰面朝天。

"母亲！"

"天啊！夫人啊！"

总算是找到了阿泷，老嬷嬷和新一都松了一大口气，赶紧跑到阿泷的身旁，伸手想要看看她的情况。

谁知，老嬷嬷刚伸出手去，阿泷就一下子睁开了双眼。

"谁啊！干吗烦我？没看见我在睡觉吗！"

老嬷嬷被阿泷的呵斥声吓了一跳，一双手停在半空，不知道该扶不该扶。

"母亲，你可别在这里睡啊，要是着了凉怎么办？"新一见母亲随地躺着，生气起来，指责的话脱口而出。

"笨蛋！别废话了！别来烦我！不然我可就不客气了！"

阿泷怒气十足地这么一说，倒让老嬷嬷和新一都为难起来：怎么样才能把她带去前厅好好睡觉呢？

正当两个人四目相望不知怎么办才好的时候，阿泷忽然趁他们不注意一股脑儿地站立起来，飞一般地跑进了前厅。新一和老嬷嬷赶紧跟了上去，虽然不知道究竟是什么情况，但是阿泷的样子总让他们觉得有些不正常。

冲进前厅的阿泷飞快地躲进了被窝里，然后掀起被子把自己的头埋了进去："都别过来！都给我滚出去！滚出去！"

老嬷嬷和新一被这突如其来的变化惊得呆若木鸡，谁知没过一会儿，被窝里面就传出阿泷悠长的呼吸声，她竟然睡着了。

老嬷嬷和新一只好也回到里屋睡下，新一却翻来覆去地睡不着，总觉得母亲有些异常。

天亮的时候，阿泷和往常似乎没有什么不同，早早地起床梳洗，然后和新一一起吃了早饭。要说有什么不同，大概就是阿泷总是出神，不知道在想些什么，总是不时地凝视着什么东西发起呆来。新一时刻注意着母亲，心里总有些担心，但是不敢问她昨晚究竟怎么了，忽然就如此生气。

吃完早饭，阿泷一个人回了前厅，呆呆地关上了所有的门窗坐在地上，一动不动，不知在想什么。

老嬷嬷和新一不由得担心起来。

“母亲不太对啊……”

“嗯……是有些奇怪啊，昨晚她就怪怪的了……不过，奴婢一直在想，那个恶棍是怎么进屋里来的呢？门也没有开，窗户也关得好好的……这事儿很蹊跷啊……”

“这究竟是怎么了……”

“少爷啊，奴婢总觉得，这个恶棍……恐怕不是人吧……”

“要不是人，那是什么？”

“少爷啊，如果是人的话，进屋肯定要开门开窗走进来吧……”

“这……要是父亲在家就好了。”

“对啊，要是老爷在家，就肯定能想出好办法了。”

3

过了没多久，老嬷嬷去前厅问候一下阿泷。此时的阿泷躺在地板上，一只手支着脑袋正在打盹儿，老嬷嬷怕打扰阿泷，于是轻声地喊着：“夫人啊……夫人？”

阿泷听见声音，慢慢睁开了眼睛，一看到眼前的老嬷嬷，顿时柳眉一竖：“烦死了！干吗又来烦我！快滚开！”

“是是是，夫人我这就走，奴婢是怕您身体不舒服……”

“怎么还不走！快滚！”

阿泷一脸怒气，完全不听老嬷嬷在说什么。

老嬷嬷只好退了出去，新一正在等着老嬷嬷的消息。

“母亲她现在怎么样了？”

“夫人刚才在打盹呢儿，总还是有些怪怪的……”

“什么地方怪？”

“还是跟昨天夜里一样，一看见奴婢，就生气地让奴婢滚出去……”

“这……那确实是有些问题。”

午饭的时候，阿泷一直待在前厅不出来，老嬷嬷怕她饿坏了，便去前厅看了看。只见阿泷自顾自地坐在地上，似乎在想着什么。

“夫人啊……要吃饭了……”

阿泷抬起头来看了一眼，见来的是老嬷嬷，又继续低着头，看也不看老嬷嬷，怒道：“不吃！”

老嬷嬷发起了愁：“您多少吃一点啊……”

“我说了不吃！”

“夫人，不吃身体怎么吃得消啊……奴婢给您送过来吃好吗？您想吃的时候就吃吧……”

“别废话！我不吃！”

老嬷嬷知道再劝下去也没有什么用，于是默默地退了出去，把准备好的午饭悄悄送到了前厅，放在阿泷的旁边。

“夫人啊，饭菜奴婢帮您放在这里，您要是想吃了就吃一些吧。”

新一的朋友早就来找他一起玩，但是母亲的情况实在堪忧，老嬷嬷去送饭，新一便独自坐在客厅里发愁。

晚饭的时候，阿泷依旧没有出门。老嬷嬷又去前厅请她吃晚饭，可是阿泷只是瞥了一眼老嬷嬷，之后便毫不理睬，趴在地板上，不时地摆动着自己的腿。

老嬷嬷看见中午送过来的饭稍微动了一些，老嬷嬷稍稍安心了一点，问道：“夫人啊，奴婢准备好饭菜帮您端过来了，该吃晚饭啦。”

躺在地上的阿泷看也不看：“不吃！你快出去！别来烦我！”

老嬷嬷也不再多说，放下饭菜便退了出去。阿泷听见纸门关上的声音，悄悄地回头看了一眼，然后坐起来，大口大口地吃了好几口饭菜，然后心满意足地就地一躺，闭上双眼睡着了。只是她不知道，一旁的纸门正隙开一道缝，新一悄悄地注意着她的一举一动。

夜幕降临，新一和老嬷嬷照旧睡在前厅边上的里屋，留心着阿泷的情况。到了十点左右，老嬷嬷已经昏昏欲睡，此时，新一听见前厅里的母亲忽然发出妖媚的笑声。

新一心想，一定是那个男人又来了！新一立刻冲了出去。

可是前厅里只有阿泷，四下里没有第二个人。新一的突然出现，倒是让阿泷怒不可遏。

“浑蛋！你来干吗？非要坏我好事！”

“我是听见了母亲的笑声，以为有什么可疑人物闯进来了。”

“哪有什么可疑的人？别整天就知道多管闲事！”

“可是……我刚刚听见您在笑着……”

“别废话！”

新一无奈地回了里屋，老嬷嬷已经被刚才的动静吵醒了，急切地问新一：“少爷啊，刚才怎么了？”

“刚才我听见母亲在房里笑，于是就冲过去，可是完全没有看见其他人……”

“咦？大晚上的，夫人笑什么呢？”

“我也觉得奇怪，我看……肯定是有什么东西！”

天一亮，老嬷嬷才起床，却看见阿泷已经早早地梳洗完毕。阿泷把梳妆镜和化妆的东西全都搬到前厅里了，此刻正在打扮着。

没过多久早饭就准备停当了，可是阿泷却没有到客厅来吃饭，老嬷嬷没办法，只好再去前厅看看。刚拉开前厅的纸门，老嬷嬷就看见阿泷一个人趴在被子上，似乎正在睡觉。

“夫人，早饭都准备好了……”见阿泷不说话，老嬷嬷又说道，“奴婢再帮您拿过来吧……”

“烦人！别来吵我！”

老嬷嬷没有再说话，只是把准备好的早饭给阿泷端到了前厅。

4

阿泷每天都不出门，只待在前厅里，老嬷嬷和新一只能时时关注她，每隔一会儿就去前厅看看她的情况。

阿泷越来越异样了，连被褥也不再收拾，有时钻进被褥里面蒙着头，有时候则趴在被子上喃喃自语，也从不出门吃饭，饭菜全都由老嬷嬷准备好再端进去。

这一天，老嬷嬷把饭菜给阿泷端了过去，在后厨和新一一起吃着午饭。

新一吃了几口忽然问起："嬷嬷啊，你说到底是什么东西一直骚扰母亲？"

"这……奴婢也不清楚啊，也许是什么妖物吧……"

"妖物？妖物是什么啊？"

老嬷嬷想了一下，压低声音说道："狐狸、猫啊什么的成精了之后就是妖物了，奴婢这几天看夫人的样子，八成是被什么妖物给附身了……"

"啊？是狐狸精吗？"

"哎……奴婢也不清楚啊，要是老爷在家该多好啊。"

"是啊……"

晚饭后，老嬷嬷和新一又说起了这件事，老嬷嬷提议道："少爷啊，今晚我们换一换，少爷你去客厅睡，奴婢睡在里屋，这样的话，不管那个妖物从哪里来我们都能知道了。"

"说得对！那我就去客厅睡，一旦看见那个妖物我就砍死他！"

"好，少爷要是看见有什么可疑的东西就狠狠地砍！"

"我不会手软的！"

就这样，那天晚上，老嬷嬷和新一分守在前厅的两边，把通往前厅的路全堵上了。新一在被褥边点了一盏纸灯，自己仰面朝天地躺着，手中攥紧了防身的刀，刀身藏在被褥中，这样一来，就算有人进来也不会一眼就被发现了。

夜越来越深，阿泷大概是睡了，前厅里没有任何声响。新一仔细地竖起耳朵听着，老嬷嬷年纪大了总是要咳嗽，可是今晚他没有听见老嬷嬷的咳嗽声，只有厨房里有一些响动，听起来就像老鼠在跑动。

过了好一会儿，新一撑不住，开始犯困起来。

就在新一困得睁不开双眼的时候，母亲喃喃自语的声音传入了他的耳中，他一个激灵醒了过来。

"一定是那个妖物来折磨母亲了！"新一这么想着，但是他依旧凝神屏息地躺在被窝中，仔细听着客厅中的声音，然后慢慢睁开眼睛。

没过一会儿，一个黑影出现在他的枕头右边，那是一只灰色的动物。

新一远远地观察着，它身子如同狗，尾巴却非常大，新一紧张地握紧了手中的佩刀，朝着妖物扔了过去。

那只灰色妖物吃痛地低吼了起来，一下子便消失不见。新一的刀落在榻榻米上，他快步上去拾起了刀，四周并没有身影。

就在这时，前厅里的阿泷大声惊叫起来。

“你这个浑蛋！竟然破坏我的好事！浑蛋啊！”

新一竖起耳朵听着母亲的怒吼，低头看了看佩刀的刀刃，刀尖处有一些红色的液体，新一还没办法确定这是油脂还是血迹。不过，新一清楚地知道，自己扔出去的刀击中了妖物，妖物一定受了伤，但是没有死掉。

老嬷嬷被阿泷的怒吼惊醒，在一旁安慰着阿泷。新一隔着纸门听着两人的声音，举着床头的纸灯把客厅的每个角落都找了一遍，但是都没有找到那只受了伤的妖物。阿泷吼叫的声音一点点往客厅靠近，新一怕手中的刀惊吓到母亲，立刻把刀放回了被窝中。

就在这时，阿泷一个箭步冲了上来，拎住了新一。

“混账！你这个混账！竟然破坏了我的好事！”

新一垂着双手不做任何反抗。阿泷就这样拎住新一的衣裳将他骂得狗血淋头。过了没多久，阿泷忽然脱力一般跌坐在榻榻米上大哭起来，用衣袖把自己的脸捂了起来，慢吞吞地边哭边往前厅走。

阿泷走后，老嬷嬷惊魂未定地问道：“少爷，刚才是怎么了？”

“刚才我看见有个灰色的身影在屋中，便把手里的刀扔了出去，打中它后，它就跑了。我看刀上有血，应该是受了伤，不过四下看过了都没有找到尸首，应该还没死。母亲就是这时候开始大喊大叫的。”

老嬷嬷听了新一的话，沉思了片刻，说道：“少爷啊，看来这妖物就是狐狸精了！不过少爷把它弄伤了，估计它不会再来了吧？”

“要是不再来就好了……”

新一又把刀抽了出来，老嬷嬷和新一两个人看了看，又商量了一番。新一决心让老嬷嬷回去继续看着母亲，自己先睡下。

老嬷嬷点点头走回前厅，阿泷正把自己蒙在被窝中，哭得撕心裂肺。

5

新一重新躺回被窝，可是却睡意全无。不多久，马路上就传来了人声，新一快步钻出被窝从后门出去，在院子里仔仔细细地找了一遍，没有发现妖物的血迹。老嬷嬷也起了床，和新一一起找了许久，没有任何发现，她动手把门板全部取下来细细检查，依旧一无所获。

“什么都找不着啊！”

老嬷嬷又把新一昨晚的刀拿了出来，在阳光下仔细地检查起来，刀尖上的血迹已经变暗了发黑了。

“没错了，肯定是血！”

妖物的低吼声再一次浮现在新一的耳边。

“我听见它被砍中之后就吼了一声……”

“受了伤应该不会跑得很远，究竟在哪儿呢……”

新一环顾院中，自己的隔壁是一座小寺庙，自己的后院和寺庙的院子只隔了一道篱笆。篱笆年久失修早就坏了好几处，新一看着篱笆上的破洞，小孩子差不多能钻过去，篱笆后就是寺庙的树林和墓地。

“我去寺庙那边看看。”

新一时常会钻过篱笆上的破洞到寺庙的树林里去玩耍，因此一点都不害怕，轻轻松松钻了过去。

眼前是一片杂乱无章的小树林，还有大片的石碑，各式各样的都有，麻雀站在林立的石碑间叽叽喳喳吵个不停。

新一在石碑丛中转了好几圈，地上落满了枯叶和露珠，却没有一点点的血迹留下。新一叹了一口气，默默回到自家院中。

老嬷嬷一边准备着早饭，一边焦急地等着新一的消息。

“嬷嬷，我什么都没发现……”

“也是，寺庙这种清净地方，怎么会有妖物呢……”

“嗯……”

早饭准备好，老嬷嬷又照旧去前厅看看阿泷，只见阿泷呼呼地睡得正香。

“夫人今天睡得真是安稳啊，一定是少爷你那一刀把妖物给赶走了！”

“真的吗？……”

“晚上我们再看看吧！”

阿泷就这样安安稳稳睡着，一直睡了一整天，看起来似乎平静了许多。老嬷嬷不敢惹她不高兴，就没有多和她说话，早饭、中饭、晚饭都直接端到阿泷的身边，阿泷也会在四下无人的时候偷偷地吃一些。

“今晚我倒要看看那个妖物还来不来！”老嬷嬷说道。

“希望它不要再来……”

“少爷你放心，受了伤了应该不会再来了。”

这天夜里，新一依旧睡在客厅中，老嬷嬷睡在前厅隔壁的里屋中。

新一始终放心不下，依旧把刀放在被窝中以备不时之需。躺在被窝中的新一留心地注意着周围的声音。

午夜时分，新一再也支撑不住，沉沉睡去，睁开眼的时候，天已经亮了。

“少爷，你睡醒啦。”老嬷嬷在新一的身旁。

“啊，天都亮了吗？母亲呢？”

“夫人昨晚很晚才睡，一直坐着出神，不过也没有一个人说胡话。少爷这边有什么动静吗？”

“没有呢，昨晚什么都没来。”

“没错，肯定是妖物被少爷给吓跑了。这样下去，再过几天夫人就会恢复了！”

“可是，那个妖物死了吗？”

“这就不清楚了，不过中了一刀，就算没有当场毙命，也活不了多久吧。”

可是这一天，阿泷还是没有出门，不过比前几天好了许多，始终安安静静的。新一安心了许多，便出门去找自己的好友一起玩耍。

新一的朋友叫阿吉，家里开着鱼店。

“新一？好久不见！最近都在干吗啊？”

“哎，别提了，我母亲被妖物给缠上了！这几天我都守着她。”

“真的吗？什么妖物啊？”

“狐狸精啊！我前天夜里还砍了它呢！”

“骗人，狐狸精怎么可能被砍啊！”

“我没骗人啊！我真砍了它了！”

“砍死了吗？”

“我也想把它砍死啊，可是它一下子就不见了……你说，到底什么办法能把狐狸精杀死呢？”

“这个嘛……我听人说狐狸精变化多端，很难杀死，不过不管什么厉害的东西，狐狸、狸猫什么的，老鼠药就可以毒死了，尤其是石见银山一带产的老鼠药，特别厉害！”

“石见银山产的老鼠药吗？嗯……我家好像有！”

新一心里挂念着母亲，玩了一会儿便回了家。

6

阿泷继续把自己关在前厅里，一天又一天。她一言不发，也没有再做出什么吓人的事来。新一时常拿出自己的刀来，看着上面的血迹，后悔自己没有一刀砍死那个妖物。新一开始不停地想着用什么办法能让老鼠药派上用场。

一天，新一一边想着用老鼠药对付妖物的办法，一边漫无目的地走着，抬头发现自己又到了寺庙的墓地。

现在正是傍晚，夕阳的余晖洒落在林立的石碑间，新一四处走着，忽然看见一块石碑倒在地上，都已经被野草遮住了。

“咦，这么大的石碑倒了怎么没有人扶起来呢？”新一好奇地过去一看，一只像小狗一般的野兽趴在石碑上，它的面前是一本小小的簿子。

“这是什么？”新一惊呼一声，野兽听见声音，飞快地逃跑了。

“它难道也认识字？”新一走上前去把簿子捡了起来。

这簿子只有三页，浅蓝色的字迹写着一排排的名字：阿高、阿雪、阿花……

新一一排排看下去，这些似乎是名字，大概有三十几个，这些名字的前面还有一个三角的符号。

新一的目光落在了最后一个名字上：阿泷。

“阿泷……好熟悉的名字啊……”

新一反复地念着这个名字，忽然想起，这就是自己母亲的名字啊！新一顿时后悔起来，刚才这只野兽，一定就是那只骚扰母亲的野兽！自己竟然没有发现，还让它当着自己的面跑了！

新一攥着簿子在墓地一通乱转想要找到刚才那只野兽,可是,哪里还有它的影子。

“早知道就用石块砸死它了！哎……还是用阿吉说的办法，用老鼠药来对付它吧！不用和嬷嬷商量了，我自己来！”

新一把妖物的簿子揣进怀里回到家中，刚一进门就听见有人说话的声音。

“是有客人吗？”新一这么想着，走进屋里一看，原来是父亲回来了。这会儿，父亲正和老嬷嬷一起说着话。

“父亲！”

“新一！”

新一开心地坐在父亲身边，新三郎此时已经从老嬷嬷口中知道了阿泷被妖物纠缠的事。

“新一，你现在都可以斩杀妖物保护你母亲了啊，真是长大了！”新三郎怜爱地摸着新一的头，“放心吧，这妖物是不敢再过来了！它要是再来，我就去请除妖人来除妖！”

新一本想把自己刚才在墓地撞见了那只狐狸精的事告诉父亲，但是他不敢这时把计划说出来，免得有什么变故。

“我先去看看。”新三郎径直往前厅走去，只见阿泷正仰面朝天地躺着，被子只盖在脚踝上。

“阿泷啊。”

阿泷听见声音，幽幽地睁开眼睛看着新三郎，但是什么都没说，反而翻了一个身趴在被褥上。

“还是觉得不太舒服吗？”

阿泷不搭话。

“你还没有看清楚吗？算了，你好好休息吧。”

新三郎回到客厅中，老嬷嬷和新一还在等着他。

“还没有好。”

“夫人她……”

“她看见我就翻了个身，不愿看我，也不愿跟我说话。”

“哎，夫人现在已经安稳多了，刚开始的时候每天都闹得凶呢！”

“是啊，母亲就跟疯了一样。”

老嬷嬷准备了饭菜，然后给阿泷送了过去，新三郎和新一在客厅一同吃饭。老嬷嬷送饭回来后喜滋滋地说道：“夫人真的是好多了，奴婢送饭过去她就立马吃了起来。”

这天晚上，新三郎与新一一起睡在前厅隔壁的里屋中，老嬷嬷则守在客厅里。阿泷安安静静地待在前厅，不声不响。

第二天一早，新三郎便再去前厅看了看阿泷。阿泷起身去了茅房还没有回来，新三郎便在屋中等着她。

“舒服一些了吗？”

阿泷抬眼看了看新三郎，一声不吭地躺在了被褥上。

“是身子不舒服还是不认得我了？”

“懒得说话而已。”

“好吧……不舒服的时候确实不怎么想说话。你休息吧，我带了上州的特产，等你好了我们一起吃。”

阿泷依旧躺着，再不多说一个字。

7

刚入夜的时候，月亮挂在空中异常明亮，新一趁着月色溜达到了寺庙的墓地中。晚饭的时候他告诉父亲自己要去阿吉家玩耍，四处逛了一圈才到墓地里来。

新一的怀里藏着自己的刀，还有一些老鼠药。他一直想着用老鼠药毒死狐狸精的办法，可是实在想不出有什么好机会。

各种虫子的鸣叫声在草丛里响成一片，林立的石碑在月光下安静肃穆。新一轻手轻脚地穿梭在石碑中，注意着石碑间的动静。

不远处，有声响一点点靠近。

新一立刻停了下来，仔细地听着，那似乎是脚步声。可是，会在这种月夜出现在墓地的，一定不是什么好人，要是被人发现说不定要惹上麻烦。

新一这么想着，矮身蹲在石碑后。

脚步声越来越近，新一在暗处偷窥着。只见来的是一个二十多岁的年轻男人，眉清目秀，十分英俊。他的腰间没有佩刀，看起来也不像是强盗。

新一观察着，实在猜不出他是什么人。

年轻男子坐在杂草丛中一动不动。新一更加好奇起来，忍不住继续观察着。

忽然，又是一阵脚步声由远及近地传来。

“咦？难道是在这里约会吗？”

刚来的似乎是年轻男子的仆从，手中似乎拿着什么东西。仆从样的人和年轻男子低声地交谈着，新一在一旁竖起耳朵，却什么都没有听到。

交谈了片刻，他们开始吃东西了，一边吃一边聊着。

新一蹲了许久，身子忍不住晃了晃，就在这时，眼前突然来了两阵妖风，坐在前方的两个男人都消失不见了。

新一被眼前的景象吓了一跳，他四处看了看，全然没有那两个人的身影。

“一定就是狐狸精！”新一立刻走到刚才两个人坐着的地方，地上还有许多的鱼骨头。新一看着眼前的鱼骨头，顿时心生妙计。

回到家的时候，老嬷嬷已经铺好了被褥，父亲带着新一在里屋睡。前半夜风平浪静，后半夜的时候，前厅的阿泷忽然娇笑了起来。新三郎听见阿泷的笑声立刻被惊醒了，他从老嬷嬷的口中听说过阿泷的怪状，一定是那妖物又来了！

新三郎提着纸灯冲进了前厅里，可是被褥摊开着，前厅里全然没有阿泷的身影。新三郎焦急地四处寻找，就在打开回廊纸门的时候，纸灯照到了阿泷的身影。

阿泷半裸着上身，躺在回廊上。

“阿泷，你怎么了？怎么睡在这里？要着凉的你知道吗！”

“跟你有什么关系！滚开！混账东西！快滚开！别烦我！”阿泷又怒气冲冲地喊了起来。

“快回屋里去啊阿泷！听话啊……”新三郎心想，阿泷一定是病得糊涂了，便一直耐心地劝着。

“滚开！你怎么这么烦啊！还不滚！”

“只要你进屋睡，我立马就走，阿泷，快进屋吧……”

“真是废话！不要跟我说话！”

“阿泷，我不会让你睡在这里的啊，你身体不好就应该好好休息啊……”

“你待在屋里我怎么进屋去？混账！我就待在这里！”

“我马上走还不行吗？阿泷，快进屋吧……”

“真是烦人！”阿泷忽然一跃而起，使劲往新三郎身上撞过去，新三郎吓了一跳，下意识地闪到一边。

阿泷跌坐在被褥上，忽然大哭起来。

“好痛苦啊！好痛苦啊！你为什么要缠着我、折磨我啊！”

里屋的新一被吵醒了：“父亲，那个狐狸精又来了吗？”

“八成又是那家伙！”

第二天一早，新三郎就出门去请除妖人来家里除妖，新一则一个人出了门，买了一些豆腐皮，然后抹上石见银山的老鼠药。

准备好这些之后，他将豆腐皮放在了墓地石碑处。

这天夜里，阿泷安安稳稳地睡着，大家都松了一口气，心想，除妖人实在是厉害。

天刚亮，老嬷嬷便起床打开了后门，只见一只死狐狸躺在后门口。新三郎立刻来到后门，果然是一只狐狸死在了门口，尾巴上还有一道刀伤。

新一闻讯，笑眯眯地起了床。

又过了十多天，阿泷的病完全好了，新一逮到狐狸精的事情也传遍了附近。连住在附近的武士都特意请新一给自己的孩子当贴身侍卫。

爱捉弄人的狸猫

很久以前，有一位年轻气盛的武士，他满怀抱负，有极强的剑术，特别疾恶如仇。武士听附近的村民说山上有一只狸猫特别爱捉弄人，便上山准备除去这只狸猫。

武士往山上走着，忽然，他看见一个穿着考究和服的女子正朝他走来。武士觉得特别奇怪：在这偏僻山林里，在附近看到采药割草的女孩子很正常，可是穿得这么华丽在深山中走，就不太对劲了吧？慢着……难道这是那狡猾的狸猫变的？

武士边思考边盯着这个女子看。这个女子虽然温文尔雅，但是在这山林里走路一点都不像大家小姐那般小心翼翼，仿佛毫不在乎这山中的荆棘密布，杂草丛生。嗯，肯定不会错，这绝对是狸猫变出来的，耍花样的！

女子肤如凝脂，面若桃花，朝武士微微一笑，并慢慢地移步朝武士靠近。武士面色平静，也朝女子微微笑着，等着女子走近。

这美丽女子已慢慢走至跟前。武士突然拔出自己的佩刀，手起刃落，女子便被他砍倒在地，惨叫一声后，便香消玉殒了。

武士虽然之前判断这是狸猫，但是终究还是不那么确定。他很慌乱，因为他看到地上的尸体真的是个女子，不是狸猫。假如他真的砍了人，那他以后在江湖还怎么混？大家肯定会嘲笑他，讥讽他，鄙视他！真的要是这样，那他自己也只有去死了。

武士远远地呆呆地看着地上的尸体，这时，他看到有三个丫鬟飞奔过来。武士感到疑惑，不知所措。丫鬟们看到武士便上前问：“请问大人，可有见过我家小姐？她长相貌美，穿着华服。”

武士一听，心里更加慌乱了：我的天，完了！这仨人肯定在找我杀死的那个女子！他吓得都不敢动了。

“我的天！小姐！我的小姐啊，你怎么了？”

其中一个丫鬟发现了她们小姐的尸体。她扑上去，抱着女子的尸体大哭。其他丫鬟闻声也哭了起来，很是悲恸。

武士整个脑袋一片空白，只能呆呆地看着。一个丫鬟瞧见了武士手上的带血的刀，狠狠地抓住了武士握刀的手，大吼道：“我家小姐从不与人结仇，她与你往日无冤，近日无仇，你为何要杀她，为何如此狠毒？”

丫鬟如此一吼，武士已经因为杀错了人内疚自责不知道怎么办了，刀都拿不起来了。忽然，他又听到一阵脚步声，特别急。不一会儿，一个穿着打猎服的武士从远处赶来，身边还跟着五六个侍卫。

“老爷，老爷过来了！”抓着武士手的丫鬟大喊。

丫鬟口中的老爷听到了丫鬟的喊声，立马跑过来。不得了，这个人竟然是当地的国王！

“怎么回事？”国王问。

“呜呜呜呜，小姐……呜呜呜呜呜……小姐被这个恶贯满盈之人杀害了！”

“什么？杀害了？”

国王看到地上的尸体，勃然大怒。这个武士被国王的气势吓到了，顿时觉得腿软，扑通一下就跪地上去了，嘴里不断求饶。

“大胆狂徒，我未与你结怨，你为什么要杀害我的女儿？”

“是……是我一时不小心，我被骗了……”

“你告诉我，谁骗你杀害我的女儿！你老实说！”国王说话还带着哭腔。

“小的听说这山上有害人的狸猫，小的……小的只是想帮忙除去狸猫这个祸害。”

“你这浑蛋！浑蛋！你瞎了吗？连人和狸猫都不认识？丢人！你还配当武士吗？有脸当武士吗？我要杀了你，砍了你的头好祭奠我惨死的女儿！”国王手握随从递过来的刀，摆出一副要立马杀死武士的样子。

武士见此情此景，心想：唉，死了也好，死在女子的爹手里也好，至少还能为自己的过失赎罪。

于是他咬着牙，一脸赴死的样子。

国王正要下刀，只听到远方有人喊："刀下留人，刀下留人，且慢！"

无巧不成书，这个喊"且慢"的，竟然是国王特别尊敬的得道高僧。

"老衲不知道这武士到底犯了什么罪，但是上天有好生之德，请国王看在老衲的面子上，饶了他……"高僧连忙劝解道。

"他害死我的宝贝女儿，怎么饶恕他？但是……既然大师您要我饶了他，我就……饶了他吧。"

"善哉善哉！老衲替这个年轻人谢谢国王了。不如老衲收下他为徒弟，让他皈依佛门，日日诵经，好超度小姐。"高僧向武士说道，"国王他愿意放过你，足以显示他的慈悲心肠。从今天起，你就拜我为师，皈依佛门吧。"

武士实在没有想到这种紧急关头会有如此好运有人搭救，他高兴极了。他特别感谢高僧，于是拿出小刀，一把连根割下辫子……

这时，恰巧一个村民路过，把年轻人推醒。

惊醒过后，武士万分惊奇。因为这时他双手合十，端坐于草地，旁边，还有他亲手割下的辫子……

青赤鬼之死

自从前不久老爷爷过世，老奶奶便独自一人住。她并不是没有其他亲人，只是……

午后，老奶奶独自吃过饭，在院子里采了一些菊花和紫菀花，准备去寺庙的墓地看望自己过世的丈夫。毕竟年纪大了，老奶奶进出屋子时都不得不先搬动自己的一条腿，再换另一条腿。老奶奶将野花细心地扎成一束，费劲地从回廊走进屋里，换上一身出门的衣服，将服丧的黑色腰带系在腰间。

这时候，侧门传来一阵细细的脚步声。

老奶奶有些担心，如果来了客人，就得仔细招待。这样的话，就不能及时赶去扫墓祭拜了。

她转身一看，发现一个年轻的妇人背着一个小婴儿，站在院子的柿子树下。

原来是孙女啊！老奶奶松了口气。

孙女背着孩子，提着一个小篮，看见老奶奶穿着出门的衣服，便问道：“您这是要去上坟吗？”

老奶奶边往外走边回答说：“前两天都下雨，没办法去，今天总算雨停了，我得去扫墓看看。”说着走到孙女的身边，看了看小婴儿，孩子呼呼正睡得香甜。

“刚才他还醒着玩呢。我今早挖了一些芋艿，送一篮过来给您吃。”孙女边说边把手里的篮子递过去。

老奶奶接过篮子看了一眼，里面的芋艿已经细细清洗过，新鲜又干净。

“真是太好啦，谢谢啦。晚饭的时候我就煮起来，给你爷爷供上，篮子就先放在我这里吧。”

“好，那下次我再来取篮子。”孙女背着小婴儿慢慢坐在了回廊边，“奶奶您现在是急着出门吗？我有几句话想跟奶奶说。”

老奶奶以为孙女出了什么大事，赶忙竖起耳朵仔细地听，一脸严肃地看着孙女。

“其实也没有别的事，就是特别担心奶奶。爷爷去世这么几天了，您始终不肯搬来和我们一起住，作造觉得奶奶是不是对他有什么不满，所以不肯搬过去同住，所以让我来问问奶奶，要是作造有哪里做得不好或者做得不对，奶奶您就说出来吧，他一定好好改正。”

“傻孩子，我总会搬过去一起住的，除了你和作造，我哪里还有亲人啊！只是因为老人总说，人死之后有四十九日祭，这段时间里魂魄仍旧在家中生活着，所以我想等四十九日祭后再过去，老头子离开了家才好。等四十九日祭过去，我们再商量搬家的事情吧。我对作造可没有什么不满啊。”

“那四十九日祭结束后，您就搬过来和我们同住吗？”

“不着急，到时候再商量吧。我现在身体啊还挺好的，行动也算便利，一个人住自由些，想做什么想去哪里都方便。”

“可是奶奶您毕竟年纪大了，一个人哪里照应得过来，我们在家每天都担心您的安危。”

“这年头有什么好担心的，家里稍微值钱的物件，我都交托给本家寄存了。你和作造住得离我也很近，就算我身体不舒服了你们过来也很便利。要是我出了什么事，邻居也会给你们传话的，就不要多担心啦。”

“虽然您说的是有一些道理，但是我毕竟是您的孙女啊！奶奶您老这样一个人住在这里，别人看见了都在背后指责我们这些后辈不孝呢！所以，等四十九日祭一过，您就和我们一起住吧。”

“搬不搬其实也差不多啦……”

“您还是搬过来吧！”孙女说着看了一下天，“再迟一些去墓地的话要晚了吧，奶奶我陪您去墓地吧，正好顺路回家去。”

老奶奶一看，确实，这个点还不出发的话，等下回来天就完全黑了呢。于是，她赶紧拿起早先扎好的花束，和孙女一起走了出去。

夕阳落山的时候，老奶奶回到了家中。下了两天雨，她的脚又水肿起来了，走路时右小腿疼得厉害。老奶奶叹了口气，走进后门打算喝杯凉茶，然后把芋艿拿来做晚饭。

刚走进后门，她看见地上有一碗玉米糕，里面盛着几块糕。

“这是……”老奶奶仔细想了想，“难道是本家的大小姐差人送过来的吗？可是大小姐昨天才差人送了糯米团子给我，今天应该不会再送糕点过来了吧？或者是大树下的老婆婆送来的？可是扫墓回来的时候遇到老婆婆，她完全没有提起这个事啊。难不成是住在对面的妇人？可是现在农忙时节，她们哪有时间做糕点啊……”

老奶奶想了一圈，实在想不出这玉米糕是谁放在这里的。

“还是不想了，过几天就知道是谁放在这里的了，等到那时候我再好好道谢就是了。先给老头子供上吧。”老奶奶端起地上的碗，放在丈夫的灵位前，然后重新走进厨房，喝了一些凉茶，好好休息了一番。

腿上的肿痛慢慢淡了下去，老奶奶站起来，点上蜡烛给自己准备晚饭。

老奶奶煮好芋艿和热茶，先盛了一碗放在丈夫的灵前，然后往油盏里添了一些灯油，点燃了油灯，慢慢地念起经来。死去丈夫的音容笑貌顿时又浮现在自己的脑海之中。

念完一轮经后，老奶奶抬头看见了玉米糕，本想拿来吃，但是转念一想，还是睡前吃比较有味道吧。于是她再次走进厨房，慢慢吃了晚饭。

晚饭过后，老奶奶慢吞吞地收拾好碗筷，回到房间中拿出角落中的麻叶，细心地搓起了麻绳。

不知是不是上了年纪的缘故，老奶奶这几日总是不时地就要去茅厕。简陋的茅厕中飞虫嗡嗡作响，秋风阵阵，让老奶奶想起过去的日子。

老爷爷还在世的时候，两个人相互做伴生活在这里，尽管生活在一起已经多年，但是老爷爷仍对老奶奶厉声相向，成日里不停地说着“休妻”两个字。记得有一次，老奶奶因为一些要紧事赶回娘家去，天黑才回到家中，推开门便看见老爷爷正生气地喝着酒。

“谁准你回娘家去的？”老爷爷劈头盖脸就是厉声责问。

老奶奶没有说话，老爷爷更是火冒三丈：“你已经嫁给我就算是我的人！没有我的允许，绝对不可以回娘家去！自作主张回娘家，像什么话！”

“你说出这种话来才是不像话！我才懒得跟你说。”老奶奶回嘴道。

老奶奶一顶嘴，老爷爷更是怒火中烧，一把摔了碗筷，怒气冲冲地喊道：“休妻！”

其实也没有多少美好的回忆，大多都是令人不快的记忆。又一次去茅厕的时候，老奶奶下意识地抬头看看天，星星渐渐隐去，时间已经不早。

老奶奶回到房间，整理好被褥准备休息，临睡前忽然想起了玉米糕。可是晚饭已经吃得很饱了，哪里还吃得下。

“那就明早吃吧，这种天气玉米糕也不容易变坏。”老奶奶这么想着，吹熄了油灯准备好好睡一觉。

忽然，门响了。

“开门！快开门！”有陌生人的声音从外门传来，门被敲得咚咚响。

“会是谁呢？听声音似乎不是邻居或者熟人，难道是传令官来了？”老奶奶一边走去开门，一边思索着。

等到她打开门，两个奇怪的身影正站在门口，一个穿着一身青色衣服，一个穿着一身红色衣服，手持长长的武器，把老奶奶吓了一大跳。借着微弱的烛火，老奶奶抬眼望去，只见青色衣服的人整个脸都是青色的，另一个红色衣服的人整个脸都是红色的，简直和地狱中的“青鬼”“赤鬼”一模一样！这可了不得了！

“老人家别怕，是你死去的丈夫让我们来找你的。”赤鬼安抚道。

“我们还是进屋说吧！”青鬼迫不及待地跨进了门框。

老奶奶被吓得不轻，晕晕乎乎地让他们进了门，远远地跟在他们后面进了屋。

走到供奉老爷爷灵位的房间，老奶奶再也没有力气走了，一下子瘫坐在了灵位前。

青鬼说道：“我们来自地狱，你的丈夫活着的时候作了恶，被阎君重重责罚。他受的折磨实在太多，我们不忍心看他如此痛苦，因此向阎君请求减刑。但是阎君认定他必须受重罚，除非他的家人愿意花钱赎罪，所以我们才从地狱来到你这里。你只要拿出五十两，你丈夫就不用受重刑了！”

老奶奶一听丈夫在地狱受刑，不由失声痛哭起来。

“有有有！我马上去拿钱来！”

“那可要赶紧，天一亮我们就要走了。”

老奶奶拖着双腿往门口走去：“我这就去拿钱！马上就回来！你们一定要救救老头子啊！”

“老人家，我们可是地狱使者，你可别向人透露我们的来历，否则我们立刻消失。你只需拿钱来交给我们便可！”赤鬼疾言厉色地吩咐道。

老奶奶点头似鸡啄米，急急忙忙往本家跑去。

两只鬼在黑暗中仔细倾听，确定老奶奶离开房子去取钱，才放下手中的兵器。

“这老东西上当了吧？”

“看来我们的计谋成功了！”

“先休息一下，等她拿钱过来就好了。”

于是两只“鬼”坐了下来，摸索着摘下了脸上的面具。原来，这两个根本就不是什么地狱使者，而是两个年轻人！

见屋里没有别人，他们开始四处打量起来。很快，他们便发现了灵位前供着的玉米糕。

扮青鬼的年轻人从灵位前的碗里拿了两块玉米糕出来，一块递给了扮赤鬼的年轻人，一块放进了自己的嘴里，吃了起来。

老奶奶心急火燎地赶到本家，急切地央求他们帮她取五十两钱，然后又急急忙忙往家里赶去。本家的亲戚见她大半夜来取钱，心里有些不放心，便一路跟着过去。

哪知道老奶奶一到家就发出可怕的叫喊声，亲戚立刻冲了进去。

屋里的光景恐怖至极，两个穿着奇怪衣服的年轻男人倒在灵位前，口中鲜血直流，面目狰狞，已经横死。他们扮鬼的面具还放在各自附近。

大家才弄清楚，原来这两个赤鬼和青鬼是附近两个嗜赌如命的年轻人，他们偷了表演鬼怪的服装道具，想要吓唬老奶奶来骗钱。那碗放在后门口的玉米糕是这一带的一个恶棍放的，他想要毒死老奶奶然后窃取钱财。两个骗钱的年轻人误打误撞吃了恶棍下毒的玉米糕，命丧黄泉。

弄清楚事情的真相后，官府立刻抓住了那个恶棍，把他处死了。

天还没有亮，老奶奶再也坐不住了，立刻搬去孙女那边与她同住。

惊魂夜

寒冬腊月的某天夜晚，一个农民一边抱怨着鬼天气，一边在被窝中缩紧了身子取暖，正当他昏昏欲睡之时，门外突然响起了声音。

“敢问施主，可否行行好，让贫僧借住一晚？天色已晚，贫僧的脚受伤了，实在无法继续赶路。还请大发慈悲，给贫僧一个落脚之地，让贫僧歇息一晚。”

原来是一个行脚僧，听声音对方已经很疲惫，但农民实在不想起身给对方开门，于是默不作声，觉得对方一会儿就会自行离开。

谁知，等了好一会儿，那行脚僧并没有要离开的意思。农民烦得很，只能没好气地说道：“对不起，你还是去别家问问吧。”

哪知，这行脚僧依旧不急不慢地恳求农民留下他。“施主有所不知，现在室外已经漆黑一片，贫僧又有伤在身，想要去别家借宿实在是有心无力……贫僧知道此举着实给施主带来麻烦，但是……”

农民实在不想再费口舌，不情不愿地起身开门。

他十分不快地打开房门，直言就算自己让对方进屋，也不能好好招待他，别说好吃好喝的，连被子都没有。

那僧人也不生气，连连感谢，称自己有个落脚的地方就好。

此时屋内的地炉几近熄灭，即使在室内也非常湿寒，也没有油灯，十分昏暗。那农民懒得招待僧人，自己径直走回卧室就寝。

虽然内心十分不悦，但农民对行脚僧又很好奇。他钻进被窝，从门的破洞中偷窥起僧人的一举一动……

然而，接下来发生的事让农民几乎惊呆了。只见那僧人将手伸向地炉中，突然间，客厅变得十分敞亮。原本微弱的火苗如同长在了僧人的五指上一样，变成了熊熊烈火。

农民被眼前的景象吓得发不出声，然而，更惊奇的画面还在后面。

亮如白日的客厅里，僧人居然将左手的拳头伸进了鼻孔中，他的左臂犹如一条蜿蜒的蛇，随着拳头缓缓进入鼻孔之内。过了好一会儿，他才将手臂抽出，紧接着，竟然从鼻孔中飞出了不计其数的小人，密密麻麻，尤为瘆人。小人体态娇小，比人的手指稍微长一些，待所有小人都站稳后，僧人下巴一抬，像是在做什么法事一般，小人整齐划一地开始“耕作”，他们拿出锄头，在原本空无一物的榻榻米上农耕起来，榻榻米竟然变成了水田。随后，小人开始在水田中插秧。秧苗发育得很快，转眼间，水田里满目稻穗。小人们马不停蹄地开始割稻子、去稻壳，筛出了白花花的大米。

小人的工作终于完成，僧人一口气将他们悉数吞下，随即又转向院子，对着灶头上的锅和水桶说起了话，指挥它们“过来”。

说来也怪，锅和水桶竟然有如神助般“走”了过来。

僧人将之前收好的大米和水桶里的水都倒入了锅中，吊在钩子上，挂在地炉上方。紧接着，他居然开始“自残”，他手持柴刀，对准自己的双腿不停地砍着，并把砍下的腿扔进炉火中，仿佛他的双腿是一根根柴火。

眼看地炉中的火越烧越旺，锅中的大米不一会儿就煮好了。此时，僧人的双腿上都是血，然而他却像感觉不到疼痛一般，非常淡定地吃着煮好的米饭。

吃过饭后，僧人喝下一口水，含了一会儿后，朝着地炉喷了出去。说时迟那时快，地炉居然变成了一个池塘，真可谓是“接天莲叶无穷碧，映火荷花别样红”。荷叶上，竟落着数只青蛙在呱呱叫。

看到这里，那农民已经吓得魂飞魄散，好不容易才镇定下来。他从后门偷偷溜出去，去找其他村民帮忙。村民们听罢这农民的描述，纷纷笃定那僧人是个妖怪，拿起棍子、锄头等农具，准备去捉拿那妖怪。

然而，当大家悄悄走到这家时，却发现农民的房子和平时并无二样，而那行脚僧已经睡下，呼噜作响，貌似睡得很沉。

农民们商量，不如就趁他睡着时捉住他。于是，十多个五大三粗的壮年一起扑向那僧人。

这时，僧人醒了，他也不做挣扎，只是看了看周围的人们，可转眼间，竟像一只鱼一般，滑走了。

农民们立刻抡起手中的农具，想要捉拿这僧人，无奈却不是他的对手。在小小的屋子里，僧人行踪诡异。嘈乱之中，角落里的大酒坛轰然倒下，僧人瞬时钻了进去。

农民们见状，立刻盖上了酒坛的盖子，企图把僧人封在其中。突然有人提议把酒坛搬到衙门去。哪知道，话音刚落，酒坛就地滚了起来。于是人们商议，不如把酒坛砸了。

当人们七手八脚地砸开酒坛时，屋子里发出爆炸般的巨响，酒坛砰然裂开。村民们向四周散开，却惊讶地发现酒坛里空无一物，神秘的行脚僧，早已不知去向……

白纸神的传说

在茨城和千叶的交会处，有一个地方叫利根川。在这里，河流奔腾着汇入大海，过去的利根川是鲑鱼洄游的必经之路，每年都会有成千上万的鲑鱼顺着河水逆流而上，回到它们的出生地去。

事情就发生在鲑鱼成群的年代，也就是在铫子附近。

穷渔夫和妻子紧巴巴地过着日子，上顿不接下顿的日子让他们备受煎熬。然而他们心中还残存着一点希望，那就是鲑鱼结伴逆流的鱼汛。好不容易熬到了秋天，秋风渐起，天气一点点凉爽起来，大朵大朵的云彩在天空中飘浮着，他们殷切期盼的鱼汛马上就到了。

穷渔夫打起了十二分精神，每天仔细地观察着河水的变化，然后勤勤恳恳地把渔网一点点编织修缮起来，每一个细节都不放过。

终于，渔夫凭借自己多年的经验定下了下网的日子，他和妻子都按捺不住心中的激动。

天渐渐黑了，穷渔夫的妻子做了一顿平常都舍不得吃的荞麦面，然后又拿出了庆祝用的好酒，打算好好饱餐一顿，等第二天天一破晓就下网捕鱼，成败就在此一举了。

喝了些酒的渔夫有些得意忘形，今年他再三观察和比较，才定下了最佳的下网时间，其他的渔夫八成还在等着。这一次他十分有把握，不需要再等几天，明天一定是最好的日子。

他的妻子端坐在他的身边，安安静静地吃着面，穷渔夫已经想象着明天满载而归的情形，忍不住笑容满面。

“你可别高兴得太早，你能保证明天就一定能捕到吗？”妻子冷静地打断了穷渔夫的幻想。

“放心吧，都这么多年了，我不会看错的！肯定就是明天，你只管等着收大鱼吧！”

“可是明天也太早了啊，这么早就下网，鱼群还没来吧？”

“早什么早！去年也比前年早啊！”

就在夫妻二人争论不休的时候，门口忽然响起了敲门声，两人停下争论往门外一看，是一个穿着深色衣服的僧人。

穷渔夫看了看僧人，吩咐妻子盛一碗荞麦面给他。妻子依言将面递给了僧人。

僧人礼貌地接过了面，在回廊处坐了下来说道：“施主啊，杀鲑鱼可是杀生啊，杀生是造孽啊！”

穷渔夫听见僧人的话，说：“可是，像我们这样的穷人，不打鱼我们吃什么呢？我们是要饿死的啊。”

“虽然事实如此，可是杀孽太重是会有大报应、大苦头的！”

“有报应也没有办法啊，我们祖上开始就一直靠打鱼为生，除了打鱼，我们也没有别的办法谋生啊。”

“不打鱼确实是太难为您了，不如这样吧，您少打一些，这几天是鲑鱼洄游的大日子，您可以稍微晚几天再打鱼，这样杀孽也可轻一些……”

“这两天不打鱼，过两天还不是一样打鱼？再说了，大师你是怎么知道这两天就是鲑鱼洄游的日子的？”

“在下只是听到一些风声……”

“哎呀！那就证明我没有看走眼啊！”穷渔夫高兴得手舞足蹈。不过转念一想，这样做杀孽什么的确实很严重，于是他又担心起来。

“您还是过两天再下网吧……”僧人在一旁劝说着。

穷渔夫没有说话，神情有些不安，造孽的下场他也有所听闻，据说这样做死后会下地狱，这让他觉得有些害怕。

僧人见他没有说话，便慢慢地吃起了荞麦面。

“造了杀孽会受到什么报应？”穷渔夫胆战心惊地问。

“嗯……如果一户人家里有一个人犯了杀孽，那么这一家人都会进入地狱中的牲畜道，来世就只能做狗，不能做人了……”

僧人吃完了面，放下空的面碗，穷渔夫还在想着牲畜道和做狗的事……

“哎……那我还是过两天再下网好了……”

“施主愿意听从在下的劝说，必定会有所回报的！”僧人道了一声谢，转身走了。

穷渔夫坐在桌前，打定主意要晚两天再下网捕鱼。

妻子看到了穷渔夫的决心，嘲笑道：“你明天不下网了吗？”

“还是晚两天吧，那个僧人说得有道理啊……”

“哎，这种到处流浪的僧人说的话你也信啊，我看八成是有人也想明天下网，所以就让那个僧人来骗我们不下网，好独吞！”

妻子这么一说，穷渔夫突然觉得似乎有些道理。

“要不是骗子，怎么会知道这两天是鲑鱼洄游的日子？”

“有道理……”

“明天还是去下网吧，别被人给骗了！”

穷渔夫点了点头，改变了自己的心意。

第二天，天还没有亮，穷渔夫和妻子两个人就带上了全部的网赶到了利根川边上，划着船把网全放了下去。慢慢地，他们看见了整个水面都起了浪花，不计其数的鲑鱼成群结队地赶来，让他们满载而归。天才蒙蒙亮的时候他们的船就装不下鱼了，两个人赶紧把船开回去卸下了鱼再继续回来捕。天亮的时候，周围的人才发觉穷渔夫家捕到了很多鱼，赶紧也跟着去利根川捕鱼，可是谁也没有他捕得多。

这一天下来，穷渔夫捕到了不计其数的鱼，一下子变得富裕了起来。当天晚上，他摆了酒席，请街坊邻居一起吃鲑鱼来庆祝。他还亲自挑了最大最肥的那几尾来招待大家。不过，杀鱼的时候他从一条大鱼的肚子里发现了一些荞麦面。穷渔夫想起来前一天晚上端给僧人的那碗面，心里有些不安。

不过，从那一天起，穷渔夫变成了村里的有钱人，每天衣食无忧，再也不必担心吃不上饭。但是，他心里总是惦记着鱼腹中的面，还有僧人所说的报应。

没过多久，穷渔夫的妻子就怀孕了。夏天的时候，他们的女儿出世了。然而这个女儿长得非常难看，不仅仅是难看，简直就是丑陋无比——整张脸都长满了密密麻麻的红色印记，头发全都是弯弯曲曲的。妻子在看见自己女儿的模样后受了惊，没过多久就去世了。

穷渔夫看见女儿的样子，又一次想起了那个吃荞麦面的僧人，还有那条腹中包裹着荞麦面的大鲑鱼，越想越觉得可怕。

渔夫的女儿一天天长大了，日子还在继续，虽然现在的渔夫非常有钱，但是女儿的样貌却是怎么都改变不了。渔夫总忍不住叹气，也不希望女儿能多么美丽，只希望她能长得像个普通人就好，可是，没有用。女儿脸上那些红色的印记越来越多、越来越明显，原本弯曲的头发变得乱糟糟的，一片惨红。

到了嫁人的年纪，渔夫的女儿更加惆怅了，她深知自己丑陋不堪，因此总是躲在屋里，独自落泪。

就在这时候，村子里又来一个外地人，是一个算命先生，不过他身患恶疾，难以痊愈。渔夫心想，不如做一些好事，兴许可以减少自己的罪孽，就找大夫把算命先生的病治好了。

这个年轻的算命先生样貌十分英俊，渔夫的女儿被女仆说动了，偷偷在旁看了一眼，结果就深深爱上了这个算命先生。可是她知道自己长得丑，于是也不告诉父亲，只是不吃不喝。

渔夫发现自己的女儿不肯吃喝，心里十分担心，但是女儿什么都不肯说。他只好找女儿身边的女仆来问。女仆将小姐的心意告诉了渔夫，渔夫听完后，很是发愁。

第二天，渔夫硬着头皮把算命先生请到了家中，说道："大师啊，其实我的女儿爱慕着你，如今已经不吃不喝了……她虽然长得丑陋，但是她是我唯一的女儿，我愿意把所有的家产都给你，求你娶了她吧……"

算命先生也见过渔夫的女儿，实在是丑陋无比不敢多看，他心里是拒绝的。可是渔夫又是他的救命恩人，恩人亲自开口相求，不答应实在说不过去。于是，他只好点头，勉强同意了。

渔夫见算命先生点了头，立刻吩咐下人把家里都装饰起来，当晚就给他们举办了婚礼。但是，算命先生始终不敢睁开眼看新娘，而新娘也一直低着头不敢抬起来。

婚后，算命先生非常苦恼，他每天都要面对着丑陋的妻子，心情很糟糕。这天晚上，妻子刚睡着，他就偷偷离开了家，朝河畔逃跑。

逃跑的路上，算命先生不由得想到，妻子虽然外貌丑陋，但是对自己非常深情，自己就这么逃跑，实在是忘恩负义。但是一想起妻子那副丑陋的样子，他又实在不愿意回去。

左思右想间他已经跑到了利根川边，看着平静的河水，算命先生想出了一个好办法：只要让妻子以为自己已经自尽了，就不会再来找了……

于是他当下脱了鞋放在河边，让人以为自己投河了，然后悄悄躲在了西安寺里。

渔夫的女儿睡醒了，发现丈夫不见了，她四处都没有找到他，直到看见家里的门开着。渔夫的女儿非常伤心，心想，他一定是觉得自己太丑陋，所以逃走了。她二话不说追了出去，一直跑到了利根川边，看见了算命先生留下的鞋子。渔夫的女儿看到鞋子，以为丈夫无比嫌弃自己，所以投河自尽了。悲愤之下，她立刻跳进了利根川中，自杀了。

渔夫女儿的尸体一直在水中漂着，直到铫子附近，人们看见了她的尸首，好心将她的尸体埋在山丘上，把她的牙齿和发饰也一起埋下，建了一个小小的神社，把她作为神明来侍奉，神社的名字就叫“川口神社”，这里的神明也被叫作白纸神，据说神明可以将人变得更美丽。如果头发不够直，可以供奉上一把梳子，过不了多久，头发就会由弯弯曲曲变得顺直。也有地方传说把渔夫的女儿起名叫“延命姬”，而那个算命先生则叫“安部晴明”，算命先生的神社在西安寺里，供奉他，可以保佑捕鱼顺利。

蝇之魂

元禄十五年，京都。二月，寒冷异常。

九兵卫将手靠近火炉取着暖，离开了火盆，人都忍不住要瑟瑟发抖。

九兵卫住在东京的寺町大道一带，经营着一家不大不小的发饰店。这会儿店里顾客正多，店员们正在招呼着客人，推销着各式各样的头饰。

忽然，一只苍蝇不知从何处飞了过来，一下子停在了九兵卫的右手上。

“咦？这么冷的天怎么会有苍蝇？”九兵卫看着手背上的苍蝇心里诧异起来。他下意识地摆了摆手，把苍蝇赶走了。

然而，那只苍蝇转着圈儿飞到了账房附近，举起两只前腿搓了起来。

九兵卫盯着看了一会儿，脑子里开始想着该准备点什么送给亲戚家的女儿做新婚贺礼。思来想去拿不定主意的九兵卫起身往里屋走去，他的妻子和女儿正在里屋缝制衣物。母女俩相对而坐，十八岁的女儿如粉雕玉琢般可爱，母亲偶尔教导着她缝补的诀窍，眼前一片安静祥和。

初升的太阳渐渐在东方露了脸。

妻子发现身旁落了一小块碎布，伸手正要去捡，迎面飞来了一只苍蝇，稳稳地停在了她的手上。

“这么冷的天都已经有苍蝇了？”妻子有些不解。

女儿心里还想着亲戚家女儿结婚的事，心里有些酸酸的，看着苍蝇，什么都没有说。

“这么早苍蝇就出来了，真是奇怪。”妻子自顾自地念叨着。

“似乎是挺早的。”女儿心不在焉地接了一句。

“何止是早啊，现在是冬天，正冷着呢，按说是不会有苍蝇的。”妻子望了一眼女儿，转头再看，苍蝇已经不见了。

“怎么不见了？是飞走了吗？”她起身四处找了一圈，没有再看见苍蝇的影子。

中午的时候，一家三口在屋中吃饭，九兵卫一口气吃了满满一大碗，把空碗递给仆人添饭。

就在他伸出手的一瞬间，一只苍蝇稳稳停在了他的手上，就像是看准了时机一般。

“怎么还有一只苍蝇？”九兵卫惊得脱口而出。

妻子也想起了自己缝补衣服时看见的那只苍蝇：“我刚才也看见一只苍蝇呢，你也看见了？”

“早上的时候我在店里看见的。”九兵卫挥了挥手放下碗，苍蝇也顺势飞到了榻榻米上。

“这种天气怎么会有苍蝇啊，真是太奇怪了……”妻子目不转睛地盯着苍蝇看。

“真是没见过这么早就有苍蝇的。”九兵卫拿起盛满了的饭碗吃了起来。

女儿忽然开口道：“这只和我们原先看见的是不是同一只啊？”

“没准就是那一只，大冬天的苍蝇我还从来没见过呢。”妻子回答说。

“那我在店里见到的兴许也就是它。”九兵卫转过脑袋看着榻榻米，结果却发现苍蝇又不见了。

到了下午两点多，九兵卫正悠哉地喝着热茶，一抬头发现一只苍蝇飞过来落在记账的桌子上。没过多久，正在客厅中与亲戚闲聊的妻子听见了苍蝇的声音。

到了夜晚，原本一家人正在灯边坐着聊天，话说到一半，九兵卫却忽然停了下来。

原来，他看见灯罩上忽然多了些什么，凑近一看，是苍蝇。

“这东西又跑来了！”九兵卫像是看见了什么触霉头的东西一般盯着那苍蝇。

妻子看了一眼灯罩：“是刚才那只吗？我和亲戚闲聊的时候好像有听见它嗡嗡叫。”

“我喝茶那会儿也看见它了。”

“会不会今天我们看见的都是同一只？要不要拍死它？”

“拍死不太好吧，抓了扔出去吧。”

九兵卫小心翼翼地把灯罩上的苍蝇抓了起来，妻子赶忙把门拉开了一条小小的缝，把苍蝇一扔出去，立刻把门关得严严实实的。

一家人都觉得苍蝇的事这下是结束了。

第二天中午的时候，九兵卫和妻子在火炉边一边烤着手一边商量着亲戚家女儿的新婚贺礼。

“她是叔父家的女儿，我们该送个衣橱吧？”正说着，九兵卫忽然僵住了，妻子的肩膀上正趴着一只苍蝇。

“又来了一只苍蝇！”

妻子顺着九兵卫的目光看去，苍蝇嗡嗡地飞了起来，落到了九兵卫的膝盖上。

“难道还是昨天看见的那只苍蝇？”

“谁知道呢……”

“真是麻烦啊，还是弄死它吧！”九兵卫用两只手掌把苍蝇抓住了。

“杀了不太好啊，还是扔远一点好了。去拿一只口袋来。”

妻子到店里取了一个装发饰的纸袋子，九兵卫小心翼翼地把手里的苍蝇装了进去，把袋子封上。

“今天清吉要去堀川那边办点事，让他顺便拿去扔了吧。”

妻子点点头，把纸袋拿去了店里交给了清吉，叮嘱他务必扔得远一些。

晚饭的时候，一家人坐在一起吃饭。女仆盛了三大碗炖菜来递给妻子，妻子端起一碗先给九兵卫。

刚端起碗，一只苍蝇不知从哪儿冒了出来，停在了她的手上。

“苍蝇！”妻子一声大叫。

“怎么又有苍蝇了？”九兵卫怒气冲冲地吼了一声。

“难道是今天早上抓住的那一只？”妻子挥挥手把苍蝇赶走了。

就在这时，九兵卫迅速伸出手，把苍蝇抓了个正着。

“我也不知道它是不是同一只，还是拿阿丰的胭脂来吧！”

女儿顺从地把自己的胭脂取了过来，九兵卫用手指蘸上胭脂，抹在苍蝇的翅膀上、背上，然后和早上一样把它装进了纸袋子里。

第二天天一亮，九兵卫的弟弟就过来告诉他，自己要去一趟伏见。九兵卫想起来昨天抓住的苍蝇，便把苍蝇连袋子一起交给了弟弟，叮嘱他，到了伏见，把苍蝇远远地扔在那边。

果然，整整一天，家里都没有苍蝇的身影。天气比前几天又冷了许多，吃完了晚饭，九兵卫惦记起那只苍蝇来。

“今天一天都没看见苍蝇呢，看来这几天我们家看见的苍蝇都是那一只。哦……要么是两只，昨天扔了一只，今天又扔了一只……”

“该不会我们今天扔掉的就是之前扔掉的那一只吧？”妻子有些纳闷。

“现在可是隆冬啊，哪有那么多苍蝇？再说了，堀川离这里远着呢，扔到那儿了怎么回得来……”

“不知道为什么，我心里总觉是同一只苍蝇。”妻子正说着，低头发现自己面前的灯罩上多了一个黑点，“苍蝇！”

九兵卫听见了妻子惊恐万分的叫声，赶紧转过身用手一把捂住了灯罩上的苍蝇，小心地放到灯下观察起来，苍蝇的背上和翅膀上，分明还留着红色的胭脂……

九兵卫心里有些发怵，一不留神儿松了手，苍蝇从他的手中飞了出来，在屋里转着圈飞着。

“有胭脂吗？”妻子急切地问道。

“有……”

九兵卫的回答让妻子和女儿都陷入了沉默，九兵卫心里却想起一件事。

上个月，家里的女仆阿玉去世了，阿玉来自若狭那边，一个人孤身在京都生活，唯一的亲人是她的伯母，似乎是住在宇治一带。阿玉身材瘦小，脸蛋圆乎乎的，在九兵卫的店里工作认真又踏实，四五年了都没有给自己做过什么新衣服，省吃俭用把钱全部攒了下来，存的钱差不多有一百目。

“存这么多的钱要做什么？”

“想给去世的爹娘立上供奉的牌位……”

去年秋天的时候，阿玉交了七十目的费用，在常乐寺的祠堂里给自己的双亲立了供奉的牌位，算是完成了自己的心愿。没想到，去年一入冬，阿玉就患了重病，去了宇治的伯母家养病，就在上个月，阿玉过世的消息送到了九兵卫这儿。

“阿玉还有三十目的钱存在我这里呢。”九兵卫说道。

苍蝇还在屋里嗡嗡嗡地转着圈儿，妻子盯着九兵卫，九兵卫慢条斯理地说道：“阿玉一直攒钱要给父母立牌位，她是不是还惦记着存下的钱，想让我们给她立上牌位？”

“没错！肯定是这样的！”妻子几乎要尖叫起来。

“阿玉过世的时候好像是上个月十一号吧，哎呀，这么算来的话，明天就是阿玉的七七了啊，”九兵卫掐着指头算了算日子，“不如明天我就找我弟弟，阿玉还剩三十目钱，我们再拿三十目钱出来，祭一祭阿玉，帮她超度一下吧。给通西轩和瑞光寺各三十目，请高僧诵经超度她。”

这时候，屋里的苍蝇不见了。

第二天天一亮，苍蝇又出现了，在九兵卫的面前一圈又一圈地飞着。九兵卫没有再说话，和妻子一起吃完了早饭，弟弟勘右卫门如约上门。

“上次拜托你丢到伏见的苍蝇又回来了。”九兵卫指着妻子膝盖上的苍蝇说道。

“这怎么可能？”勘右卫门叫了出来，满脸难以置信的模样。

“不会错，就是你扔了的那只。”九兵卫盯着苍蝇，把自己心里想的说了一遍，然后拜托勘右卫门帮忙把钱送过去。

“好好好。”勘右卫门连忙拍着胸脯答应了。

妻子见他点头，立刻把六十目钱拿出来交给了九兵卫，苍蝇也跟着停在了九兵卫的手上，众人都沉默地盯着苍蝇。九兵卫小心翼翼地把包着钱的纸包交到了勘右卫门的手上。

就在交出的那一刻，九兵卫手上停着的那只苍蝇突然一蹬腿，死了，静静落在了地上。

九兵卫战战兢兢地把苍蝇的尸体捡了起来，放进了纸盒中，让勘右卫门一起拿到寺庙里去。勘右卫门不敢耽误，立刻去了深草的通西轩，通西轩的高人自堂上人撒了一把开光的土盖在苍蝇的身上。

紧接着，勘右卫门去了瑞光寺，诉说了一番前因后果，高僧慈名上人派人将苍蝇安葬了并立了碑，亲自为它诵读佛经。

鹫切

《三州奇谈》里记载了一个故事。

故事发生在享保年间。武士丹羽武兵卫因为身体不适，带着一名随从前往汤涌温泉疗养身体。汤涌温泉十分有名，位于石川郡内，此时正是暮春，温泉山谷里绿草如茵，山谷的深处还有些许残雪未消。

一天，武兵卫和随从一起出去爬山散步，在小山丘上欣赏美景。

这座小山丘上有一个小小的药王堂，堂前是一片空地。随从铺开了毛毯，取出了装满美酒的竹筒。武兵卫坐在毛毯上，看着远山层叠，听着鸟鸣虫唱，喝得有几分醉意。这时候，他的目光停在了药王堂湖面的山崖上。

“哎呀，要是能爬到这山崖上去，肯定能看到更美妙的景色啊！”

武兵卫把自己的佩刀取了下来放在毛毯上，和随从一起奋力地往山崖之上爬去。这峭壁上长满了坚硬的荆棘，武兵卫和随从在荆棘中坚定地往崖上爬，衣裳和手掌都被荆棘丛划破了，鲜血淋漓。

两人好不容易终于爬到了崖上，主仆两人就这么坐在崖上的一块大石头上。这上面的风光果然迷人。暮春的熏风吹拂在两个人的脸上，温润舒适，远处是一轮红日，云雾缭绕显得格外动人。往下看是大半个石川郡，绿色的原野，低矮的农庄，美不胜收。

两个人一边欣赏着美景，一边享受着阳光。不知不觉，太阳渐渐西沉，武兵卫恋恋不舍地爬下悬崖，回到药王堂前。

当两人重新回到药王堂前的时候，已经是傍晚时分，他们收起了毛毯和装酒的竹筒准备回客栈去。这时候，武兵卫忽然大惊失色，他的佩刀不见了。

武兵卫记得自己在上崖之前分明把自己的佩刀放在了毛毯上，可是毛毯上却全然没有佩刀的踪影。武兵卫慌张起来了，身为武士，佩刀是比自己性命更为重要的东西。

武兵卫连忙喊上随从一起寻找，两个人把整个药王堂前后都翻了个遍，还是未见到佩刀。

“会不会是有人上来然后偷走了？”随从说。

“哎呀，那也有可能，先去问问客栈的老板吧。”

事不宜迟，两个人立刻回到了客栈里，立刻把老板喊了过来，把佩刀丢失的事告诉了老板。老板自然知道事情的严重性，武兵卫是金泽藩的牵马侍从，而且是名门之后，如果真的有人偷了他的佩刀，那可是不得了的事。

客栈老板立刻把住店的所有人都聚集到一起，一个个仔细问了一遍他们的行踪，还把自己能联系到的同行全都动员起来，盘查所有可疑的人。

然而，一番兴师动众之后，却完全没有找到什么可疑的人。老板实在没有办法了，只好向店里的一位高僧求助。这位高僧来自能登石动山，白眉飘逸，已经是修行多年。老僧人点了点头，闭上双眼开始冥思。

说来也怪，这客栈之中一丝风都没有，却见老僧人的白眉随风般飘动。过了片刻，老僧人对老板说：“不必担心，这东西是被四脚野兽借去了，它一定会归还的。”

客栈老板听见高僧这么一说，立刻欣喜万分，把这个消息告诉了武兵卫。

“四脚的野兽？难不成……是猿猴？嗯，确实，猿猴时常会偷东西……我明天再派些人上山去查看查看。”

整个客栈里的人都在为丢失佩刀的事人心惶惶，客栈老板把高僧的话说给了大家听，听到高僧这样的话语，大家纷纷组织起来，准备上山去找猿猴。

武兵卫召集了人，安排他们明天一早就进山里去找猿猴，虽然有了一点线索，但他的心里依旧不安，入夜之后他一直辗转反侧。

忽然间，有什么喊声飘进他的耳中。

“喂……喂……”武兵卫听见了喊声，立刻注意听起来，这声音从纸门外传来，似乎离武兵卫很近。

武兵卫开始回想自己是不是忘记关门了，问道：“是谁？”

门外的声音应答：“在下是来感谢您的……”

“你是何人？”

“我居住在深山之中，原本有一儿子陪伴，前几日，我的儿子被可恶的老鹰杀死了。我想要报仇，奈何没有武器，斗不过它。那天我正在山中游荡，恰巧看见了药王堂前的佩刀，于是借去报仇雪恨，没有来得及向您说明。如今我已经报了大仇，因此特来归还佩刀，感谢大人的恩德！”

武兵卫听见这番话，立刻从被窝中坐了起来，飞快地拉开了纸门。只见一个状如巨猴的身影消失在夜色中，猿猴待过的地方，静静地放着一只死去的老鹰，还有武兵卫丢失多时的那把佩刀。

武兵卫立刻把客栈老板叫了过来，让他看这幅神奇的景象。

武兵卫的佩刀原本就出自名家之手，是备前兼光亲手所制，此后，人们便把这把佩刀唤作“鹫切”。

乌鸦

丹六是附近的樵夫，这几天，他一直耐心地打磨着几块杉木板，打磨好以后，只要把这些木板拿到七日町的木材店里，就能卖个不错的价钱。

丹六一大早就背上木板出发了，虽然丹六年轻力壮，但是这木板实在不轻，他也只能费力地背着，慢慢地往七日町走。

天气有些热，丹六走了一半停下来休息起来，一想到自己可以拿到不少钱，丹六脸上就浮现出笑容来。休息了片刻，丹六继续背起木板往七日町走。路过大河的时候，丹六看见有人正在路上，弯着腰，不停地摸索着什么。

丹六有些好奇，停下来看了看。这个人穿着黄色衣裳，长得不高，还带着一根竹制的拐杖，似乎是一个瞎子。看他的模样，大概在找东西。

丹六揉了揉自己的肩膀，把木板放在了柳树下，擦着汗，走到了瞎子身旁问道："你这是在做什么啊？"

瞎子原本正一脸紧张地摸索着，忽然听见有人的声音，立刻激动起来："哎呀这位兄台，我丢了重要的东西，正在找呢！可是我眼睛不方便，兄台你能帮我找一下吗？"

"你丢了什么东西啊这么着急？"

"那是比我这条命还要重要的东西啊！一个小小的纸包！求您帮帮忙，帮我在这附近找一下，好吗？"

"可以啊，不过你这纸包装的什么啊这么重要？"

"是我攒了三年的钱啊！为了能赎回卖身的姐姐，我这三年到处乞讨，好不容易才攒了一点钱。有了这点钱，我就能和姐姐团聚了！可是我实在不小心，竟然把这么重要的钱给弄丢了！求您了，帮我找一下吧！”

“哎呀，那可真是可怜啊……我帮你找一下吧！”

丹六四处看了看，一眼就看见了瞎子身前的杂草堆里躺着一个纸包。丹六默不作声地走到纸包边上，轻轻拿了起来，打开一看，果然是钱。

丹六依旧没出声，静静看着手里的钱。

“哎呀，兄台？兄台？你有找到我的纸包吗？”瞎子听不见动静，焦急地问了起来。

丹六听见瞎子的声音，做贼心虚般把纸包藏到了身后。

此刻的瞎子脸上满是期待，就盼着丹六说找到了。

“没有看见啊！”丹六悄悄把纸包塞到了自己的口袋里。

“怎么会没有呢？到底落在什么地方了？怎么办啊！”瞎子再次焦急起来，在原地不停地转着圈，一双手四处摸索着。

“是不是掉在前面了？要不再去前面找一下吧。”丹六从草丛中穿过，往前走了一段，又转身看了看瞎子。瞎子已经着急得快要哭出来，整个人都趴在了地上，不停地摸索着地面。

“哎呀，这里也没有啊……你确定是弄丢了吗？一个小纸包，说不定你是放在什么地方了？身上找过了吗？衣袖或者腰带什么的？”

“啊？不会吧，我不记得了啊！”瞎子听见丹六的建议，立刻爬了起来，上上下下地摸了一遍，身上全然没有纸包。

“可是这路上我也没看到有纸包啊！”丹六此时已经笑容满面，他重新回到柳树下，把自己的木板扛在了肩上，“我也很想帮你忙，可是这会儿我急着送东西去七日町，没办法帮你找啦……”

瞎子绝望地痛哭起来：“上天啊！这可怎么办啊！没有了钱我可怎么活啊！我可怜的姐姐啊！”

“你也不要着急，纸包不是活的。你再想想，可能是放家里了或者弄丢在别的什么地方了。”丹六不愿多停留，边说边往前走。

走了几步，他忽然想起什么似的回头看了看瞎子，他还在直挺挺地站在路边，一动不动，像在思考着什么。

中午的时候，气喘吁吁的丹六终于到了七日町，他径直去了木材店，把一路扛来的杉木板卖给了老板。意外的是，今天老板给的价比往日的要高，丹六心里乐开了花，再加上路上捡的那些钱，他吹着口哨去了常去的那家酒馆，还叫了一个陪酒的歌姬，喝得不亦乐乎。

傍晚的时候，醉醺醺的丹六离开了酒馆，摇晃着身子回家去。这天十分闷热，让人浑身乏力，丹六喝了不少酒，脑袋晕乎乎的，越走越想睡觉。他摇了摇脑袋想让自己清醒一点，原来自己已到了河边，这里有一片小树林，长满了橡木和栗子树。

丹六实在坚持不住了，走到一棵树下，躺倒在地。

丹六刚躺下，远处忽然回来了两只乌鸦，它们盘桓在丹六的头顶，凄厉地叫了起来，然后疯了一般地冲下来，使劲地啄着丹六的眼珠。

树林里的丹六发出鬼哭狼嚎般的喊声，路过的行人听见惨叫，赶紧过去看。只见此时的丹六满脸都是鲜血，两只手捂着眼睛痛苦地哀号，眼睛的位置只剩下两个狰狞的窟窿。这几个人刚好都认识丹六，见他如此惨状，赶紧把他送回了家。一路上，问起究竟是怎么回事，丹六却一脸茫然，只知道是乌鸦把自己的眼睛啄瞎了。

榛名湖物语

京城之中有许多值得人们前去游览的地方，榛名湖正是其中一处。

榛名湖与榛名山山水相依，边上便是伊香保温泉，风景秀丽，实在是不可多得的一处修身养性之地。榛名湖旁有一片小树林，其中有一个木部神社，关于这个神社，还有一个凄美的传说。

相传，天正十三年的一天，白井城城主携同自己数十名手下，带了三四条猎犬，来到榛名湖附近的天神岭打猎。白井城城主名叫大膳，为人蛮横，好酒肉、贪女色。时值寒冬腊月，湖面已经结了冰，一行人打猎完毕，计划下榻伊香保温泉。途经榛名湖时，大膳决定先歇息一番。这时，一名随从发现不远处有一栋房子，大膳便派人前往打探，于是他的随从便带着一头猎犬前去。

不一会儿，随从同猎犬返回，只见他满脸笑意，仿佛遇到了什么好事。

“怎么样？”

“屋子里有一位美女，独自在烤火。”

随从话中有话，大膳立马来了兴趣。

“哦？是村民吗？”

“看起来不像。她举止端庄，倒像是大户人家的千金。”

“哦？难不成另有隐情？不过，只要是美女就合我心意，快带我去！”

在大膳的命令下，一行人朝小屋走去。

纷沓不止的脚步声吓坏了沿路的小鸟，枯叶在他们的脚下被踩得粉碎。

小屋里，立田独自煮着茶水。虽然身着村姑的服装，但她的确是大户人家的夫人。她本是木部城的城主夫人，然而数年前，木部城受袭，城主在战斗中不幸离世，立田在家臣朝兴的护送下带着独子龙若丸逃出木部城，忍辱负重居于此地，只为将来有朝一日能为夫君报仇。

这一天，小屋突然迎来一个身着猎衣的男子，来人问这里到伊香保还有多远，并打量了一下屋子。立田颇为紧张，担心这是仇家的探子。此时，朝兴带着公子龙若丸在山谷中练习武艺，顺道打猎，不在小屋中。立田孤身一人在小屋中，她不敢有丝毫放松。

想到这儿，立田起身想去周边探探情况，然而刚走到门口，就听到一队人马正赶来的声音。立田紧张得心跳到了嗓子眼儿，但看对方一行人虽手持弓箭，但神情轻松，并无敌意，立田猜想对方兴许是单纯前来打猎，终于放下心来。

然而此时，她发现他们的穿着服饰竟与丈夫生前一模一样，于是怀疑来人就是仇人亲眷。

立田没有露出慌张神色，平静对待。

只见方才见过的人上前来说道："我们想在这里歇歇脚，有劳了。"

立田没有作答，只是点头应允，继而带他们进了屋。进屋后，立田只身一人坐到佛龛下，大膳和几个亲信坐在地炉边，其他人则坐在小屋门口的地板上。

大膳接过酒，色眯眯地对立田说道："多有打扰，夫人还请坐到这边来。"

立田勉强挤出一丝微笑当作回应，但身体丝毫未动，依旧守在佛龛下。

"夫人不妨坐过来，不用怕。"大膳不罢休。

立田见状，只好挪到大膳一旁。刚坐过去，大膳就劝她喝酒。立田进退两难，她不胜酒力，但若断然回绝，对方显然不会善罢甘休。

思前想后，立田只好接过酒杯饮了起来。当她好不容易喝完这杯酒后，大膳居然命令她斟酒。

立田非常生气，但不好表露出来，只能委曲求全，给大膳斟了酒。

大膳一边喝着立田斟的酒，一边打着立田的主意。

"你是哪里人？"

"妾身来自野州。"立田胡乱编着自己的身世。

"哦？那为何独自在此居住？"

"妾身特意来此，是为了向榛名神社许愿。"

“许愿？你许的什么愿啊？”

“还请大人谅解，妾身实在不能讲明。”

“好吧，我就不强迫你了。你嫁人了吗？令尊是哪一位啊？”

“妾身的夫君应征入伍之后再无音信，这也是为何妾身前来许愿的原因。”立田稍作停顿，如此答道。

“啊……那应该是已经死了吧。”大膳一边说着，一边又递给立田一杯酒。

立田推辞道：“妾身实在不能再喝了。”

“喝吧，再喝一些才更美……”大膳一边劝酒一边目不转睛地盯着立田红扑扑的脸蛋，恨不能将对方吃掉。

立田没办法，只好接过酒杯喝了下去。哪知她刚喝完酒，大膳就握住了她的手，“跟我回去，如何？”

立田吓了一跳，只盼朝兴与龙若丸能尽早回来。

“怎么样啊？你不知道我是谁吧？我可是一个城主呢！”大膳得意地说着。

听到这话，立田突然定住不动，脑袋一片空白，完全没听到周围人的起哄声。

看立田不为所动，大膳显然有些不快，他面露愠色，说道：“怎么？难道白井城主还配不上你吗？”

此话一出，立田内心一阵翻涌，止不住浑身发抖。她无论如何也没想到，来人竟然就是自己的杀夫仇人！

原来，数年前，白井城与木部城两城交好，谁都没想到白井城竟会偷袭木部城，使得木部城城主战死，城主夫人与幼子下落不明。

而立田，正是城主夫人。

当初她在朝兴的护送下带着龙若丸偷偷逃出来，就是为了有朝一日能为自己的爱人和自己的子民报仇。眼下，仇人就在眼前。

想到这里，立田已经等不及朝兴与龙若丸赶回来了，她从大膳怀中挣脱开来，拔出藏在衣服中的短刀，大声喝道：“狗贼！拿命来！”

大膳躲避不及，倒在地上，立田飞身刺杀，刀子却被大膳的随从挡住了，刀子划过那随从的脖子，鲜血流了出来，染红了短刀。立田举起短刀，和已经起身的大膳四目相对。

此时的大膳依旧不知立田为何偷袭自己，他厉声喝道："你到底是谁？"

"木部忠近之妻！"立田气愤地答道。

"什么？原来是你！贱人！"大膳面露凶色。

立田看准时机持刀上前，却被大膳的随从砍伤了肩膀与侧腹。即便如此，她依旧没有放弃，她知道，自己不能错过这个手刃仇人的好机会！大膳逃出小屋，立田追了出去，却在院子里被大膳的随从与那三四只恶狗围住。情势急转，立田夺路而逃，在光秃秃的树林中逃命，身后飞来一支又一支箭，立田的膝盖被箭穿透。最终，她用尽全身力气跑向湖边，将短刀抛到一边，朝湖心纵身一跃，破冰而下，很快，湖水吞没了她的身影……

逼死立田后，白井城这群人在周遭进行了严密的搜查，担心还有木部城的遗部，然而他们一无所获。最终，他们改变了原来泡温泉的计划，即刻返回了白井城。

那天傍晚，朝兴与龙若丸才返回小屋。刚踏进院子，朝兴就发现情况不对。二人快速走进小屋，发现屋内一片狼藉，地上还有血迹，而立田不见踪影。朝兴担心立田遭遇不测，带着龙若丸顺着院子里的脚印追到榛名湖湖畔，这才发现了立田带血的短刀，推测立田受到了袭击，最终跳湖自尽。

朝兴强忍悲痛，用湖水将短刀清洗干净，带着龙若丸沿着湖边一路走去，希望能找到立田的尸骨。年幼的龙若丸泪眼汪汪，看着十分可怜。走了一会儿，他们发现了冰面上的窟窿，冰窟窿的水面上浮着一具女尸。朝兴与龙若丸来不及打捞，女尸便沉入了湖底。朝兴万分悲痛，对着冰窟窿立下誓言：终有一天，要手刃白井城城主大膳！

天正十五年，距离上次榛名湖风波已过去两年。大膳再度来到伊香保温泉。近两年，他带兵四处征战，身体劳乏，需要好好休养。

大膳好酒，这一天，他和随从饮了一天的酒，难免头脑不清醒。晚上，明月如钩，大膳与三名随从一同前往榛名神社，途中突然遇袭。一支箭刺穿了大膳的大腿，又一支箭刺穿了一名随从的肩膀，没被偷袭的两名随从吓得夺路而逃。

大膳虽疼痛难忍，但身体强壮的他依旧站起身来，将大腿上的箭拔了出来。然而他刚刚站稳，两名刺客就已冲到他面前。

不是别人，正是当初的龙若丸和朝兴。经历了丧父丧母的悲痛后，此时的龙若丸已学有所成，亦长成了翩翩少年。他手持短刀，朝大膳刺去。喝了一天酒又被刺中大腿，即使再骁勇善战，此刻的大膳也无力应战。

龙若丸的短刀准确无误地刺中大膳的心脏，大膳当场毙命。

除了这个版本，民间还流传着其他有关木部神社的传说。

相传，有一天木部弹正的妻子正乘船游览榛名湖，突然说道："夫君，臣妾该回去了。此生难再见，永别了！"说罢，她便纵身一跃跳入湖中。

还有一种说法，相传，榛名湖旁的村庄里，有一个名叫藤波的女子。某天，她在侍女的陪同下泛舟，却发生意外掉进了湖中。侍女同村民们竭尽全力也未能在湖底找到藤波的尸体。侍女们自觉有愧，只能投湖自尽以示心中的愧疚。死后，侍女们化作了螃蟹，在湖底尽心尽力寻找藤波的尸首。螃蟹们为了方便寻找，经常打扫湖面散落的枯叶等物，所以榛名湖湖面总是明净如镜。因为这个传说，这一带的村民，至今仍然不吃螃蟹。

穿墙姬的故事

馆林城里，一名女贼成为热议人物，街头巷尾没人不知道她。据说她生得尤其冶艳，是个妖妇。某一天，她骤然出现在城内，有人追赶，她便穿墙而去，瞬时间踪迹全无。从这以后，大家都称呼她为“穿墙姬”。

“昨儿夜里，我听着后院里狗一个劲叫，从床上爬起身去看，瞅着有个身影一晃而过，很可能就是穿墙姬呢。”

“某位老爷晚上夜行，在某家附近同一名女子擦肩而过，那个人好像就是穿墙姬。”

“前天夜间，穿墙姬在某户人家的庭院里现身了，屋主拿着大刀驱赶她，而她转瞬间就消失了。要我说，她怕是又从一旁的墙里穿过去了。”

“我听人讲昨儿夜里穿墙姬在 × 町偷钱了，五十两呢！”

“穿墙姬去某户人家偷衣服，那家的女主人拿着长刀砍她，结果她穿过壁橱的墙板不见了。”

“今儿一大早，有人打一间寺庙门前过，见到一个美女，看着很像是穿墙姬。他刚想上前去抓她，就看那女人穿过寺庙的墙壁，就此不见了。”

“昨儿中午，穿墙姬还装成行路人的样子走在大街上。我亲眼看到的。”

“穿墙姬好像有不少手下。”

“她的手下似乎也有懂得穿墙术的。”

“穿墙姬身边跟着个青年男子，很可能是她丈夫。”

“前天黄昏时候，我看到有个美女从一户人家门前经过，我觉得她就是穿墙姬。我正打量她，她扭回头，朝我嫣然一笑……”

一时间，各种奇怪的传闻漫天飞，唬得大家心惊胆战、夜难成寐。

那年的秋季，某町某富户家有喜事，广宴宾客，不单邀请了亲友，还邀请了一众街坊邻居。男人们都去赴宴了，留在家的女人和孩童们全都惶惶不安，生怕穿墙姬会趁这种时候来。

“老爷没回家，你们可要仔细巡视着啊！”

武士家的夫人叮嘱着家里的下人。

“阿松！可得锁好了后院的木门！穿墙姬就喜欢趁没男主人在家的时候动手！”商人家的大娘吩咐下人要把门窗锁好。

“要是今夜穿墙姬敢来，看我不一棒子砸死她！”

躲在厨房角落里酌着小酒的男仆，顶着红彤彤的酒糟鼻，大吹着牛皮。

惨白的月光照着人家屋院，轻风掠过，吹落几片树叶。

“有声音，是什么？”女孩子耳朵尖起来，不安地问。

“哪有什么声音？”她妈妈故作镇定地回答。

“但我听到有唰唰的声响了！”

女孩子依然满面忧虑。

“只是风声而已。”妈妈这样宽慰她。发生类似对话情景的人家有很多。

快到九点的时候，陡然响起女人的惨叫。

“穿墙姬来了，穿墙姬来了，快来人啊！”

女子的声音再三叫喊着。

众人所惧怕的事终于发生了！外面接连不断地响起开门声，好些人拿着大刀冲出门去——这些人里，既有身为一家之主的人，也有依附在别人门下的年轻武士。凡是听到了惨叫声的人，全都冲了出来。

十多个人踩着月色赶到惨叫声响起的步卒家。可是那户人家却不像是被贼光顾过，身材娇小的女主人立在大门外，向街坊邻居们讲述着事情的经过。

“我家没出事！我听到有人在后门叫着‘穿墙姬来了’，本以为是邻家那位夫人在叫，但是我跑过去，却没看到有人。这也太奇怪了……”

听见叫声聚拢到这里来的众人，也都满脸不解。

“奇了怪了……”

“究竟谁在叫啊……”

“有没可能是路过的人呢？”

“没看到有人啊，这太不可思议了吧？”

几声雁叫，两三只大雁从月下飞过。有人暂时抛下了内心的烦扰，仰面观看月色。

“穿墙姬……穿墙姬，穿墙姬来了……”远处又一次传来女人的惨叫。

众人立马停下议论，侧着耳朵听。

“穿墙姬……穿墙姬……”

大家一个接一个地奔向声音传来处，那是一户屋门口有条小沟的人家，一块木板搭在沟上，正嘎吱嘎吱地响……

惨叫声是从西面传来的。那家人的家主在江户做事，因此没有男主人在家。站在玄关口的正是主人家的老父。

“实在是见鬼了，老夫听到院门口传来妇人叫声，但是到了院子里，却连个人影都没瞧见……”

朦胧的烛光，映照着他的白发髻。

“见鬼了，见鬼了……”老人嘴里还在念叨。

好些参加婚宴的宾客都听到了惨叫声，好奇地赶了过来。前来围观的人越来越多。

“究竟是怎么一回事呢？会不会有人成心要我们啊？”

“很可能！恐怕是有人看到有关穿墙姬的传言闹得满城风雨，所以才这样做，要得大家团团转。”

“但是叫声确实是女子发出的呀……”

“对啊……”

正当此时，诡异的惨叫声再度响起，大家立刻停止了议论。

“穿墙姬……穿墙姬……”

传来声音的地方位于这户人家的北边。大家跑去看一瞧，发现那里有一片旱地，地里长着几棵叶子全掉秃了的桐树。旱地的另一边，就是一间民宅。那可疑的叫声正是从民宅那儿传过来的。

月光下，五十多个人一窝蜂朝那边涌去。

打开院门的是一名年轻妇人，腰间别着一柄长刀。

“发生什么事了？”一个认得这妇人的男子率先跑过去问。

妇人站定了，借着月光瞧清了那人的脸。

“呀，原来是山上大人……刚刚奴家听到书院前面的院子里传来古怪的叫声，听着还是女人在叫，于是我就出来看了看……”

话才说到这儿，女人的惨叫声再次响起，传入大家耳中。

鳏夫武士藤枝已经循着怪声一连跑了四五户人家，却没有任何发现，只好悻悻而回。今天夜里发生的事本来很是搞笑，只不过，感觉被耍了的他可是怒气冲天。与他一同追寻穿墙姬踪迹的同伴们还留在最后那户人家屋门前探讨“案情”，只有他，带着满身的疲累，只身回了家。

把大门锁好，关好玄关处之前跑出去时没合上的纸门，藤枝一边脱着装备，一边走向里屋。

没想到，一进里屋，他就看见有个美女正在油灯前盘膝而坐，还将装食物的橱柜拉到了一旁，正吃着里面的食物。

藤枝惊得目瞪口呆。

“你是什么人？”

女子搁下手中的碗，看向藤枝。

“非请擅入，还偷主人家东西吃，哪里来的胆子！”

藤枝已经伸手握上刀把了，那女子赶紧坐正，两手触地，说道：“大人恕罪！奴家因故离家，身上又没钱投宿，原本只想进来讨些吃食，但发现屋子里一个人也没有。奴家也明白不应该擅自偷吃东西，可奴家实在是饿得狠了，连路都走不动，这才……还望大人大发慈悲，饶恕奴家！”

那女子神色、话语都极为真挚，委实不似歹人。藤枝心里打算再斥责两句就放了她算了，哪知这女子趁机悄悄起身往背后的橱柜溜去。藤枝看向她时，就见她宛若一股青烟，穿过橱柜不见了。

“穿墙姬！穿墙姬！”

藤枝立刻抽出刀来，使劲朝橱门砍去，却没砍着任何人。他如同发了狂，向着周围乱劈一气。

“穿墙姬！”

这时，厨房那里突然亮起了光，藤枝觉得奇怪，过去一瞧，发现他先前出门时就已锁上的后门敞开着，月光从门外照进来。

穿墙姬从后门逃掉了！

藤枝赶紧追了出去。忽隐忽现的人影最后穿过后院的木门，不见了。

“穿墙姬逃走了！穿墙姬逃走了！”

再次见到那个可疑人影的藤枝大声喊道。

听见这声喊，众人都赶了过来，和他一起追去了立根川那边。可是他们在河边并没有见到女子身影，人们只好停住了脚步。

淡淡的云雾遮着月亮，像一层轻柔的面纱。

两个赶路的人自远而近，走了过来。大家都看向他们。那两人都是男的，一个年纪要大一些，个子也很高。另一个年轻些的，个子较矮。两人同样挑着行李。

“哎！哎！”众人中走出一个迎向那两人，拦住他们问，“两位有没有看到一个鬼鬼祟祟的女人？”

“鬼鬼祟祟的女人？”年纪大的男人扭过头，看着年轻那个问，“会不会是那个人呢？”

年轻的那个人回道：“肯定是她！她钻进芦苇丛了。”

年纪大的男人对众人说：“我俩瞅着有个女人钻进码头旁边的芦苇中去了。”

“那女人怎么个模样？”

“皮肤生得很白。”

“那就是了！正是我们想找的人！赶紧带我们去吧！”

赶路人虽然满脸不情愿，也只好带众人过去。

那名可疑女子，正盘腿坐在芦苇垫子上，清算着得手的钱财。她一边点着数，一边不时伸手撩一撩额前遮挡了眼睛的刘海，好像有点焦躁的样子。她的手指间光芒闪闪，远看像是蛇的鳞片一样。

众人跟着赶路人走到附近。女子听着响动，从芦苇叶的间隙朝外一看，就见芦苇间晃动着许多的人影，哗哗直响。她赶紧起身，单手提起一旁装着赃物的包裹。

“穿墙姬！她在那边，别让她逃了！”

“杀了她！”

利刃纷纷出鞘，闪现在芦苇丛间。女子拔腿要逃，可是已有五六人追至她身后。只见她伸手在包袱里一掏，头一回，手一扬，一大把东西哗啦哗啦朝后撒去，那些金银珠宝就砸落到追兵的头上和脸上。

众人目瞪口呆。随后，女子又将一大把钱币撒出来，这些财宝纷纷掉入芦苇丛中。

追兵们不由得停住了脚步，女子趁机隐匿。众人这才如梦方醒，赶紧四处环顾。

“穿墙姬死了！我杀死她了！”

此时，远处有叫声传来。众人跑去一瞧，只见刚刚还和众人在一起的那名年轻男子正拿着带血的刀，而穿墙姬早已死在他脚边。

“不管她再怎么隐身，我始终盯着她的脚看。没想到，她竟然自己跑到我这儿自投罗网了。”男子对同伴们解释着。

众人面面相觑，惊叹不已。

少女与螃蟹

这里是土佐高冈郡内一个名叫日浦坂的地方，按地理位置来说，这里归左川町管辖，大约就在长野与户波的中间。日浦坂的顶上有一个池塘，水流从上面的池塘下来，潺潺地往坂下流，形成一道小溪。

炎炎夏日，河边的野草茂盛地生长着。阿种正在小溪边浆洗衣服，她用红色的绑带把衣袖绑了起来，头上裹着白色的头巾，她待的地方刚好是一个下凹处，洗衣服十分方便。

阿种低着头，仔仔细细地搓着衣服。不多一会儿，阿种已经洗好了三件衣服，她转过身，把刚才浸泡好的第四件衣服拿起来搓，反复搓了几下便觉得肩膀有些酸，刚想休息一下，却听见有什么声音传来。

“阿种！”

是有人在叫自己吗？阿种心想，这个声音不熟啊，看来不是猪作。她十分厌恶猪作，每次遇到他就立刻退避三舍，她心里惦记的是传藏。但是，既然这个人不是猪作也不是传藏，那还有谁会叫自己？

阿种忍不住抬头，在水面附近张望起来。

阳光将阿种的身影映在了水面上，身影的下面，一团黑色的阴影越来越浓。这……有些像人的胳膊，又有些像……螃蟹的大钳子！阿种被吓了一大跳。

这时候，呼唤的声音再次响起，阿种转过身，一个穿着和服的紫衣少年正在路边喊着自己。少年看上去有十五六岁，白白净净，十分英俊，阿种一眼看去，还以为他是寺庙里的人。

“阿种你还记得我吗？”

少年朝着阿种笑了笑，阿种有些不好意思，可是怎么也想不起来他是谁。

“你是……”

“过会儿你就知道我是谁了，再见。”

少年又笑了起来，转身往日浦坂去了。阿种望着他的背影沉思起来。这个少年究竟是谁呢？既然会如此亲昵地喊她的名字，应该是认识的人才对啊……不管阿种怎么想，都想不起自己认识这么一个少年。不过既然他往日浦坂去了，那或许就是积善寺里的人吧。阿种回想起来，自己偶尔会去积善寺拜佛，可能就是在寺庙里遇到过这个少年。

阿种站起身来，一直望着少年离开的身影，直到看不见了为止，可是阿种好像被吸引了一般，怎么也挪不开目光。

晚饭的时候，阿种和母亲一起准备了晚饭，饭菜都端上桌，家里人围在一起其乐融融地吃了起来，阿种却站在后门处发呆，蚊虫都围着她转着，她却充耳不闻。

母亲喊道：“阿种，快吃饭了，站在门口干什么？”

“嗯……”阿种心不在焉地应了一句，却依旧一动不动地发着呆。

母亲不耐烦了，又喊了一遍：“阿种！快过来！今晚与平他们家烧了洗澡水呢，吃完你去泡澡吧！”

“嗯……”

阿种总算是回过神来了，走进屋挨着母亲坐下，扒了几口饭菜，她又放下碗筷发起呆来。

“哎呀，怎么就吃这么点饭，不舒服吗？”

“没有啊，没有不舒服……”阿种望着母亲回答说。

“那就去泡澡吧，去晚了水就不干净了。”

“好……”

阿种取了毛巾和洗澡的东西出了门。月亮又大又圆，天上没有什么星星。阿种沿着石阶走着，转弯上了马路，再右拐。田里的植物都已经熟了，麦穗看起来沉甸甸的，又是一个丰收年。

走了好一段路，阿种才到烧水的人家，这家种着许多枇杷树和橘子树，阿种的前面已经排着三个等待泡澡的人，阿种也走上去，排在他们后面。

“阿种啊，快好好洗洗，你的情人还等着你呢！”排在阿种后面的老奶奶说着玩笑话。

“阿种这么美，当然等她了，来，快来洗洗吧！”刚出澡堂的阿姨笑着说。

阿种一言不发地泡了个澡。这时候起了雾，月亮变得朦胧起来。阿种正准备回家，一个人影从果园里溜了出来。

“阿种。”

阿种一听声音，便在心里直呼倒霉，因为这是猪作的声音。

“阿种，你最近怎么总是避着我？”

阿种见溜不掉，只好回答说：“我没有避开你。”

“那你就跟我说说话嘛。”

猪作长得虎背熊腰，外加一张大大的国字脸，此刻正满脸期待地看着阿种。

“有什么说的啊？”

“也没什么特别的，跟我一起去那边坐坐。”

“哪儿？”

“就找个安静的地方坐坐，免得被人看见。”

“我不去，有什么话明天白天再说。”阿种见猪作一脸坏笑，一下子慌了神准备逃跑，谁知猪作两只手扑上来，死死地抱住了阿种。

“你干吗？快放手！”

“阿种，我们就过去坐坐……”

阿种被抱住动弹不得，猪作趁机把阿种拉扯到了果林中。正在这时，一个身影从猪作的面前闪过，猪作一下子放开了阿种，捂着眼睛惨叫着。

阿种看得很清楚，刚才是一个紫色的大钳子打了猪作……

猪作已经跑进了雾里看不见身影了。

阿种松了一口气，心想，一定是有人过来了，所以他才吓跑了。阿种四处张望，想看看到底是什么人来，可是一个人影也没有看见。

这一晚过后，阿种有些怪怪的，似乎丢了魂一样，成天发呆。做事的时候总是停下来，一个人愣愣的，有时候还站在自家大门口不知道在看什么。去溪边浆洗衣服时，也总是一上午都不回来，好几次惹得母亲担心，不得已去河边找阿种，只看见阿种一动不动地站在溪水边，不知道她心里究竟在想着什么。

这天，阿种心心念念牵挂的传藏顺道来看阿种，他在农户家里打短工，正好下班回家路过阿种家。刚进阿种家，就看见阿种正和她的母亲一起搓麻绳。传藏性格沉稳实诚，长得高高大大，还是个相扑的高手。

传藏一眼就看见阿种心不在焉的样子，开口问道："阿种你怎么了？怎么愁眉苦脸的？"

"嗯……"阿种随口应了一声，头也没有抬，看也不看传藏。

"阿种最近是有些不正常。"阿种的母亲对传藏说道。若是平常，阿种看见传藏必定是兴高采烈，跟传藏有说不完的话，而且怎么都不舍得传藏走，今天却是冷冰冰的样子。

"她怎么了？"

"我也不知道，也就这几天开始有些奇怪。"

传藏见阿种对自己不理不睬，只好陪阿种的母亲聊了一会儿，然后怏怏地走了。

第二天早上，阿种拿了一两件脏衣服准备去溪边洗衣，刚走到院子里就被母亲拦住了。

"阿种啊，衣服才一两件就不要去洗了，明天再洗吧。"

"多了洗起来才折腾呢，我去洗一下就回来。"

"多了不好洗就让我去洗吧，你好好休息休息，收麦子的人容易累。"

"不用了，一两件衣服很快就洗好了。"

阿种坚持要去洗衣服，母亲也不好再多说什么，只好让她去了。

"早些回来啊。"

"嗯。"

阿种给自己换了一件新衣服，还施了粉黛。母亲越看越奇怪，只好再次叮嘱她早点回来。阿种轻轻应了一声便呆呆地出了门。母亲想着阿种这几天的样子，怎么想怎么奇怪，可是也不知道究竟是什么原因，只好继续打麦子。

过了两个多小时，洗衣服的阿种还是没有回来。母亲着急起来，赶紧跑去溪边找阿种。

到了河边一看，阿种带出来的两件脏衣服正泡在溪水之中，可是四处都不见阿种的身影。母亲慌了起来，在溪边细细找了一圈。然而她在溪边没有找到阿种，她便四处问人有没有看见阿种。然而邻居们大多数都在田间劳作，问了一大圈，始终没人见过阿种。

无奈之下，母亲跑到了自家的田里，把阿种不见的事告诉了公公和儿子，再飞快地跑到远处山谷，通知了丈夫。

就这样，所有人都知道阿种不见了，街坊四邻齐聚在阿种家里商量着对策。母亲把这几天阿种的奇怪举动说了一遍，邻居说，阿种可能得了什么病，所以走失了。也有人站出来说，阿种有可能被拐了。

吃过午饭，众人开始分头寻找。第一组人从左川町到松山街道去找；第二组人去高知城附近找；第三组人从日浦坂到户波去找。

第三组人刚爬上日浦坂，忽然有人说："要不先去坡上的池塘里看看？"

于是一队人就钻进了树林子里，朝池塘的方向摸去。这里几乎没有人来，林子里积满了厚厚的落叶，不知名的野花在树底下开着。很快，一个碧绿的池塘出现在众人的眼前。四周一片寂静，众人走到池塘边，在浅浅的水草丛中找了起来，希望能找到一些线索。

过了一会儿，有人发现水草上有一把小木梳。

"快看，是梳子！"

众人聚到一起，仔细一看，果然是一把女孩子用的木梳，而且应该是掉进水池还不久，看起来还很新。

"这是阿种常戴在头上的小梳子啊！"猪作叫了起来。

大家都知道猪作时常找阿种聊天，他肯定不会认错，那么阿种确实来过这里了。

众人疑惑地望向寂静的池塘。

"阿种会不会是落水了？"

"这可怎么办？"

"下水去看看吧，说不定还能救回来！"

众人一番商议，猪作早就待不住了，立刻站出来说："我先下去看！"

众人纷纷点头，嘱咐他小心一些。

猪作把外套上衣全脱了，袜子鞋子也放在池塘边。池塘挺深，没几步就过了大腿，猪作长长地吸了一口气，然后钻进了水里。

众人站在池塘边等着，紧紧地盯着水面等待猪作浮上来。过了几分钟，水面上忽然涌起了一片血水，正靠近猪作下潜的地方。

众人一片惊愕，片刻之后，猪作的尸首像一条死鱼般浮了上来，整个右臂被什么尖利的东西砍掉了，一片血腥。

众人尖叫连连，赶忙跑回了村里。

猪作就这样不明不白地死了，街坊四邻都吓得不敢再去池塘附近搜寻。但是另外两组去其他地方搜寻的人马，都没有找到任何关于阿种的线索。

大家都认定阿种是掉进了那个池塘被怪物砍死了，阿种家里人也都这么觉得。他们把阿种失踪的那天作为她的忌日，请了许多高僧来为她诵经超度。

这天，传藏打完短工回家，习惯性地去阿种家陪阿种的母亲说说话。天渐渐黑了，传藏起身告辞，准备回家去。他家在户波，得翻过日浦坂。

天一直阴沉沉的，随时都要下雨的样子。传藏刚爬上日浦坂，就听见有个声音幽幽地在耳边回荡："来……快来啊……"

传藏知道附近池塘的诡异事件，心里暗道不妙，恐怕自己是遇上什么东西了。

"快来……快来啊……"诡异的声音再一次响起。

传藏心道，看来，这可恶的家伙是不想放过我了。于是他转身按原路走下了日浦坂，改走另外一条小坡回家。这条小坡有块低洼地，名叫巫女奈路。

刚走到巫女奈路附近，传藏就看见不远处有块大岩石，岩石上突然出现了一个女官，容貌十分美丽，穿着讲究。

传藏向来胆大，并没有被这个景象吓住，只是在心里觉得奇怪。他不敢轻举妄动，便立在原地，仔细地看着女官。忽然间，美丽的女官消失了，变成了一个身着盔甲的凶猛武士。传藏依旧不动声色地看着，果然，武士再次消失不见，岩石上出现了一座豪华盛大的宫殿，简直如皇宫般华丽。没过多久，华丽的宫殿变成了佛像，就像传说中的不动明王一样，浑身上下都发着红色的火光。

传藏在一旁看着，越看越不觉得惊讶，反而觉得有些不屑，随即大笑起来。

那佛像似乎是听懂了传藏笑声中的不屑，不动明王像倏忽消失，场景也不再变化，岩石上是一只大大的螃蟹！

传藏仔细地看着那只螃蟹，硕大的螃蟹起码有十二张榻榻米的大小。黑暗中，传藏隐约看见蟹背上有着什么东西，定睛一看——坐在蟹壳上的分明就是自己牵肠挂肚的情人阿种！

传藏的脑子转得飞快，他立刻想到了猪作的惨死，前后一想，猜出了几分。这只巨大的螃蟹已经成了妖，迷上了日日去溪边洗衣的阿种，猪作向来对阿种有意，这螃蟹才会杀掉猪作。一想到猪作的死，传藏怒不可遏，立刻向大螃蟹冲去。哪知，他还没有靠近螃蟹，就被它一个妖法定住了身，紧接着昏了过去。

天蒙蒙亮的时候，传藏终于醒了过来，他起身四处张望，自己躺在低洼地的杂草丛中。他回忆起昨晚的种种，立刻爬起身来，可是四下什么都没有。此后，传藏再也没有遇到过那只螃蟹，阿种也彻底没了消息。

春香的故事

故事发生在朝鲜的全罗道南原郡的一个村子里。

这天是五月初五端午节，当地的青年男女特别喜欢这个节日，因为这天他们都会穿上好看的新衣服，到郊外游玩。

天气正好，阳光温暖，微风吹过，万物一片欣欣向荣的景象。这天，正好有一群正值豆蔻年华的姑娘，她们用红绳和紫绳绑在树上做了一个秋千，在这儿荡秋千。姑娘们肤若凝脂，配上身上的新衣裳，宛若山间的蝴蝶，煞是好看。

这里面有位姑娘，名叫春香。春香的妈妈年轻的时候是一名艺伎，叫月梅。春香眉清目秀，眼睛大大的，特别水灵，身材纤细，是个美人坯子。只见她坐在秋千上，奋力地荡着秋千，想要荡得高高的。

“春香姑娘！春香姑娘！”

春香听到有人在叫她，她一边荡着秋千，一边循声望去。

原来是个仆从在叫她。

“春香姑娘，快下来！”

春香正玩得兴起，被人打扰后特别不开心，但是又不能发作，只好让秋千慢慢停下来。

“我们家公子找你有事，你快去吧。”

春香有点不知所措。

“我得回家问问我母亲，她不允许的话，我是不能去的。”

“哼，如果你是官员家的女儿我还可以理解，一个艺伎的女儿而已，哪有那么多穷讲究？”

“但是我妈妈没有同意啊……”

“你怎么这么犟呢？你有没有想过郡守比你娘或者猛兽更可怕？真正的猛兽只会吃掉一个人，但是我们郡守如果发起脾气来，你们全家都别想活！”

其实春香也不是不知道，她清楚着呢。看到春香下了秋千，仆从轻蔑地笑着说：“别慢慢吞吞的，跟着我走吧。郡守家的公子爷能瞧上你是你的福气，你真的是要去拜菩萨了。”

“我要去哪儿呢？”

“那边，”顺着仆从的手看过去，指着山顶，“我们公子说，你荡秋千的时候可爱极了，好像一飞冲天的凤凰。”

春香听罢，就迈着小碎步往草坪上走。仆从嘟囔了几句，跟着春香。之前跟春香一起玩的姑娘们也没有继续玩，只是默默地站在那儿看着两人走远。

春香沿着草坪中间的小路爬到了山顶上。小路的那头长着一棵老松树，像一个张开双手迎接客人的老人。松树下有块大石头，石头上坐着一个翩翩少年——郡守的儿子，梦龙。

看到这个风度翩翩的少年，春香春心萌动，刚刚仆从强迫她过来的不愉快感早就消失了。她娇羞的脸蛋红扑扑的，小心翼翼地走到少爷的面前。

“少主子，我把她给您带过来了。”仆从得意地说。

梦龙看到这个美丽的姑娘，压根就没听进去仆从的话。他的心很乱，不知道该怎么开口，也不知道怎么搭讪。这个姑娘实在是美得太耀眼了。

“你多少岁了？”安静了好久，梦龙才问了一句这样的话。

“我今年十六。”春香也很紧张。

“十六好啊，十六好……”梦龙不知道怎么接下去，又沉默了一会儿说，“你是住在这边吗？”

“是的，少爷。”

“少主子，我知道这个春香住在哪儿，晚上我能给您带路！”仆从急于表现，插嘴道。

听到仆从这么说，梦龙特别开心。

“好好好，晚上带我去……”说罢他又觉得不妥，又问了春香，“我能去拜访吗？”

“嗯，可以。”

“我今晚就去找你，等我哟。”

“好的。”

“记得告诉你娘，我们少爷要去你家，让她好生准备，别怠慢了。”仆从严肃地对春香说。

春香还是很害羞，不敢抬头看。她鞠了鞠躬，飞快地跑下山去。

梦龙满眼眷恋地看着这个飞奔远去的身影，看得入了迷。连鸟儿们好像都替春香高兴一样，围着春香叫了一番，飞走了。

春香直接往家里赶，没有去管荡秋千用的绳子，到家就告诉了母亲今天发生的事。母亲月梅真的是喜出望外，觉得现在这位公子已经开始喜欢自己的女儿了，那她以后就不用再累死累活，从此就可以过上好日子了。于是，她开心地把屋子里里外外收拾了一遍，还好好地打扮了一下春香，等着那位公子晚上过来。

天黑了，春香开始弹奏古筝。夜晚很安静，只听到了优美的古筝声。月梅在厨房监督着下人准备酒菜，所有人都是躁动的。

突然，春香听到一阵敲门声。月梅知道肯定是少爷来了，但是做过艺伎的她特别懂男女之间的相处之道，于是她问：“谁呀？”

“我。”

月梅开了一条缝，装出一副不知道少爷要来的样子，看着少爷和他的仆从。

“谁呢？”

“梦龙。”梦龙回答。

月梅摆出一副操心的样子，说：“要是郡守大人知道你晚上跑到我家来，肯定会发火的，少爷您还是回去吧。”

“没事，我父亲也经常在外面……他懂的。”

“那可不行……”

“没事没事，您不要着急，快点让我进去，我白天都跟春香约好了的。”

“既然你来了，还是破例让你进来吧。”

月梅摆出一副为难的样子，让梦龙进来了。仆从识趣地走开，到厨房去享受美酒佳肴了。月梅带着梦龙来到了春香的房间，春香见梦龙来了，停下了手中的古筝，害羞得脸都红了。她来到梦龙跟前，两人互相看着对方。

月梅在旁边招呼着梦龙，一会儿叫他喝酒，一会儿让他吃菜。深夜了，月梅便安排自己的女儿和梦龙睡下。

从那以后，梦龙就经常来找春香。为了以后能过上富裕的生活，月梅想尽各种办法招待梦龙。

时光飞逝，就这样，两年过去了。郡守升迁了，要去京城，他们全家自然要跟着一起搬过去。梦龙舍不下春香，临出发前，天天来找春香，一想到要离开就开始哭。临出行前夜，梦龙送给春香一枚戒指，说："明天我们再见一面吧，到五里町。"春香也特别不舍，她从怀里拿出一个小镜子，送给了梦龙。

次日，春香来到了五里町，等着梦龙到来。梦龙本来应该和家里人一起上路的，但是他借口有事，又骑马回来了。春香以为见不到梦龙了，在五里町哭得眼睛都肿了起来。

梦龙到了，看到春香立刻下马，飞奔到春香面前。春香一把拉着梦龙的手，眼里噙满了泪水。

"等明年桃花开了，我就回来接你。你一定要等我！"梦龙带着哭腔对春香说。

"我等你，我等你，不管等多久我都等你！"春香哭着说。

梦龙进京之后，春香就很少出门了，生怕被爱惹事的男子看上。她每天都期盼着桃花盛开，期盼着梦龙来接她。

然而，很多事情都不会一帆风顺。一天，新郡守派了两个当差的过来，对月梅低声说了些什么。月梅听完后点头同意了，然后对春香说："新上任的郡守唤你过去，你去收拾下。"

"我不能去，我不陪别的男人，我等梦龙。"春香说。

"你个傻瓜，你这么年轻，他去了京城，怎么可能还记得你，再回来找你呢？"

"但是他跟我说了，等明年桃花开了，他就来接我！"

月梅轻蔑地笑了笑，说："男人满嘴甜言蜜语，谁不会啊，不要信。他跟你说得好好的，可是到了京城，京城那么多美女，他怎么可能还记得你呢？"

"我不管，就算他忘记我了，我也要等他，为他守住贞节。"

“官员家的小姐还可以说说贞节，但是我们家都是艺伎啊，谁在乎你的贞节？你外婆以及你外婆的妈妈都没说过什么贞节这种话。”

“不行！我就要等着梦龙回来。”

春香实在不配合，月梅也没办法，于是只好好生招呼着当差的，让他们回去回复，说春香生病了，卧床不起，无法过去。

两位差大爷终于回去了，春香以为躲过了这一劫，不料，他们又回来了。

“大人说，就算是春香病了，也要带到府里去，如果不从，就直接绑走。”

春香再也没办法违抗，只好跟着去了郡守府。她穿着最最普通的麻布衣，头发有些许凌乱，但是仍然掩盖不住她的美。新上任的郡守迫不及待地想要见到春香，看到春香后，不由得感叹：不愧是我们南原郡的第一美女啊！

“从此以后你就跟我了，做了我的人，我会好好待你的。”

“大人，小女子已与人订下终身，实在难以从命，请大人一定要成全小女子。”

“订下终身？姓李的那个？”郡守不屑一提，“那种小屁孩说过的话，你信？”

“我不会违背誓言的。”

“你这死脑筋，难道不怕我发火吗？贱人！”

“就算皇帝下圣旨，我也不会违背誓言的！”

“你不违背，我帮你！”郡守大声对着属下们喊道，“给老子打！”

春香吓得脸色发白，咬着牙，闭着眼。一个当差的拿起了鞭子，向春香的后背抽去。

“住手！”郡守抬手示意手下停下来，又问了一遍春香，“你确定还是要等那个小子？”

“我的丈夫叫李梦龙！”春香闭着眼，咬牙说道。

“继续打！”郡守气不打一处来。

当差的拿起鞭子，往春香的肩上以及背上抽去。

“还等不等？”

“等！你今天就算打死我，我也不会违背誓言的！”春香的嘴角已经开始流血。

郡守看到春香如此倔强，觉得继续打下去会把她打死的，还是先关起来，慢慢地折磨她比较好。

“来人！把春香押入大牢。”

当差的听到命令，于是给春香套上锁链，拖着她往大牢里扔。

听到了郡守府发生的事，月梅立马带上了食物，到大牢看望自己的女儿。

“梦龙不可能会回来的，别傻等了，现在是郡守大人当官，你别反着来啊，傻孩子。你还要我为你操多少心、流多少泪啊？”

春香全身疼痛，说话都有点吃力，道：“妈妈，我不孝，但是我还是不能违背誓言啊！”

等春香喝完粥，月梅就垂头丧气地回家去了。

起初，新郡守会经常把春香召唤出来，继续问话，但是春香依旧认死理，不肯从了郡守，于是郡守对她也失去了兴趣，不再逼她。

月梅每天早上去给她送粥，见一次劝一次，让她不要犯傻，听郡守的话算了，以后照样有好日子过。但是女儿固执，根本不听她说话。每天这么说也无趣，于是月梅只能等，等着郡守消气。

很快，春香就在牢里过完了春天。牢外的桃花开过之后就凋零了，桃枝上发出了嫩绿的新芽。春香想起与梦龙的约定，心里特别想念他。这时她忽然想到，为什么我不让梦龙帮我呢？于是她让月梅给她带纸和笔过来。她将自己被郡守关押在大牢的经历写在纸上，让梦龙之前的仆从转交给梦龙。

结果，信没送出去几天，春香就收到了回音。她不敢相信，于是看了回信，信上写着：“不日我们就能见面。”这字迹分明就是自己的情郎的，春香还是觉得不敢相信。

帮忙送信的随从跟月梅说，一得到委托，他就赶紧启程去京城准备送信，结果刚到市郊，准备在一块石头上休息的时候，他就碰到了一个叫花子跟他打招呼，说来奇怪，这个叫花子竟然就是少爷梦龙。他当时心想，春香真的是个苦命的姑娘，死守着约定，苦苦等着的人竟然变成了一个叫花子……于是他拿出春香给他的信递给了梦龙，跟他说：“这是春香让我转交给你的。”

梦龙接过信后，读完后就去附近借了纸和笔写回信，但是只写了一句话，交给随从后就走了，没有多说一个字。

几天过去了，月梅还在为春香的事情着急。突然，她听到有人敲门。

月梅起身问：“谁啊？”

“大娘，打发点吃的吧，您行行好！”一听就知道，门外就是个叫花子。

“我还想让你行行好呢，我女儿被关在牢里，没东西给你吃！”

“没有能吃的，打发点钱也好啊！”

“打发个屁啊！赶紧走！”月梅真的要被这个叫花子气死了。

“大娘，大娘，打发点吧！”叫花子还在敲门。

月梅真的气不打一处来，哪里来的这么讨厌不识趣的叫花子啊！今天一定要给他点颜色瞧瞧！她气冲冲地打开门，看到了一个年轻的叫花子。

叫花子一看到她就笑了。

月梅认真地瞧了瞧，我的天……这……这……这是女儿心心念念的梦龙啊！我的天……他怎么变成了叫花子啊！

惊讶了半天，月梅才说出一句话：“呵，很好，我们春香死等了这么久，等来的却是个叫花子……”说完她就哭了。

梦龙微笑地看着她。

“春香这个傻孩子，怎么傻到这个地步了，等着一个叫花子，这样的事情都可以歌功颂德立牌坊了，被郡守关到牢里挨打还不从，死活要等这个叫花子……”

突然，月梅的脑子灵光一闪，想到了个法子：春香看到现在的梦龙，难道不会放弃？想到这儿，她立马擦干眼泪，说：“你也知道春香的事了，不如去看看她吧。”

梦龙点点头。

“先进来吧，吃点饭，等下跟我一起去看春香。”

月梅让梦龙进了屋，一脸鄙夷。她带梦龙到了厨房，找了点剩饭剩菜给他吃。但是梦龙并没有嫌弃，反倒吃得很香。

吃完后，他们就一起去看春香了。

明天就是新上任的郡守的寿辰，所以到处都忙得不可开交，衙役们也不例外，跑前跑后，忙碌不堪。月梅和梦龙绕了好久才绕到大牢里，到了牢门口，月梅把头伸进栏杆冲着里面喊：“春香，我帮你把梦龙带过来了！”

听到声音，春香激动得动了动身体。她身上戴着铁链，行动不便。她抬起头，爬到了栏杆边，把手伸出来，一双手惨白，没有什么血色。

“我把你心心念念的人带过来了，你看清楚啊！”月梅指了指她身边的叫花子。

看到穿着破烂的梦龙，春香一下就哭了。为什么梦龙只给她回信回一句话，原来是这样。

梦龙没有作声，只是看着春香。

春香还在抽泣着。

“你可要看清楚看明白，他就是你心心念念的人！”

其他的犯人都听到了春香的哭声，都往她这边瞧。

“回去吧。”梦龙突然说。

“回去？你回哪儿去？你个叫花子应该回破屋子去，回到大树下睡觉去，我管你回哪儿去！”月梅气急败坏地骂了梦龙。

“别讲这种话嘛，我们一起走啊。”梦龙笑着说。

“你告诉我，回哪儿？”

“您看，我都是您女婿了，当然回您家里去啊！”

月梅都被他说得一愣一愣的，立刻回道：“谁说你是我女婿了？要不是你，我们春香哪里会进牢房？我真的讨厌你！”

梦龙依旧一副好脾气，微笑地看着月梅。

“春香，你等的人你也看见了，你还听不听娘的？”

“娘，你们先回家吧，我现在不想听这些……”春香一边哭一边细声说道。

“好，娘让你冷静一下，好好思考下，给你一天，我先回家了！”

月梅起身就走，看都没看梦龙一眼。梦龙却心疼地看了春香好几眼，才恋恋不舍地走了。月梅到家时，梦龙就跟在她的后面。

“我家不是给你这种叫花子住的！”月梅不让梦龙进去，但是梦龙耍赖皮硬是挤了进去。看到他这样，月梅也着实没有办法，只好说：“我再破例一次，让你住一个晚上，明早，明早请你立马走人！”说完，就带梦龙来到了下人们住的地方。

早上起来，月梅依然做了早饭给梦龙吃，吃完，梦龙就自觉地离开了。出门的时候，月梅反复嘱咐梦龙，以后再也不要来了。

梦龙还是老样子，微笑地点点头。

郡守的生日大典就要开始了。隔壁的官员和一些在南原郡有威望的人都来了。郡守府大厅里有艺伎们在载歌载舞，好不热闹。

突然，门口出现了个叫花子。看到叫花子想进去，门口的衙役大喊：“臭叫花子，别乱来，这是你该进去的地方吗？”

梦龙装作不懂事，浑浑噩噩地混入了人群。一会儿过后，他找到了个缝隙，从后门偷偷进去了，来到了艺伎们表演的房间。新郡守一下就看到了穿着破烂的梦龙，立刻发怒道：“你们这些不干事的，谁放叫花子进来的，不想干了吗？赶紧轰走！”

当差的吓到了，立马过来准备把梦龙架走。

“咦，这个叫花子长得蛮清秀的，看起来不像一般的叫花子啊。看他会不会作诗，会的话可以助兴，不会就立马赶走。”来自云峰郡来做客的郡守说。

南原郡守同意了，然后对梦龙说：“那么你作首诗吧，创作得好，我就让艺伎伺候你喝酒。”

说罢，郡守让旁边的衙役拿来纸和笔给梦龙。

梦龙顺势拿笔，写了七言绝句，讽刺官员贪污腐败，只知享乐。写完，下人立马把诗给郡守看。郡守一读，惊了。刚刚提议的云峰郡守特别好奇，也凑过来看。不过，看完这含有暗讽意味的诗，他就不知道该说什么了。但是刚刚郡守确实承诺过，写得好就赏，但是写成这样，难道不赐酒？

“来人，给这叫花子倒酒！”云峰郡守很是为难地说。

艺伎们都呆了，但是谁也不愿给这脏兮兮的叫花子倒酒。最后，艺伎中一个年长点的女人给梦龙倒了酒。

突然，门口有人大喊：“天哪，是御史！”

“御史大人到南原郡了！”

“御史大人到南原郡了！”

“御史”二字让在座的官员感到五雷轰顶，吓得失了魂。御史是皇上亲自任命、为了监督各地官员而设立的官职。御史有很高的权力和地位，只要被御史查到官员有贪赃枉法的行为，御史就能立刻革了他们的官职。所以官员们听到御史来了就特别害怕。

梦龙起身走到南原郡郡守前，突然，人群中冲出了很多天安郡的士兵，把梦龙围在中间，保护着梦龙。这时，梦龙从衣服里拿出一块金令——南原郡守仔细瞧了瞧，令牌上写着“暗行御史”四个字。

这下，他可真的是吓得腿软了，连忙从座位上下来，请梦龙上座。

原来，事情是这样的。

梦龙离开南原郡之后，去京城就开始发奋图强、努力学习，参加考试夺了状元。中了状元后，皇帝赐封状元为暗行御史。但是，此次梦龙来到南原郡私访，其实也是有私心的——他要找到春香。他一路上听到新郡守上任后各种专横跋扈，并没有干正事，于是决心好好惩治这个郡守。为了打垮这个南原郡守，他还特地去了天安郡借了些兵来协助自己。

御史封了南原郡衙门的库房，然后重新审理了一遍前郡守办过的案件。根据案宗，他把关在大牢里的囚犯都带出来重新审问，核对供词。经过调查，他发现这些囚犯全都是被郡守屈打成招的，所以，他把所有无辜入狱的囚犯都释放了。

终于，轮到重审春香这个案件的时候。春香并不知道梦龙是御史，被带到大堂时，她只是低着头述说着自己为什么入狱。

梦龙听后，大声说："这个姑娘无罪释放。"然后，他命下属解开春香身上的锁链，拿出一块小镜子给春香看，然后问："你还记得这个镜子吗？"

春香不敢相信，看到镜子后她抬起头看向御史，顿时泪流满面。

把南原郡守正法以后，梦龙又去其他地方暗访了。要回京城复命的时候，他折回了南原郡，把春香这枚痴情女子一起带走了，从此两人再也没有分离。

穷神物语

1821年的夏天，番町的一位武士派家里的下人去自己的领地要钱。这个领地离番町很远，在下总。武士家本来特别有钱，光俸禄就有五百石，在当地算大户。但是不知怎么的，不知道触了什么霉运，这家人一连走了好多年的霉运，总是突如其来、无缘无故地破财。想想之前欠债的这家人的态度，这位下人就觉得特别为难，那人的脸色太难看了，这次要钱估计也要大费周章，还不一定收得到。

这天，没有一丝微风，特别闷热，天上的云零零散散的，像笼罩在天空中的纱，很薄。稻田夹道，田里的稻谷还是青的，水稻静静地立在田里，安静极了。这位下人边走边用打火石给自己点烟，快要到草加客栈的时候，他发现，不知什么时候，旁边多了一个人。

这人是一位云游僧人。这位僧人衣衫褴褛，深灰色的单衣破败邋遢，头上戴着白色的蓑衣斗笠，胸前的大袋子挂在脖子上。他大概四十岁，瘦瘦弱弱的，皮肤黝黑，下巴尖瘦尖瘦，双眼发青，往里面凹陷着。

僧人的这个穿着打扮让下人觉得有点害怕，因为他的样子看起来并不可怜，下人对他也没有一丝同情。僧人看到他点烟，就想借个火。这时，僧人连忙把手放进袋子去掏自己的烟枪和烟丝，然后熟练地将烟草卷卷塞进烟枪，凑过去借火。

下人实在顶不住僧人身上的阵阵酸臭味，于是他憋着气把自己的烟管递给了僧人，僧人熟稔地吸了几口，连忙道谢："太谢谢了……"

下人点头示意不谢。并排走了几步，僧人好奇地问："你要去哪儿啊？"

"去下总办点事……"

“哦，下总啊。”

“敢问大师这是要去哪儿呢？”

“贫僧正要去越谷。”

“哦，大师你是打哪儿来的？”

“贫僧是从番町的 ×× 武士府来的。”

这个下人张口结舌，因为僧人说的地方，就是他做事的地方。下人觉得这个僧人好大的胆子，自己就是武士府来的，这个人还敢胡说八道。但是下人又觉得不对，僧人没有必要撒谎啊。难道……他是想挂着主人的名字骗人？不行，我要好好看着他，省得他给主人添乱。他表面上淡定地看着僧人，但是心里却嘲笑着他。

“那个武士府啊，这就奇了怪了。”

“为什么呢？”僧人不急不忙地问道。

“当然奇怪了,因为我是武士府的佣人啊,我当差这么久,从来没看到过你呢。”下人装腔作势地回答道。

下人以为，等他说完，僧人会以为穿帮了而慌乱。结果僧人满不在乎地说：“那就有可能是你没看到过我。”

“绝对没可能！我一直是武士府的佣人，每天都在府上，怎么可能有我没看到过的人？你应该是记错了。”下人的语气里满是嘲讽。

“贫僧不可能弄错。”

“怎么可能？你不会是个骗子吧！”下人已经开始愤怒。

“你这么生气纯粹是因为你不认识我而已。我在三代以前就住进了武士府。那时开始，府上就一直有人生病，上一代的两个孩子都早夭。你又不是当了好多代的差，肯定不晓得这些陈年往事，贫僧讲给你听，之前也有这种事情发生呢。”

听完僧人的话，下人很是惊讶，因为僧人对主人家发生的各种事都清清楚楚，无论是之前的，还是最近发生的。

“怎样啊？到现在你还不清楚我是谁吗？”云游僧人狞笑着把烟灰倒出来，又塞了一把烟丝进去，吸了几口，“出家人不打诳语，没说错吧？”

“嗯，真的没错……”

这时下人都没心思管自己的烟枪了。

“对吧，贫僧怎么可能会说错呢，我每天都看到呢。”

下人想破头都想不出这个邋遢僧人到底是何许人也。

“还想不出来啊？”云游僧人继续狞笑着。

“实在想不出来啊，大师您是……”

“贫僧是穷神。”

“啊？”

“贫僧是在三代之前住到武士府的穷神。”

“哦……”

“因为我的出现，他家就一直有人陆续生病，满身债务，生活困苦。不过你们武士府已经没有霉运了，贫僧要去别的地方了。从此以后，你们武士府的主子肯定会时来运转，不再欠债了。”

两个人聊得太入神，竟然错过了要去的草加客栈。这时，他们已经走到了雾气弥漫的深谷，但是完全不自知。

“正因为如此，你以后就不用担心了。”

听到这个，下人感觉舒了一口气。

“这样啊……那你打算搬到哪儿去呢？”

“贫僧？贫僧要去你家旁边的一个府。”

“咦？”

“去那家之前，贫僧要悠闲放松一下，去找越谷的朋友打发下时间。明天我就搬到那家去住了。”

听僧人说完，下人就想起了隔壁的人家。

“如果你不信贫僧说的，可以慢慢等着看，时间会证明的。明天起，那家就有人要病倒了，就要有债务了，就跟你家主子之前遇到的一样。”

“啊？”

“但是……此乃天机，不可随意泄露。”

“哦哦……”

“那，我们就在这里告别吧。”

下人回神后发现僧人一眨眼就不见了，他刚刚站的地方就是深谷。

没过多久，下人到达了下总。意想不到的是，下人这次竟然收到了租金，没有无功而返。而且穷神还告诉了他“天机”，他心情特别好，带着收来的钱，兴高采烈地向主人邀功去了。

画里跑出来的野猪

明治初的时候，有一个村民想要开个肉铺专卖兽肉，他先请木工做了一块大大的空白招牌，想着去隔壁的一位画匠那里请他在招牌上画画。

这一天，他带着招牌去隔壁长屋拜访那位画匠。

这位画匠十分擅长江户时代洋画派的泥画，但是这个画匠平时并不热衷作画，反而喜欢喝酒玩乐，但凡手里有些钱，就会出去喝喝花酒。这时候画匠正在画木牌，这些木牌是居委会准备用来供奉神社的。

“您好，能不能帮我在这招牌上画点野兽？”肉铺老板放下了肩上的大招牌问道。

“要画什么野兽上去？”画匠漫不经心地问。

“画上一头牛，一头野猪，再加一只野兔就可以了。”

“可以啊！”

“那这画一下需要多少钱？”

“不多，五两就行。”

“这么多？三两行吗？”

“什么？五两还多？难道你觉得我的画作只值三两吗？”画匠掏出自己的烟枪，一边点上火一边说道，“我画的画那可是十分逼真，很有灵性的，如果不少画点什么或是多画点什么，野兽就会从画里面钻出来了。以前画师金冈不就是画了一幅骏马图吗？后来怎么着，画得太逼真了，马儿老在晚上跑出去吃庄稼，后来人们只好把画上面的马的眼睛给去掉了。我画出来的野猪就跟金冈画的马一样，要是不画个绳子拴住它，到时候它可就跑了！”

“哎呀，只是一个招牌而已，不用像神社里的那样有灵性的。”

“这么说可不行，我怎么能保证它有没有灵性呢？万一它跑了出来，你岂不是要遭罪？”

“不用担心，不用担心……”

“那好吧，要是野猪什么的从招牌上钻出来了，我可不管。”

“它要是想钻出来那就钻出来好了，我可只付三两银子！”

“好吧，不过我话说在前头，要是真的出了事，你可千万不要来找我。我画的画，要是摆在房间里兴许还安全一些，画在招牌上日晒雨淋的，野兽可特别容易钻出来！你要是不怕，那就三两吧。”

“好好好，那就麻烦您啦！这要画几天啊？”

“不久不久，三五天就好。”

五天之后，肉铺老板又去了画匠家，准备取回自己的招牌。

“那天你可是自己说的不要画绳子拴住，我就没画绳子。你可得当心了，这野兽真的要跑出来的，出什么事我可不管。”画匠嘱咐道。

“哎呀，要是画在神社或者寺庙那种有灵气的地方，没准就变真的了，招牌上的几只野兽而已，哪里会变真的啊！”肉铺老板毫不在意地把画好的招牌扛回了店铺，然后把招牌钉在了屋檐外。

就在这天晚上，大雨倾盆，狂风大作，直到天亮才渐渐停止。老板昨天夜里便担心自己的新招牌会不会被风吹下来，于是一大早就推门出去看，这一看可不得了——招牌上的野猪不见了，只有野兔和牛还在招牌上。

“哎呀！”肉铺老板慌了神：看来那个画匠真的没有骗人啊！他赶紧把招牌摘了下来，扛着去找画匠。

“哎呀，我不是早就说过了吗？”画匠远远地看见肉铺老板过来，说道，“谁让你非不信我呢。”

“可不是嘛！这回真的跑了啊，劳驾您再画一个不会钻出来的吧。”

“哎呀，画是可以，不过五两银子可少不了了。”

“这……上次不是给了三两吗，我再补上二两不行吗？”

“怎么能这么算呢，我这也是重新画的啊。”

“那好吧，我就出五两吧，您可千万帮我画好了，可别让野兽跑了。”

“好了好了，知道了，这次一定没问题，不过你可得先给钱。”

肉铺老板这次恭恭敬敬地把钱拿给了画匠，画匠眉开眼笑地收下了钱，又在招牌上画了只野猪。这一次，野猪的后脚被一根链子拴上了。

原来，画匠在第一次画招牌上的画的时候，野兔和牛是油漆画成的，唯有那只野猪用的是泥画。那一场大雨，刚好把泥画的野猪冲刷得一干二净。画匠就用这样的小伎俩，让肉铺的老板稀里糊涂地上了当。

雷公

明治维新的时候，上野国新设立了一个县，名叫“岩鼻县”。

上野国原本就是偏远的地方，极少受到中央政府的管理，导致此处治安混乱，赌徒辈出。嗜赌成性的恶棍鱼肉百姓，横行乡里，民众苦不堪言。

设立了岩鼻县后，彦根的藩士大音龙太郎被任命为岩鼻县的县官，他本就是个性格粗犷奔放的人，一上任就进行了大刀阔斧的整顿。官兵四处抓捕赌徒恶棍，每天都有七八十人锒铛入狱，而这些被抓的赌徒恶棍都逃不了被斩首的下场。

故事就发生在此时的岩鼻县。

一个名为音造的男人和妻子阿种居住在岩鼻县的郊区，生活十分艰辛。音造每天在田间地头勤恳工作，闲时还得去做做零工零活，这样才勉强让两个人吃得上饭，不至于挨饿。音造的妻子阿种长得楚楚动人，十分美丽。音造外出工作的时候，阿种便在家洗衣做饭、浇灌庄稼。每天黄昏过后，阿种都要拎着水桶去屋后的山脚下提水，穿过一大片的桑树田，再穿过一片竹林，山脚下的井就在几棵芭蕉树附近。

这天，阿种和往常一样拎着水桶穿过桑田与竹林，皎白的月光落在井边，阿种打好水，正准备拎起水桶往回走，突然，一个人影从林子里冒了出来。

“阿种别怕，是我，我是山形！”那个人影说道。

这个山形来历不明，去年才出现在岩鼻一带，他总说自己是个武士，在岩鼻赌场之中做庄家。山形外貌丑陋，脸长胡须多，皮肤黝黑，眼神贼溜溜的，又人高马大，看起来十分凶恶。

“你是叫阿种没错吧？其实呢，我有话想要告诉你。”

阿种看着山形靠近，心中不住地害怕。

“你可别怕，我是正直的武士，绝对不会伤害你的，你到我这里来，我把想说的话告诉你。”山形的脸抽动了一下，似乎是想笑一下让自己更温柔一些，但这张脸配上这个笑容，真的是更加恐怖了。

“我还有急事，先走了。”阿种一分钟都不想多待，伸手拎起了水桶准备走。

山形猛地冲了上来，一只手放在了阿种拎桶的手上：“你为何要对我如此淡漠？我的心意难道你不知道吗？虽然你已经有了夫君，我也不该爱上有夫之妇，但是我实在爱慕你啊，已经顾不得生死了！”

阿种被山形的这番话吓住了，六神无主起来。

“阿种，你放心，我身为武士绝对不会做坏事的，但是我每天对你茶饭不思，求你救救我吧！”

“您太抬举我了，我不过是个普通的村妇而已。”

阿种努力想让自己保持平静，脑袋飞快地思考起来：想要挣脱他跑掉肯定力气比不过啊，还是借机逃跑吧，等下或许有其他人来打水的时候，就可以趁机逃跑了。

“就是因为你生活那么艰辛我才想好好待你，让你过上舒舒服服的生活，不用再辛苦操劳，每天都打扮得美丽动人。像你这么漂亮的女人，和贫农一起受苦真是不应该啊！阿种，你就从了我吧，让我好好疼爱你，好不好？”

说着说着，山形又想伸手去捉阿种的另一只手，阿种飞快地躲开了。

“您太看得起我了，我就是一个村妇，过惯了苦日子，受不了富贵的好生活，您就放过我吧。”

“你就一点都不在乎我对你的一片心意吗？”

“我已经有丈夫了，我要对丈夫忠贞，您还是放了我吧。”阿种奋力地想要抽回自己的手，奈何力气实在敌不过。

“阿种你别急，等我把话说完我就会放手的，你别急着走啊！”山形满嘴的臭味让阿种心生厌恶。

“我丈夫还在等我回去做饭，再不回去他就会来寻我了。”

“阿种你怎么就想着你的丈夫呢？你怎么不想想我呢？我每天想着你，心里备受煎熬，陪我多说会儿话不好吗？”山形更加使劲地抓住阿种的手。

“快放手！我已经有丈夫了！快放手！”阿种拼命挣扎着。

“阿种你别这么害怕啊，我绝对不会伤害你的……”山形边说边伸出手去抓阿种的另一只手，阿种几乎就要尖叫起来。

“阿种你别大声喊叫，可别不给我面子，当心我真的对你不客气！”

“大人，求您还是放了我吧！”

“我没打算伤害你，我只想跟你好好说话，可是你不给面子，不肯乖乖听我说话！”

阿种明白，拼力气是没办法挣脱逃跑了，只能看看有没有其他人来打水了。

正在这时，竹林里传来人声，是两个女人正聊着天往这边走来。阿种如同见到了救星，对山形说道：“有人过来了，您要是不想有损面子，就赶快放手！”

山形仍旧不肯松手。

那两个女人聊天的声音越来越近，山形终于犹豫了，放开了手，“哎呀，那今天就先这样吧，我是不会死心的，我一定会再来找你的。你可别四处宣扬，万一你说出什么有损于我面子的话，我一定不会轻易放过你！”

山形说完，在竹林中消失不见了，阿种终于松了一口气。两个聊天的女人已经走得十分近，阿种确定对方还看不见自己，赶紧拎起水桶往家走去。

一天，阿种吃过中饭在池塘边洗碗，常和阿种一起聊天的老奶奶找了过来。老奶奶独身一人，丈夫和孩子都过世了，住得离阿种家很近，因此常常互相走动，关系非常好。

“阿种啊，在洗碗吗？一会儿有没有空啊？”

“阿姨怎么了？”

“想请你帮帮忙呀……”

“什么忙啊？”

“其实是这样，有人送我一匹布，我想做件新衣裳……不过我年纪大了手指都不灵活了，所以想让你帮忙呢。”

“好啊，我收拾下就过去吧，不碍事的。”

阿种把自己的手擦干净，戴好头巾跟着老奶奶去她家。刚走进客厅，老奶奶就把布取了出来，说道：“你先帮我裁布吧，我得去我侄女那里拿丝线。”老奶奶唯一的亲人就是她的侄女。

“好啊，那您去吧，我先裁。”阿种点点头，找到剪刀和尺子，准备量布裁衣。

老奶奶刚走，屋前就有脚步声一点点靠近。阿种以为是老奶奶忘拿东西又走了回来，便没有看，继续认真地量着布。

可是，来的人静静站在阿种的身后，阿种抬起头来，才惊觉，来的竟然是山形！山形看起来刚剃过胡子，下巴看起来格外狰狞，腰上还别了一把短刀。

“这不是阿种吗？老奶奶呢？”

“阿姨去她侄女家了，马上就回来，大人找阿姨做什么？”

“其实我看见老奶奶带着你过来，所以来找你聊天啊，上次我们还没聊完呢。”

阿种不说话，紧紧地捏着尺子，眼睛望着地上的布。

“你对我可真是冷漠无情……我可是对你思念至极，吃不下饭睡不着觉！来陪我说话吧……”山形边说边伸手搭在了阿种的肩上。

“我……”

“我那天和你说的那些心里话你都不记得了吗？你怎么能这么无情呢？”

“不记得了……还请大人放过我吧！”

“别这样啊阿种，我们好好聊一聊好吗？再过一会儿，老奶奶可就要回来了。”

山形满脸淫笑地看着阿种，顺势蹲了下来，张开双臂想要抱住阿种。

阿种吓了一跳，赶忙后退。

“阿种你别害怕，我一个武士是不会做出犯法的事来的，我就想跟你好好聊一聊！”山形看似平和地望着阿种，“你别厌恶我，我是真的怜惜你，你生活这么艰苦，每天都在受罪。还是跟我一起吧，我带你去东京！你还不知道吧，江户已经换了名字，叫东京啦！到时候我就迎娶你，带你去东京见见大世面，找下人来好好服侍你。只要你愿意，我现在就给你保证金！不管是一百两还是二百两，要多少都可以！”

阿种没有说话，只是盯着山形看。

“你要是想要留在这里也没有关系啊，我想办法多见见你，我还会帮你丈夫找个体面的工作，这样他也不用辛苦工作啦。我真的是想让你过得很好啊！”

“您的好意我心领了，不过我觉得自己过得挺好的，大人您放弃吧！”阿种瞥见门还敞着，趁他不备，立刻站起来冲了出去。

山形吓了一跳，下意识地拉住阿种，可惜只拉到阿种的衣袖，一使劲，整个袖子都被拉了下来。阿种已经跑到院子里了，山形追了出来。

这时候，有人冲了过来，定睛一看，是外出打工的音造回来了。

音造大老远看见阿种慌张害怕地跑出来，大声问道：“阿种？怎么啦？”

阿种一见是音造，心里终于有了一丝安全感，回头看，山形正抓了阿种的衣袖站立在阿种身后不远的地方。

音造也看见了，生气地喊：“到底怎么回事？”

“他在纠缠我……我跑出来了……”

“那你在阿姨家做什么？”

“阿姨让我帮她裁衣，她说没有丝线要去侄女家取。结果她刚走，这位大人就来了……”

阿种又回头望向山形的方向，但是人已经不在那里。

“这也太过分了！快回家吧！”

一回到家，阿种就和音造讲述刚才山形的种种举动，正说着，老奶奶带着阿种的衣袖过来了。

“音造，刚才真是不好意思。山形大人来找我，结果我刚好出去了，结果就闹出了误会。那位大人是极有钱的武士大人，是不会做出犯法的事来的，他只是今天喝了点酒，所以说话做事有点过头了，音造、阿种，你们可别往心里去。”

阿种还没有把打水时发生的事说给丈夫听。但是音造也是个明白人，在听过老奶奶的解释之后，他明白山形意图不轨，而且老奶奶始终在帮山形说话，可见和他是一伙儿的，这让音造大为光火。

“阿姨，您是这么认为的？我可不认为山形那家伙是在和阿种开玩笑，换句话说，要真是个武士，怎么会大白天擅闯民宅？”

“山形大人为人很正直的，虽然不经常来我家，不过每次都是直接过来的，他和我都习惯啦。”

“什么正直什么习惯，总之，和别人的妻子开这么过分的玩笑就是有问题！”

“山形大人知道自己酒后唐突了，这会儿很后悔，怕你们误会他，所以特意差遣我过来给你们好好道个歉。弄坏了阿种姑娘的衣裳，还添了误会，心里实在过意不去。这里还有山形大人赔礼的一点钱，算是赔偿啦。”老奶奶干笑着把包了钱的纸包递给了音造，“有了这个钱，想做多少新衣服都成！”

“阿姨，我虽然是穷人，但是这种钱我不会收的！”

老奶奶一脸的惊讶：“音造……再怎么说这也是别人的好意，你就这么拒绝不太好吧。”

“这钱我不收，我再穷也不会出卖自己的妻子！”

“音造，你这是什么话？快把钱收下给阿种做件新衣服穿，别吃亏啊！”

“阿姨，我说了钱不会收的，您就拿回去还给他吧，这么肮脏的钱，我不会要的！”

“音造，你怎么这么死心眼呢？钱又不是什么坏东西，你不收下的话，连我都过意不去了。”

“您怎么会过意不去呢？您可没当中间人啊。”

老奶奶拉下了脸：“音造，你怎么能这么说，我怎么会干这种事？阿种是最知道我的，真的是他来的时候我没在……”

“我知道您是什么样的人，钱反正我不收，您拿去还给他吧。”

老奶奶不管怎么劝都说服不了音造，但是不把钱交给他又不好交差。

“音造你就收下吧，我哪能再把钱还回去呢？”老奶奶说完就走，把钱留给了音造。

“这种脏东西不要放在我家里！”音造边喊着边把纸包扔了出去，纸包正落在老奶奶的跟前。

“真是敬酒不吃吃罚酒！”老奶奶停了下来，望着音造。

“钱您拿走，随您怎么看我！”

老奶奶被音造气得不轻，看着阿种，问道：“既然不收，那我就送还回去了，阿种，你说呢？”

“阿姨还是拿去还给他吧，我们不能收这个。”阿种坚定地说道。

老奶奶没有办法，气呼呼地捡起纸包，飞快地走了。

那件事结束之后，山形再也没有出现过，风平浪静的日子让阿种很快便恢复了平静的心。

两个月后的一天，正值夏末，雷雨频繁，天气闷人。

夜深了，阿种和音造正要休息，突然闪电四起，大雨倾盆。一阵一阵的闪电把屋里照得一闪一闪的，不过阿种并不害怕，因为有音造在身边。睡下不多久，音造起来，穿过后门去上茅房。即便是电闪雷鸣，风雨大作，阿种还是能听到音造的声音。

雨渐渐变小了，突然天空响起一个巨大的雷声，阿种听到一阵呻吟——是音造的声音！阿种有些慌张，这么久都不见音造回来，方才又似乎听见音造的呻吟声，难不成音造出什么事了吗？

阿种放心不下，立刻从后门冲了出去，在细雨中仔细寻找着。正在这时，一道闪电划破天空，周围顿时亮了起来，一个身着红衫、手持大锤的鬼脸人正站在雨中！

“是雷公！”阿种尖叫起来，下意识地往地上看去。

只见雷公的跟前躺着一个人，满脸鲜血，昏迷不醒，正是起来上茅房的音造！

持续的雷声把惊恐万状的阿种吓得睡意全无，她冒着雨在电闪雷鸣中奔跑，她没有其他亲人朋友，只想到了老奶奶。泥泞漆黑的路上，阿种一次次摔倒一次次爬起来，满身泥浆披头散发。

“阿姨！救命啊！”

因为天气闷热雷声不止，老奶奶一直没有睡着，听见喊声立刻起了床，见到了被吓得魂不附体的阿种。

“怎么了，阿种？”

“阿姨不好啦！音造被雷公劈了！”

老奶奶吓得赶紧追问道：“什么？音造怎么啦？”

“我看见了红衣服的雷公！他把音造给劈了，音造浑身是血啊！”

“快叫大夫啊！快喊人帮忙！”

“这可怎么办啊……”阿种六神无主地哭了起来。

“阿种别怕，有我在！”老奶奶安慰道。

这时候，雨渐渐停了下来，闪电雷鸣也慢慢消散了。

老奶奶喊来了街坊四邻，等大家赶到的时候，音造已经不省人事了。大夫检查过后，发现音造的脑袋被人从后面狠狠地砸碎了，像是锤子什么东西砸的，伤得太重，已经无力回天了。

不多时，音造便断了气。

音造死了，接下来要料理丧事了。

可是，音造在世的时候没留下多少钱，阿种连安葬他的费用都出不起。阿种孤身一人，也没有其他亲戚朋友，无处筹钱。就在阿种不知道该如何是好的时候，老奶奶送了一些钱来。靠着这点钱，阿种才把音造下了葬，丧礼也总算办完了。

老奶奶平时总会在一些富贵人家进出，有时帮忙做些杂活儿，或是介绍仆役的事，但是办丧事毕竟花了不少钱，阿种非常不好意思，于是问老奶奶，借她的钱是哪里来的。

老奶奶劝阿种放宽心："这钱都是我从熟人那边借来的，没有什么问题的。倒是你啊，音造走了你要好好保重身体，别老是哭。放心，只要我在，我一定会好好关照你的。"

虽然没有弄清楚葬礼的钱从哪里来，但老奶奶既然这么说了，阿种也不好意思再问。

音造过世后，阿种把老奶奶当成自己的亲人，有困难、有问题第一个想到老奶奶。虽然原先在老奶奶这边遇到过山形，弄得很不愉快，但老奶奶始终不再提起山形，阿种也没有再问。

很快，头七到了。按理头七需要准备酒席招呼街坊四邻，毕竟在丧事上大家都帮了不少忙。阿种也想准备些酒菜答谢大家，奈何自己实在没有钱，别说酒菜了，豆腐都不够买一块的。她已经向老奶奶借了许多钱了，实在没有脸面再去借。

就在阿种不知怎么办才好的时候，老奶奶过来了。

"阿种啊，明天是头七，你总得做点什么招呼下邻居们吧？豆腐也成啊。别急，我拿了些钱过来，你快准备吧。"

阿种有些不好意思："阿姨啊，我已经向您借了很多钱了，不能再收了。"

"没事的，都是我从熟人那边借来的，你尽管用，没事儿的。"

此后，老奶奶总会送些钱来给阿种，接济她的生活。阿种担心这些钱是山形那家伙让老奶奶送来的，本想找机会开口问，可是老奶奶对山形只字不提，她也不愿意先提起。

秋去冬来，天气一天比一天冷。音造死后，阿种守着家里原有的三分薄田生活，原本种了稻谷的田地因为雨水过多，几乎没有多少收成。眼看着现有粮食没办法过冬，阿种又犯起了愁，成日辗转难眠，却又想不出什么办法。

一天夜里，老奶奶来了。

“我有要紧的事要告诉你。”

听见老奶奶这么说，阿种心里紧张起来：自己一直担心的事情，莫非真的要发生了？

“其实有件事我一直没告诉你，”老奶奶一脸严肃地说道，“给音造办丧事的时候，我四处借钱，可是凑到的钱实在少得可怜，我只好去找山形大人帮忙。他一听说你和音造的事，立刻就答应出钱安葬音造。他一直为上次酒后说了一些胡话后悔，所以拿了钱给我，让我不要告诉你是他的钱，算是向你赔礼道歉了。山形大人真的是个好人，后来他隔三岔五的就会让我带点钱给你，怕你过得不好。”

阿种的身体不住地颤抖起来——自己一直以来担心的事终究还是发生了！山形那张既猥琐又可怖的脸一下子浮现在她的眼前，让她越来越害怕。

“今天一早，山形大人竟然来找我了，跟我说了许久，让我来帮他带个话。他想接你过去住，这样就能好好地照顾你。马上就冬天了，你孤零零的，可怎么过冬啊！阿种，你听我一句，山形大人这么久以来都惦记着你，真的是对你深情一片。你这么年轻漂亮就守寡，以后也没办法生活，再找个好人家吧，山形大人真的是个不错的男人啊。”

阿种叹了一口气，整件事似乎都变得清晰起来了。

“山形大人仔细衡量过了，现在还没有办法迎娶你，先委屈你用下人的名义进府，等以后去了江户，他就可以明媒正娶了，那时候你就是麻雀变凤凰，一辈子吃穿都不愁。”

就这样，阿种被山形接到了家中。虽然名义上与山形是主仆，但实际上却受到无与伦比的待遇。

一天夜里，山形在家邀约了十数人饮酒，热闹了一番。阿种独自在屋里烤火，等到酒宴的声音一点点散去，阿种也有些困了，于是准备喊仆役来整理被褥，还没开口，却见门被人拉开了。

阿种以为是山形，抬头却看见一个血红的鬼影站在她的面前!

“雷公！”阿种尖叫起来。不会错！这就是那天电闪雷鸣中劈死音造的那个雷公!

阿种顿时瘫倒在地，不省人事。

山形听见阿种的尖叫声，赶忙跑进屋将晕倒的阿种扶了起来：“阿种！阿种！你怎么了？”

阿种听见山形的呼喊，缓缓醒了过来。

“雷公……”

“什么雷公？”

“劈死音造的雷公来了……”

“是我啊阿种，没有雷公，是我！”

阿种定睛看了看眼前的山形，终于舒了一口气：“我刚才看见了雷公，真的。”

阿种看着山形的脸，直直地看着，似乎想起了什么。

第二天，阿种一个人悄悄来到山形的仓库之中，细细翻找着什么东西。忽然，她脚下一滑，踢到了什么，低头一看，是个小小的木箱子。

阿种连忙打开，里面是一件沾血的外衣。咚的一声，里面掉出一个雷公的面具来，也沾满了血迹。箱子最底下，是一把带血的铁锤。

阿种的脑子轰的一声响，赶紧将找到的血衣、面具和锤子全部收拾好，连鞋都顾不上穿就从后门跑了出去，直接跑进了衙门。

很快，官府就包围了山形家的大院，把山形抓进了监狱。

原来，这个山形的名字是假的，这个人其实叫神山权太夫，是幕府军队的一个逃兵。他不仅杀害了音造，还犯下了许多罪状，县令查明一切之后下令将他处死。但他并没有像那些赌徒恶棍一样被斩首，而是被穿上红色衣服，套上厉鬼的面具，就像他当初装扮成雷公一样，被刽子手的大铁锤活活砸死。

院中怪事

这会儿，光长正坐在回廊里，一边喝着酒一边看着满天的星星。

白天的天气有些燥热，让人成天都昏昏欲睡。不过现在好歹已经是秋天了，傍晚时分已经凉爽许多，像这样坐在回廊里喝酒，真是惬意至极。

今晚比以往似乎都要暗一些，院落里静悄悄的，没有声响。光长的院子里长满了野草，都已经结满了草籽，星光满天，野草遍地。光长觉得这番景象也十分诗情画意。

忽然间，回廊上传来细细的脚步声。光长下意识地往声音来的方向望了一眼，微红的烛火下，一个十五六岁的女仆正端着一个酒壶，慢慢地走过来。

光长这才发现自己身边的酒壶即将见底，于是对着女仆说道："放下吧。"

女仆把酒壶放在光长的身边，一言不发，低头回去了。光长拿起刚送来的酒，给自己倒上了一杯，却没有举杯，愣愣地看着这杯酒。

这时候，院子里响起了虫鸣声，光长一边侧耳细听，一边百无聊赖地举起了酒杯。这酒真是特别，光长才抿了一口，就不受控制地一饮而尽。他放下酒杯，只觉得脑海中一片翻腾，心中无比空虚落寞，一瞬间觉得人生似乎毫无意义，令人难受。

其实光长的人生算不得是毫无意义，而且还非常令人羡慕。他在兵卫府当差，负责保护天皇，算得上是十分不错的事业，家里也是一派和顺，完全没有什么值得忧虑的事。

怎么会有这样的想法？光长晃了晃脑袋，大概是这几天太热了，人有些困乏吧？不过，这会儿的他真的觉得没什么力气，于是顺势侧倚在回廊上，一只手支着脑袋，落寞地望着院落。

院子里依旧悄无声息，秋风吹拂着，十分惬意。光长不由得长舒了一口气，感觉胸中的浊气都被排遣一空。过了一会儿，草丛里似乎传来什么声音，原本昏暗的院落似乎有些明亮了。

光长以为是有什么小动物跑进了院子里，定睛看去，只见一个瘦弱的男孩子从草丛里爬了出来，正朝着光长这边过来。

“有贼！”光长心里一声惊叹。不过他向来胆大，决心再看看情况，确定是贼之后再出手，这么小的孩子就做贼，可得好好教育他一顿！

正想着，只听见草丛里呼啦啦响了起来，瘦小的男孩子立刻回头看。

光长也发觉了异动，“难道这孩子是望风的？后面还有大人？”

光长继续关注着那个瘦弱的男孩，只见又一个黑影从草丛里钻了出来。

光长顺着男孩的方向看去，原来那也是一个男孩，但是很胖，应该说特别胖。

胖男孩举着双手去追瘦男孩，瘦男孩则灵巧地把胖男孩推了出去。

光长被他们吸引了，开始在一旁看着他们互相玩着相扑。他们有时候贴身扭在一起，有时候又保持距离寻找对方的破绽，精彩至极。

光长一下子把捉贼的事儿给忘记了，可是他也忍不住地想，为什么会从草丛里钻出来两个孩子呢？他们又是从哪里进来的呢？要知道，这院子建在填海的高地上，院落内外都有武士把守巡视，不管怎么想都不可能会有孩子爬进来。再说了，哪有孩子爬进深宅大院里玩相扑的呢？这其中肯定有什么异样！

光长思前想后，忽然想到：他们一定不是人类！

这时候，草丛里的两个孩子正玩得不亦乐乎，两人旗鼓相当，不分上下。

“什么人？”光长一声大喝。

两个孩子听见声音，立刻停下了游戏，往草丛里钻去，一下子消失不见了。

“来人！”光长又一次大喊。

家中的护院武士听见主人的喊声，立刻提刀赶来。

“有两个孩子不知道从哪里闯进来的，现在正躲在草丛里，去找出来！”

武士领命，钻进草丛四处寻找。

光长也坐了起来。过了好一会儿，武士把院落都搜了一个遍，回来汇报说：“草丛里没有发现任何人！”

光长心下了然，这两个孩子绝非人类。

“没事了，那你下去吧。”

第二天，光长依旧在院落的回廊里坐着，独自喝着酒，脑海里浮现出两个孩子不断相扑嬉戏的场景，心里盼着能再看见他们，好确定他们到底是何方神圣。然而他等了许久，仍然没有动静。光长有些焦躁不安了，酒也不喝，直接躺在了回廊上，望着院子里的草丛出神。

渐渐地，光长有些睡意。

就在光长快要睡着的时候，一阵异响传来，光长立刻睁开了双眼，那两个男孩果然又出现了，一个胖一个瘦，自顾自地在草丛中玩着相扑。光长见状，悄悄站了起来，回到屋中将墙上挂着的弓箭取了下来，从一旁的箭筒中抽出了一根箭羽，轻轻走到院子中，对准两个孩子，趁他们正打成一团的时候飞出一箭，正好穿过了两个人的身体。

两个男孩都在一瞬间消失了。光长一边继续搭上第二支箭准备射出去，一边大声喊道：“快来人！有刺客！”

护卫的武士听见声音立刻赶来领命。

“刚有两个刺客，我已经射中了他们，你们在院子里仔细搜查一遍！”拿着弓箭的光长说道。

武士们把整个院子都搜查了一遍，却没有看见什么刺客，只找到了光长方才射出去的箭羽。

第二天早上，光长依旧惦记着昨晚的事，亲自在院子里寻找。

就在两个孩子玩耍的地方，他找到了两只已经死去的虫子，其中一只是瘦小的黑蚂蚁，边上的，则是一只圆圆的跳蚤。